Après une carrière militaire en France et à l'étranger, **Alain Léonard** *exerce le métier d'infirmier dans un hôpital clermontois. En 2017, il se lance dans l'écriture. Chacun de ses textes mêle étroitement le romanesque à la grande Histoire.* Un été d'espérances *a reçu le prix Lucien Gachon 2022.*

UN ÉTÉ D'ESPÉRANCES

Du même auteur

Aux éditions De Borée

Enfants de la liberté
La Prophétie des marguerites
Les Amants d'Austerlitz
Les Larmes du Marchidial
Un ange dans la tourmente

TERRE DE POCHE
45, rue du Clos-Four – 63056 Clermont-Ferrand cedex 2

Alain Léonard

Un été d'espérances

de Borée
TERRE DE POCHE

En hommage à Jean Franchetti, grand-père de mon épouse, alias Petit Jean, habitant de Neschers après la guerre, blessé à la bataille du Mont Mouchet le 11 juin 1944, face à l'armée allemande.

I

IL PLEUVAIT SUR LE BOULEVARD de la Manlière ce jour-là. Les premiers uniformes *feldgrau* défilaient dans Issoire, drapeaux en tête, le buste conquérant et le sourire aux lèvres, sous le regard incrédule et triste des rares habitants restés dans les rues. Les volets et fenêtres se fermaient sur leur passage, on faisait rentrer les enfants curieux, massés derrière les carreaux. La ligne de démarcation n'était plus. Le manteau noir de l'occupation s'étendait sur cette petite ville abasourdie du Puy-de-Dôme. Ce même jour, sur l'exigence de l'occupant, on avait hissé le drapeau sur l'Hôtel de Ville et remisé celui qui flottait sur le monument aux morts de la Grande Guerre. Ce mois de novembre 1942 était un mois de deuil. Toute la France désormais venait de tomber sous la botte allemande.

Le Dr Pierre Neveu n'avait pas assisté à cet événement dans la petite ville auvergnate. Une annonce lue dans une revue médicale l'avait convaincu, au mois de juillet de l'année suivante, de quitter son poste à l'hôpital d'Orléans pour rejoindre celui d'Issoire. L'occasion était belle pour lui de mettre un peu de distance avec une famille par trop envahissante et de visiter une région dont on lui avait à plusieurs reprises vanté les charmes indéniables. Avec ses maigres bagages de célibataire, il avait débarqué sur le quai de la gare par un dimanche matin ensoleillé. La ville, aux portes du Midi, entourée de collines boisées et serrée autour de l'abbaye au charmant clocher octogonal, lui plut dès le premier instant.

Après s'être désaltéré au café de la Gare, il s'était rendu rue Pissevin, dans le centre-ville, pour découvrir le meublé qu'il avait réservé depuis Orléans à Gisèle Fournier, sa logeuse. Un petit appartement de deux pièces, à la décoration vieillotte mais propre, aménagé avec goût. Il s'en contenterait largement. Il regrettait toutefois que les deux fenêtres, qui donnaient sur la rue étroite aux relents d'urine de chien, avec un triste mur gris pour tout horizon, ne vissent que rarement le soleil.

Sans prendre le temps de défaire ses valises, il profita de son après-midi libre pour flâner dans les rues, le long des boutiques fermées et des porches donnant sur des cours intérieures, cherchant l'ombre rafraîchissante des façades anciennes. Ses pas le conduisirent le long de la Couze-Pavin, la petite rivière paisible aux eaux transparentes qui serpentait mollement sous les ponts de la ville. Il s'arrêta un long moment, un brin d'herbe coincé entre les lèvres, pour observer un groupe de femmes agenouillées à la limite de l'eau, battant le linge, rythmant leurs gestes avec des chansons en patois. Les paroles, à demi couvertes par le bruit de la petite cascade, échappaient à Pierre. À quelque distance des lavandières, de l'eau jusqu'aux genoux, des enfants jouaient à s'arroser joyeusement, faisant naître dans les gouttelettes des arcs-en-ciel éphémères.

Dès le lendemain, il s'était présenté au directeur de l'hôpital. Le Dr Paul Verger, un méridional bedonnant à l'accent marseillais très prononcé, l'avait reçu de manière fort cordiale. En quelques phrases au verbe chantant prononcées à un débit rapide, Pierre apprit qu'il occuperait le poste vacant du Dr Boulanger, qui s'était résolu quelques semaines plus tôt à jouir d'une retraite bien méritée. Il deviendrait le chef d'un service de trente lits, répartis dans cinq dortoirs. Accompagné de son supérieur, Pierre fit un tour rapide des lieux et fut présenté à l'administration. Il serra de nombreuses mains, dont il ne put se rappeler les noms des propriétaires.

— Vous vous y ferez vite, le rassura Verger, notre hôpital n'est pas si grand. Et nous tenons particulièrement à ce que l'ambiance y reste familiale. Vous vous y trouverez bien, j'en suis certain, augura-t-il en précédant le nouvel arrivant dans les escaliers.

Son service, au premier étage, fit bonne impression à Pierre. De chaque côté d'un grand couloir lumineux dont les fenêtres donnaient sur un parc arboré où des patients prenaient le frais sous les frondaisons, les chambres-dortoirs étaient d'une propreté exemplaire. Le carrelage en damier noir et blanc luisait sous le soleil. Les murs venaient d'être repeints de frais en blanc cassé, égayés de peintures paysagères, de vues de la cathédrale de Clermont-Ferrand et de la montagne qui avait donné son nom au département. Pierre trouva cela plus gai que les crucifix de bois foncé qui ornaient ceux de l'hôpital d'Orléans, tenu par des sœurs d'une compétence indéniable et dévouées auprès de leurs malades, certes, mais aussi moroses que leurs robes grises.

— Je vous laisse en compagnie de Mlle Lacour, votre infirmière en chef. Elle vous donnera tous les renseignements nécessaires. Pour ma part, j'ai encore l'une de ces réunions qui me mangent tout mon temps. Ah ! cette administration, quelle plaie ! Je ne vous le souhaite pas, mon cher Neveu !

Pierre eut juste le temps de le remercier pour son accueil avant que la silhouette massive de Verger ne disparaisse dans l'escalier.

L'infirmière lui tendit une main ferme que Pierre serra.

— Tout d'abord permettez-moi, au nom de tout le personnel du service, de vous souhaiter la bienvenue, docteur Neveu.

Elle désigna le fond du couloir.

— Désirez-vous peut-être voir en premier lieu votre bureau de consultation ?

Simone Lacour était un petit bout de femme d'une quarantaine d'années. Son voile d'infirmière frappé d'une croix rouge, d'où s'échappaient quelques mèches brunes, encadrait un visage à la fois doux et énergique.

— Avec plaisir, mademoiselle, je vous suis.

À l'extrémité du couloir, après l'infirmerie, la tisanerie dédiée au repos du personnel, la lingerie et une minuscule salle d'attente, Pierre découvrit son bureau.

— Cela vous conviendra-t-il ? interrogea l'infirmière en le précédant dans la pièce.

— C'est parfait, je vous assure, répondit-il après avoir jeté un regard circulaire. Je n'ai jamais eu l'occasion de travailler dans un endroit aussi agréable. Et pour être tout à fait franc, c'est la première fois que j'ai mon propre bureau.

La fenêtre grande ouverte, qui donnait également sur le parc, laissait entrer des odeurs de tilleul. Un parquet odorant ciré de fraîche date avait fait place au carrelage. Un large bureau trônait au milieu de la pièce. Sur les murs, des traités de médecine et des piles de revues spécialisées s'alignaient sur des étagères.

— Votre prédécesseur n'a pas pu tout emporter, expliqua l'infirmière. Mais je peux les faire enlever et les remiser ailleurs, si vous le souhaitez.

— N'en faites surtout rien, répliqua Pierre. Je n'ai emmené que peu de livres et ceux-ci me seront sûrement bien utiles.

Simone fit le tour du bureau. Une petite clé dorée claqua dans la serrure d'une armoire vitrée aux carreaux dépolis.

— Vous trouverez ici les dossiers médicaux, continua l'infirmière, classés par ordre alphabétique.

On frappa au chambranle de la porte restée ouverte. Un jeune homme, main offerte, entra dans la pièce.

— Alexandre Dupin, votre interne en médecine, annonça le nouveau venu. Je suis tout à fait ravi de votre arrivée, docteur.

Pierre serra chaleureusement la main d'un grand jeune homme, bien fait de sa personne, au sourire franc et aux cheveux gominés élégamment coiffés. Sa blouse ouverte laissait entrevoir un costume croisé de belle facture. Une tête à faire du cinéma, pensa Pierre.

— Je me ferai un plaisir de vous présenter nos patients, docteur. Quand désirez-vous effectuer votre première visite ?

— Je prends officiellement mes fonctions demain matin, répondit Pierre. Disons, à neuf heures ?

— À neuf heures, donc. Mlle Lacour nous accompagnera, si vous le voulez bien. Vous verrez, docteur, c'est une infirmière d'un grand professionnalisme. Et nous avons une chance exceptionnelle de l'avoir à nos côtés. Mais méfiez-vous ! Derrière son sourire angélique, elle mène son monde à la baguette et a l'œil à tout, rien ne lui échappe. Et elle n'hésite pas à nous faire remarquer nos éventuelles erreurs !

Les joues de l'infirmière s'empourprèrent.

— Cela me convient tout à fait, sourit Pierre. Sachez tout d'abord que je considère un service comme une équipe qui doit travailler main dans la main. Nous, médecins, avons tout intérêt à écouter l'avis de nos infirmières, qui souvent connaissent les patients mieux que nous-mêmes pour être à leurs côtés au quotidien.

— Alors tout est pour le mieux, docteur. Je crois que notre collaboration sera des plus efficaces.

L'interne salua de la tête avant de repartir au chevet de ses malades.

— Ce jeune homme a l'air très bien, commenta Pierre.

— Très bien, en effet, docteur, si je puis me permettre de donner mon avis. Le Dr Dupin est toujours disponible, et très apprécié de ses patients.

Le nouveau médecin-chef hocha la tête en signe d'assentiment.

Pierre profita de l'après-midi pour finir de s'installer dans son appartement. Ses vêtements prirent rapidement place dans les armoires, et un inventaire rapide du buffet de cuisine indiqua que les ustensiles présents lui seraient largement suffisants. De toute façon il ne s'en servirait pas, ses talents culinaires étant plus que limités. Cet art ne l'avait jamais vraiment attiré, d'autant plus que dans la maison familiale qu'il venait de quitter, une domestique s'occupait des repas. Ses affaires rangées, Pierre estima que le soleil était encore trop haut pour rester enfermé. Il se décida à découvrir un peu mieux la ville.

Sur la place de la République toute proche, le cœur de la cité aux racines médiévales, les terrasses des cafés, dont les chaises et les tables débordaient jusque sur la chaussée, étaient remplies. Il reconnut à leurs bleus de travail les ouvriers d'usine qui venaient là se désaltérer et profiter du beau temps après leur journée dans les ateliers. Des paysans des nombreux villages alentour, chapeaux de feutre posés en arrière sur la tête, trinquaient joyeusement en parlant fort en patois auvergnat. Pierre se promit d'en apprendre les rudiments, qui lui seraient sûrement fort utiles avec ses futurs patients. À d'autres tables, un peu à l'écart, des soldats allemands, le ceinturon en cuir accroché au dossier de la chaise, la veste d'uniforme largement déboutonnée et le calot passé dans la patte d'épaule, sirotaient leur verre. Ils se poussaient du coude en riant et sifflaient sans vergogne quand passait sur la place une jeune fille en robe légère. Les consommateurs, discrètement, leur adressaient des regards noirs en parlant à voix basse.

Ici ou à Orléans, pensa Pierre, les occupants sont partout les mêmes, se comportant en vainqueurs qui peuvent tout se permettre.

Il contourna la fontaine qui occupait le centre de la place, s'attardant sur les sculptures en pierre de Volvic qui la décoraient, puis longea le magasin Printemps, d'où sortaient des ménagères qui rangeaient précautionneusement leurs tickets de rationnement dans leur porte-monnaie. Ralentissant l'allure, son regard accrocha les pierres noires de la Tour de l'Horloge, dont le clocheton dépassait allégrement les toits alentour. Les aiguilles marquaient six heures pile. À quelques rues de là, les cloches de l'abbaye Saint-Austremoine, dont Pierre avait admiré les motifs multicolores à son arrivée, sonnèrent l'heure.

Laissant les petites rues pavées où s'alignaient les boutiques, Pierre déboucha sur un boulevard animé, face aux arcades de la Halle aux Grains. Les chariots hippomobiles, en grand nombre sur l'artère principale de la cité, quittaient la ville pour s'en retourner vers les villages avant la nuit et ne pas se laisser surprendre par le couvre-feu. Ils s'embouteillaient alors, et leurs conducteurs, fâchés, s'invectivaient bruyamment, faisant claquer leur fouet. Les commerçants un à un descendaient leurs grilles et tiraient les lourds rideaux opaques pour ne pas, la nuit tombée, laisser filtrer la lumière. Même en Auvergne, loin des zones industrielles majeures et des nœuds ferroviaires importants, les habitants craignaient par-dessus tout les bombardements.

Pierre continua nonchalamment sa route, levant poliment son chapeau quand il croisait une dame.

Un peu plus loin, deux véhicules militaires laissaient échapper de leurs moteurs qui ronflaient une fumée grise et épaisse qui empuantissait la rue. On cria des ordres et deux groupes de soldats, casque sur la tête et fusil à la main, surgirent en courant de sous le porche de l'hôtel de la Poste, sur le toit duquel flottait le drapeau à croix gammée de la *Kommandantur*. Ils grimpèrent rapidement dans les camions qui démarrèrent en trombe, suivis par une voiture noire dans laquelle quatre miliciens, mitraillette à la main, avaient pris place en se bousculant. Une mère de famille, un enfant à chaque main, pressait le pas, tirant sa marmaille derrière elle pour s'engouffrer dans une rue perpendiculaire. Les commerçants, attirés par le bruit, étaient sortis de leurs magasins. L'un d'eux, un épicier serré dans sa blouse grise, le crayon coincé sur l'oreille, marmonna quelques mots dans son épaisse barbe poivre et sel, tout en crachant par terre :

— Voilà les chiens partis à la chasse.

Une cliente, qui était sortie avec lui, se signa avant de rentrer à nouveau dans le magasin.

En continuant sur le même trottoir, prenant toujours à sa gauche et dépassant un pont qui rejoignait la rue de l'hôpital, Pierre suivit les hautes façades des bâtiments jusqu'à l'Hôtel de Ville dont il admira la façade délicatement ouvragée. Ses pas l'avaient ramené jusqu'à l'abbaye, qu'il contourna pour retrouver le dédale des ruelles. Il se perdit un moment pour retrouver, presque par hasard, la rue Pissevin.

II

SA PREMIÈRE JOURNÉE DE TRAVAIL fut agréable. En compagnie de son interne et de son infirmière-chef, Pierre avait pris connaissance, au pied de chaque lit, des dossiers des patients hospitalisés, ce qui lui prit la majeure partie de la matinée. Un café à la tisanerie lui permit également de rencontrer le personnel du service – infirmières, femmes de salle, brancardiers – qui lui réserva un accueil chaleureux et sympathique. Pour l'occasion, l'une des infirmières, dont les parents possédaient un verger à Orbeil, un village à quelques minutes d'Issoire, de l'autre côté de l'Allier, avait confectionné une tarte aux prunes délicieuse. Un premier contact réussi, estima le nouveau chef de service. Il avait d'ores et déjà le sentiment que son poste à Issoire lui plairait.

La dernière patiente de l'après-midi, une dame un peu trop forte qui désirait renouveler son traitement antidiabétique, quittait le bureau de consultation son ordonnance à la main, et Pierre griffonnait ses observations dans le dossier médical déjà bien épais, quand la silhouette de Mlle Lacour apparut sur le seuil.

— Je suis désolée de vous déranger mais quelqu'un demande à vous rencontrer, docteur.

Pierre consulta sa montre.

— Si ce n'est pas une urgence, dites-lui de repasser demain. Il est presque six heures trente et cette première journée a été particulièrement longue.

— C'est un officier allemand. Elle insiste pour vous rencontrer immédiatement.

Il leva la tête.

— « Elle » ?

L'infirmière hocha la tête. Pierre soupira. *Voilà une première journée qui finit bien*, pensa-t-il.

— Qu'elle entre, alors, si c'est si important que cela, dit-il en replongeant son nez dans ses écritures.

Il griffonna une dernière phrase avant de refermer le dossier, au moment où la personne annoncée entrait. Le regard du médecin se posa d'abord sur une jupe qui descendait au-dessous du genou, puis sur une boucle de ceinturon sur laquelle il lut : *Gott Mit Uns*. « Dieu est avec nous. » Pierre se rappela alors la fameuse maxime de Napoléon : « Dieu est avec celui qui possède la plus grosse artillerie. » Et pour l'heure, il ne faisait aucun doute que le Créateur avait élu domicile de l'autre côté du Rhin. Ses yeux remontèrent sur les formes gracieuses d'une très belle femme, sanglée dans un uniforme de la Wehrmacht, la taille impeccablement marquée par son ceinturon de cuir. Grande et blonde, les cheveux serrés dans un chignon impeccable, la silhouette gracieuse et élancée, elle était l'image même de ces filles du Nord telles qu'on se les imagine. Pierre remarqua immédiatement le caducée doré sur un fond gris clair qui ornait ses pattes d'épaule. L'officier le salua d'un signe de tête. Il se leva de son fauteuil pour la saluer à son tour.

— Je suis le docteur lieutenant Veronika Steiner, annonça-t-elle dans un français presque sans accent, récemment affectée à l'infirmerie du quartier de Bange.

— De Bange, vous dites ?

— Oui, la caserne d'Issoire.

— Excusez-moi, je suis ici depuis très peu de temps, je connais encore très peu cette ville.

Il montra les insignes du caducée.

— Dois-je vous appeler lieutenant ou docteur ?

— Docteur, répondit-elle. Cela me semble bien plus approprié ici.

— J'en suis ravi. La chose militaire, pour être franc, ne m'est pas vraiment familière.

D'un geste de la main il lui indiqua un siège en face de son bureau.

— Et que puis-je faire pour votre service, docteur Steiner ?

La visiteuse lissa sa jupe militaire et s'assit sur le fauteuil, le buste et la tête très droits, presque rigides. Promenant un instant les yeux sur le bureau, elle avisa un traité de poésie, un ouvrage rare et précieux relié de cuir rouge que Pierre affectionnait particulièrement et qui ne le quittait jamais. La jeune femme sourit, ferma les yeux et déclama :

— « Les hommes vont à pied sous leurs armes luisantes, le long des chariots où leurs biens sont blottis ; promenant sur le ciel des yeux appesantis, par le morne regret des chimères absentes. » Excusez-moi, se ravisa-t-elle immédiatement, de vieux souvenirs me sont revenus en mémoire en voyant ce recueil de Baudelaire.

— Ne vous excusez surtout pas ! C'est un magnifique poème, que j'apprécie énormément. Je suis surpris que vous puissiez le déclamer de mémoire. Moi-même, je ne...

Le sourire se crispa sur le visage de la jeune femme.

— Les Allemands ne sont pas tous des barbares incultes, savez-vous, le coupa-t-elle J'ai étudié les classiques français au cours de mes études, dans un lycée de Berlin.

Pierre fut surpris de la réponse.

— Je n'avais nullement l'intention de vous froisser. Je n'exprimais que mon étonnement respectueux, chère consœur. Je voulais tout simplement vous dire que je serais moi-même tout à fait incapable d'en réciter de mémoire un seul passage.

— N'en parlons plus, voulez-vous ?

— N'en parlons plus, en effet. Mais nous voilà, outre la médecine, un point commun.

Le Dr Steiner se racla la gorge.

— Comme vous devez peut-être le savoir, j'ai ordre de réquisitionner quelques lits de votre hôpital pour nos troupes. Je pense qu'une chambrée de dix dans votre service sera suffisante. Du moins dans l'état actuel des choses.

— Non, je n'étais pas au courant. Mais c'est que notre service est déjà bien rempli et...

— Il vous suffira simplement de transférer vos malades dans d'autres chambres. J'ai vu en passant dans le couloir qu'elles sont assez vastes pour accueillir des lits supplémentaires. Ils seront un peu plus à l'étroit, voilà tout. Rien de bien catastrophique à mon sens. Et que voulez-vous, c'est la guerre !

— Effectivement, soupira Pierre, c'est la guerre. De toute façon, j'imagine que l'on ne me demande pas mon avis.

— Je crains effectivement que non. Votre directeur, le Dr Verger, a également donné son accord.

Pierre leva les bras au ciel.

— Alors soit ! Et quand ceci doit-il être effectif ?

— Dès demain. Un de mes infirmiers, qui parle relativement bien français, sera spécialement affecté pour leurs soins. J'espère compter sur l'aide de votre personnel également, si le besoin s'en faisait sentir. Nous ferons en sorte, de notre côté, de gêner le moins possible le fonctionnement de votre service.

Pierre avait croisé les mains sur son bureau. Il ne pouvait que se soumettre à la demande des occupants.

— Pour ma part, reprit le Dr Steiner, je passerai régulièrement les visiter, avec votre permission.

Pierre sourit.

— Ma permission est superflue, docteur Steiner, nous le savons tous les deux. Mais je vous remercie de cette politesse.

L'entrevue n'avait duré que quelques minutes. La doctoresse adressa un signe de tête à Pierre et sortit du bureau.

Simone, qui attendait dans le couloir, vint aux nouvelles, inquiète. Elle devinait que cette visite allait chambouler la routine du service.

— Je crains fort que pour mon premier jour tout le monde ait à faire des heures supplémentaires.

Il expliqua rapidement à son infirmière les ordres qu'il venait de recevoir.

Le déménagement commença immédiatement. Sur les ordres de Simone, les lits d'une chambre furent répartis dans d'autres. Eugène, l'un des deux brancardiers, aidé des autres infirmières et des filles de salle, suait en déplaçant les pesants lits de fer pour faire de la place.

— Comme si on avait pas assez de travail, râlait-il, voilà qu'on joue les déménageurs maintenant ! Saletés de frisés ! C'est que j'avais un rendez-vous, moi, et je vais être en retard !

— Taisez-vous, Eugène ! le rabroua sa chef, je ne veux pas entendre de telles paroles ici.

Le brancardier haussa les épaules tout en grommelant.

— Poussez-vous donc, vous autres ! Vous ne voyez pas que vous gênez ? s'énerva-t-il contre les patients qui, dans l'attente de leur nouvelle place, encombraient le couloir en maugréant.

Il fallut encore descendre des combles les lits de réserve et les matelas. Après de nouvelles suées, la chambre était prête à recevoir ses nouveaux patients.

— Inutile de faire les lits, ordonna Mlle Lacour. Posez les draps sur le lit, ils se débrouilleront bien tout seuls.

— Manquerait plus qu'on les borde, en plus, crut bon de rajouter Eugène.

Pierre leva la tête en entendant frapper contre le chambranle de la porte ouverte de son bureau. La silhouette d'un soldat s'encadra dans la porte. Celui-ci fit deux pas dans la pièce, se figea dans un garde-à-vous rigide et porta la main à son calot pour un salut tout militaire, en faisant claquer ses talons.

— *Gefreiter Hans Rosen. Zu befehl herr Doktor.*

Le soldat paraissait très jeune, à peine sorti de l'adolescence. Son regard se perdait au-delà de la fenêtre devant lui, sur les feuillages des arbres du parc.

— Je suis désolé, jeune homme, répondit le médecin sur un ton agacé, mais je n'ai pas l'honneur de maîtriser votre langue.

— Caporal infirmier Hans Rosen, monsieur le docteur, rectifia le soldat. Le lieutenant Steiner m'a désigné pour m'occuper de nos soldats hospitalisés.

Pierre posa ses lunettes sur le dossier devant lui.

— Je suis au courant, oui. La chambre réquisitionnée est prête, comme demandé. Dix lits y ont été installés. Et quand pensez-vous admettre vos premiers patients ?

— C'est en cours, docteur. Ils sont en train d'être amenés en ce moment même de l'infirmerie de la caserne de Bange. Plusieurs ont été blessés par balle par des terroristes.

Pierre se mordit la langue pour ne pas réagir à ce dernier mot. Depuis quand les hommes et les femmes qui se battaient contre les occupants de leur pays pouvaient-ils être considérés comme des terroristes ? « Patriotes » conviendrait mieux, pensa-t-il, pour désigner ceux qui refusaient d'être asservis et de partir travailler outre-Rhin dans les usines d'armement de l'ennemi. Depuis quelques mois, pour échapper au Service du Travail Obligatoire vanté par les grandes affiches placardées sur les murs et les radios au service du régime de collaboration de

Vichy, de plus en plus de jeunes quittaient la ville et les villages pour trouver refuge dans les maquis de la région.

— Bien. Je vous laisse assurer l'installation de vos compatriotes. Mais sachez que nos stocks de matériel de soins et de médicaments sont minces, et le ravitaillement très aléatoire.

— Le lieutenant Steiner fournira tout ce dont j'ai besoin. Elle m'a également chargé de vous dire que du matériel pourra vous être attribué en cas de besoin.

— Très bien, je vous remercie, répondit Pierre en rechaussant ses lunettes. Présentez-vous à Mlle Lacour, mon infirmière-chef. Elle vous montrera le service.

— Bien, docteur.

L'infirmier claqua une nouvelle fois des talons en saluant et débuta un demi-tour réglementaire.

— Par contre, le rappela Pierre, je vous dispense du salut militaire dans mon service. Nous sommes dans un hôpital, non dans une caserne. Comme il a été demandé par votre supérieure, mon personnel vous apportera l'aide nécessaire. Pour cela, adressez-vous à Mlle Lacour, le cas échéant.

Le caporal acquiesça et sortit.

— Même si cela ne m'enchante pas outre mesure, continua Pierre pour lui-même, une fois seul.

Deux ambulances militaires encadrées de véhicules à croix noires avaient stoppé devant l'hôpital et bloquaient la rue. Quatre blessés, escortés par des soldats et par le Dr Steiner, furent rapidement installés dans la chambrée. Simone Lacour, restée à l'écart, surveillait leur arrivée du coin de l'œil. Les autres infirmières, Sophie et Toinette, ainsi qu'Eugène, prenaient bien soin d'être occupés ailleurs. Pierre et son interne, Alexandre, discutaient dans le bureau de cas médicaux. Veronika Steiner toqua à la porte.

— Mes patients sont installés, docteur Neveu. Deux blessés par balle, un traumatisme crânien et une cheville brisée.

Pierre désigna son jeune interne.

— Vous ne connaissez pas encore le Dr Dupin, mon adjoint.

Le jeune médecin se leva de sa chaise pour saluer la nouvelle venue.

— Alexandre Dupin, interne en médecine, se présenta-t-il en affichant son plus beau sourire.

— Docteur Veronika Steiner. Je suis enchantée de vous rencontrer.

— Comme je vous le disais plus tôt, Dupin, le Dr Steiner est en charge de ses patients, avec son infirmier.

— C'est un immense plaisir, docteur Steiner, je suis à votre entière disposition.

Son regard s'attardait sur la silhouette agréable de sa consœur.

La jolie doctoresse ne lui semblait pas indifférente. Et Alexandre était bien connu dans l'hôpital pour user de son charme avec tout ce qui portait jupon. Veronika dégagea sa main de celle de l'interne.

— J'ai également fait porter quelques caisses avec des pansements, des antibiotiques et des ampoules de morphine. Elles sont également à votre disposition.

Pierre la remercia d'un signe de la tête.

— Excusez-moi, dit-elle en refluant vers le couloir, j'ai des ordres à donner à mon infirmier.

Alexandre la suivit un moment du regard tandis qu'elle s'éloignait.

— Un sacré brin de jolie fille, cette Veronika ! Ce serait presque à vous réconcilier avec l'occupant !

Pierre haussa les épaules.

— Du point de vue strictement anatomique, mon cher confrère, je ne peux évidemment pas dire le contraire, ce serait mentir. Mais n'oubliez pas toutefois qu'elle reste l'occupant, rajouta-t-il sèchement.

Alexandre, rabroué par son chef, se replongea dans les dossiers.

D'autres blessés allemands arrivèrent les jours suivants, et la chambrée réquisitionnée fut rapidement à pleine capacité. Hans se démenait pour s'occuper d'eux sans gêner le service. Il se révélait un jeune homme agréable, toujours souriant et prêt à rendre service à ses collègues français quand le besoin s'en faisait sentir. Il tenait à s'occuper lui-même de l'entretien de la chambre, maniant le balai et la serpillière, à la grande joie des filles de salle qui rechignaient à faire le ménage au milieu des militaires. Les échanges du côté français, toutefois, restaient froids et empreints de méfiance.

Le Dr Steiner passait quotidiennement dans le service, sans omettre à chaque fois d'en saluer le chef.

— J'ai quelques inquiétudes quant à un de mes patients. Pourrais-je vous demander votre avis, docteur Neveu ?

— Avec plaisir, je vous suis.

L'état d'un jeune soldat, admis deux jours plus tôt pour des plaies ouvertes et des fractures multiples à la jambe, ne s'améliorait pas malgré les traitements, et sa fièvre ne voulait pas céder malgré les antibiotiques. Il délirait parfois, et poussait des cris qui résonnaient dans tout l'étage.

Pierre remua la tête de gauche à droite en se caressant le menton.

— Le pronostic n'est pas favorable, jugea-t-il en examinant la jambe gonflée qui se teintait de bleu et de noir. Je crains qu'il ne faille procéder à une amputation, pour éviter la septicémie qui va forcément se déclarer.

Le Dr Steiner soupira, visiblement peinée.

— C'est ce que je craignais également. Pauvre garçon, si jeune ! À peine dix-neuf ans d'après son dossier. Son premier combat, je crois.

Pierre retira ses lunettes, qu'il se mit à essuyer avec son mouchoir.

— À cet âge ce n'est déjà pas banal, et ce sera aussi son dernier, je présume.

Il vérifia la propreté de ses verres avant de rechausser sa monture d'écaille.

— Je ne savais pas qu'il y avait des combats si violents ici, reprit-il d'un ton badin, je pensais la région relativement calme. Mais apparemment je me trompais.

— Oh ! Quelques escarmouches. Mais cela reste épisodique.

Pierre désigna le blessé du menton.

— Épisodique peut-être, mais en tout cas dramatique.

À peine avait-il terminé sa phrase qu'un brouhaha se fit entendre.

— Mais que se passe-t-il donc ici ? demanda-t-il en sortant de la pièce.

Dans le couloir, les infirmières et filles de salle, ainsi que quelques malades qui remontaient de leur promenade dans le parc, refluaient vers le fond du couloir pour se mettre à l'abri ou rejoindre leurs chambres. Plusieurs hommes en uniforme envahissaient le service, entrant dans chaque chambre, tandis que d'autres, armes à la main, gardaient l'escalier. Un homme en pardessus gris et chapeau rabattu sur les yeux s'approcha de Pierre.

— Police allemande ! annonça-t-il avec un fort accent du Sud-Ouest. Nous venons chercher un terroriste que nous devons interroger. Un certain Antoine Larcher. Ce nom vous dit-il quelque chose ?

Pierre fouilla dans sa mémoire. Il se rappela un jeune homme, presque encore un adolescent, admis la veille pour une crise d'appendicite et que l'on prévoyait d'opérer dans la journée. Le médecin n'eut pas le temps de répondre. Simone Lacour et Eugène, alertés par le vacarme, arrivaient en courant dans le couloir, immédiatement stoppés par deux soldats.

— Faites en sorte que tout le monde reste calme et tout se passera bien, reprit le policier. Dites à votre personnel de rester bien tranquille.

Pierre, de la main, fit signe à son infirmière et au brancardier de ne pas bouger.

Dans la chambre, le jeune patient, que l'on tirait sans ménagement de son lit, hurlait autant de douleur que de peur.

— Ah, je crois que nous l'avons trouvé, indiqua le policier, l'air satisfait, en pointant son pouce vers la chambre d'où provenaient les cris. Notre visite aura finalement été de courte durée, et nous n'aurons pas à vous ennuyer bien longtemps.

— Vous ne pouvez pas l'emmener, voyons, il a besoin de soins ! s'interposa Pierre.

Le policier afficha un sourire cynique.

— Ne vous en faites pas, docteur, il recevra tous les soins que nécessite son état.

— Le docteur Neveu a raison, intervint le médecin allemand, ce patient est intransportable pour le moment.

Le policier fit un pas pour se planter devant elle en plissant ses petits yeux, le regard mauvais.

— *Herr doktor*, vous n'avez ici aucune autorité sur les patients civils. Ceci n'est en aucun cas les affaires de la Wehrmacht. J'exécute un ordre direct du SD. Alors je vous conseille de rester à votre place si vous ne voulez pas avoir à vous expliquer avec eux.

Le policier, qui avait décollé les talons pour se grandir un peu face à Veronika qui le dépassait d'une tête, lui avait planté son doigt juste au-dessus du sein gauche.

Elle pâlit légèrement et ne répliqua pas, se contentant de baisser la tête et de mordiller sa lèvre inférieure. L'homme avait malheureusement raison. Le SD, service de renseignement et de sécurité du Reich, dépendant directement d'Himmler, avait toute autorité. Les plus hauts gradés de l'armée régulière eux-mêmes en avaient peur.

Les soldats, soutenant par les bras le malade qui hurlait toujours en se tenant l'abdomen, avaient disparu dans les escaliers. Le policier, après un *Heil Hitler* énergique et un salut du bras droit levé, tourna les talons et partit à son tour d'un pas rapide, suivi du reste de la troupe.

Pierre avait blêmi. Il dévisagea le docteur Steiner en lui adressant un regard plein d'animosité, les poings serrés dans les poches de sa blouse. Il se força à ne pas élever la voix et contint sa colère.

— Pour ma part, je préfère les appeler des résistants. Et j'avoue que je ne les considère ni comme des bandits, ni comme des terroristes. Mais ceci bien sûr ne concerne que moi.

Il tourna les talons pour rejoindre son bureau, plantant le Dr Steiner dans le couloir. Hans, qui avait assisté à la conversation, trouva quelque chose pour s'occuper. Sans un mot, la doctoresse allemande, furieuse d'avoir essuyé l'ire de Pierre, retourna au chevet de son blessé.

Le lendemain, comme chaque matin, Simone Lacour présentait à son chef le compte rendu écrit de la nuit. Elle jeta un regard rapide vers le couloir, s'assurant que personne ne l'entendait, et se rapprocha de lui.

— J'ai entendu votre conversation hier avec le Dr Steiner. Sauf votre respect, je pense que vous avez manqué de prudence.

Pierre leva sur elle un regard désolé.

— J'en suis conscient. J'ai un peu perdu mon sang-froid. Cela n'arrivera plus, mademoiselle Lacour. Je ne voudrais en aucune façon faire courir à mon personnel un quelconque danger. C'était vraiment bête de ma part. Et de toute façon cela n'aurait malheureusement rien changé.

Il prit la liasse de feuillets des mains de l'infirmière-chef pour les poser sur son bureau.

— Pauvre gosse ! soupira-t-il. Dieu sait où ces sauvages ont bien pu l'emmener !

— À Chamalières, vraisemblablement, au siège de la Gestapo rue de Royat. Ils vont l'interroger, sans doute le torturer et l'enfermer ensuite dans la prison de la caserne d'Assas. Après...

L'infirmière ne termina pas sa phrase et baissa tristement la tête.

— Vous avez l'air bien au courant de toutes ces choses, on dirait.

Simone arbora un sourire gêné.

— Désolée, docteur, je me suis égarée. Avez-vous besoin d'autre chose ?

— Non, je...

— Alors à plus tard, le coupa-t-elle en sortant prestement du bureau, j'ai des consignes à donner à mes infirmières. On ne manque pas de travail, ce matin !

Elle referma la porte derrière elle, laissant Pierre à son étonnement.

III

COMME CHAQUE SOIR après son travail, Pierre s'arrêta un moment au Café Français, où il avait pris ses habitudes. Il dégustait avec gourmandise une délicieuse omelette d'une onctuosité parfaite, à laquelle la patronne avait ajouté des morceaux de lard.

— C'est un jour sans viande, lui avait-elle dit à voix basse. Mais quand on connaît les paysans du coin, et surtout quand on peut payer, on ne manque de rien !

Un clin d'œil avait ponctué sa phrase. Pensivement, il sirotait son café d'orge, sans sucre, dont l'amertume le faisait grimacer à chaque gorgée. Mais qu'à cela ne tienne, pour rien au monde il ne se serait passé de ce breuvage à la fin du repas. Il cherchait dans les tréfonds de sa mémoire le goût délicieux et l'odeur du vrai café, que la bonne, chez ses parents, faisait passer le matin avant que toute la maisonnée ne se réveille. Perdu dans ses souvenirs, son regard se promenait sur la décoration vieillotte de la salle. Sur les tapisseries d'un autre âge, on avait accroché des croûtes sans véritable intérêt artistique. Des étagères de bois massif, tout autour de la salle de restaurant, supportaient des pots en étain de différentes formes et des vases dont les fleurs commençaient à faner. Au fond de la salle trônait une antique cheminée dans laquelle on n'avait pas allumé de feu depuis bien longtemps. Son regard glissa vers le portrait de Philippe Pétain surplombant, derrière le bar, les bouteilles de sirop recouvertes d'une épaisse couche de poussière. Sous la triple rangée de feuilles de chêne, le Maréchal, chef de l'État français, semblait surveiller les consommateurs. Comment ce grand homme, ce héros des Poilus de la Grande Guerre, avait-il pu si facilement collaborer avec l'ennemi et serrer la main d'Hitler ? C'est totalement incompréhensible, pensa Pierre. Cette poignée de main à Montoire, qu'il avait vue dans les actualités de son cinéma de quartier à Orléans, l'avait laissé sans voix, alors que les huées fusaient dans la salle obscure. Il y avait maintenant presque trois ans de cela. Tout à ses considérations, il ne remarqua pas un couple qui s'approchait de sa table.

— Bonsoir, docteur. Je ne vous dérange pas ?

Surpris, il tourna la tête vers la voix. Il mit une seconde à reconnaître celle qu'il voyait pour la première fois sans sa coiffe immaculée dissimulant sa chevelure.

— Mademoiselle Lacour ? Je ne pensais pas vous voir ici à cette heure. C'est une agréable surprise, répondit-il poliment.

— Vous permettez que l'on s'assoie ?

Sans attendre la réponse, elle tira une chaise pour prendre place en face de son chef. L'homme qui l'accompagnait en fit autant.

— Je savais vous trouver ici, docteur. Avec votre permission, je voudrais vous présenter un de mes amis qui désire vous rencontrer. Il s'appelle Molière.

L'homme le salua d'un léger coup de menton.

— Molière ? Un bien joli nom pour qui apprécie notre littérature, répondit Pierre en serrant la main de l'homme.

Il repoussa devant lui la tasse d'ersatz de café qu'il venait de finir.

— Et que puis-je donc faire pour votre ami, mademoiselle Lacour ? Ne me dites pas que c'est un souci d'ordre médical, l'endroit me paraît fort peu approprié, dit-il avec un demi-sourire. Mes consultations sont terminées. Ce n'est pas non plus une question d'ordre littéraire, je présume.

L'infirmière rapprocha sa chaise de la table pour parler à voix basse.

— Je souhaiterais vous parler de ce qui s'est passé dans le service le jour où les Allemands ont emmené un de nos patients.

Elle se tut quand un jeune couple passa près d'eux à la recherche d'une table libre. Elle les suivit un instant des yeux, jusqu'à ce qu'ils se fussent éloignés.

— J'ai cru comprendre, reprit-elle, que vos sentiments, dans cette guerre, étaient plutôt… comment dire ?

— Vous voulez dire patriotiques, peut-être ?

L'infirmière hocha la tête.

— Oui, c'est l'idée, en effet.

L'ami de Simone n'avait toujours pas ouvert la bouche. Son attitude rigide, ainsi que tout dans son physique, trahissait son statut de militaire : grand et costaud, les épaules larges, la mâchoire carrée, les cheveux ras et blonds coupés en brosse. Probablement un officier démobilisé, pensa Pierre. L'homme ne quittait pas le médecin des yeux. Il s'avança à son tour.

— Vous n'êtes donc pas sans savoir que certaines personnes ont décidé de ne pas subir l'occupation sans réagir et sont prêtes à se battre.

— Bien évidemment ! Si vous évoquez ceux que les occupants considèrent comme des terroristes ou des bandits, alors bien entendu que je suis au courant. Il y a peu de temps encore, je vivais en zone occupée, savez-vous. Et les Allemands leur menaient la vie dure là-bas, je peux vous l'assurer.

— Ici aussi, docteur. Et nous essayons de leur rendre la pareille, même si nos moyens d'action sont quelquefois dérisoires face à des troupes bien armées.

Molière marqua un temps d'arrêt puis planta son regard dans celui de Pierre, guettant une réaction sur son visage.

— Je n'irai pas par quatre chemins, continua-t-il. Seriez-vous disposé à nous apporter votre aide ?

Pierre soutint à son tour les prunelles bleu métallique de son interlocuteur, dont les traits se durcirent. Les deux hommes se jaugeaient. Pierre rompit le premier le silence qui s'était installé à la table.

— Molière – ou qui que vous soyez, puisque j'imagine que ce n'est pas là votre vrai nom –, arrêtons de tourner autour du pot, je vous prie. Vous êtes dans un réseau de résistance, dont mon infirmière-chef, je présume, fait également partie (il glissa vers elle un rapide coup d'œil), et vous avez besoin d'un médecin pour soigner discrètement vos hommes quand le besoin s'en fait sentir. Je me trompe ?

Molière parut surpris par le ton direct de Pierre.

— C'est parfaitement exact, en effet.

Le médecin se cala contre le dossier de la chaise et prit le temps de réfléchir quelques secondes en triturant sa cuillère à café entre ses doigts.

— Si vous êtes venus me voir, c'est que vous vous doutiez que je ne refuserais pas. Vous pouvez compter sur moi, mais sous certaines conditions toutefois.

Il posa son regard sur Simone avant de continuer :

— Ce que vous me demanderez ne devra jamais mettre en péril ni mes patients, ni les personnes qui travaillent à l'hôpital. Je rejetterai catégoriquement toute demande si ces deux conditions ne sont pas expressément remplies.

Pour la première fois, le visage de Molière se détendit un peu, et un sourire se dessina sur son visage.

— Je comprends vos inquiétudes, docteur, mais ne vous en faites pas pour cela. Aussi, comprenez bien que nous vous demandons une discrétion absolue. Ne parlez de cela à personne. Et surtout pas à votre adjoint, Dupin. Il pourrait avoir tendance à un peu trop s'épancher sur l'oreiller avec ses conquêtes féminines. Enfin, à ce qu'on m'en a dit.

Pierre coula son regard vers Simone qui baissa la tête.

— Je vois que vous êtes bien renseigné sur la vie privée de mon personnel, ironisa Pierre.

— Cela peut être parfois indispensable pour rester en vie, voyez-vous.

Molière repoussa sa chaise pour se lever, suivi de Simone.

— Puisque nous sommes d'accord, je vous souhaite le bonsoir, docteur Neveu, et merci.

Après une rapide poignée de main, Simone et Molière disparurent derrière les épais rideaux noirs que le patron venait de tirer pour le couvre-feu.

À quelques tables de là, un homme aux tempes grisonnantes les suivait du regard avec insistance, tout en griffonnant rapidement quelques mots dans la marge du journal ouvert devant lui.

Le Dr Steiner était déjà au travail quand Pierre arriva dans le service. Un blessé allemand avait été admis au cours de la nuit, remplaçant un sortant renvoyé à la caserne. En passant devant la salle de petite chirurgie, il la vit penchée sur son patient, les lèvres pincées, occupée à farfouiller avec son instrument dans une large plaie à la cuisse, de laquelle elle retirait de petits morceaux de métal. Le soldat, le visage crispé et les poings serrés sur sa poitrine, maintenu par l'infirmier Hans, emplissait la pièce de ses gémissements. Pierre s'arrêta une seconde sur le pas de la porte, sans que l'officiante ne s'aperçoive de sa présence, toute à sa délicate entreprise. Le soleil matinal qui entrait par la grande fenêtre s'emprisonnait dans ses cheveux blonds serrés en chignon, les couronnant d'un halo doré et scintillant. Une mèche rebelle s'en échappait, qui descendait en une longue boucle caressant à chacun de ses mouvements sa joue d'un blanc velouté. Un peu de sueur, perlant à son front, faisait briller sa peau claire. Un cou gracile émergeait de sa blouse blanche. Seule sa jupe vert de gris trahissait sa condition militaire. *On dirait le tableau d'une madone*, se surprit à penser Pierre. Il secoua la tête pour chasser cette idée. Non, c'est une Allemande, une ennemie, je ne dois pas la considérer autrement.

La voix de Simone, qu'il n'avait pas entendue arriver, le fit sursauter légèrement :

— Bonjour, docteur. M. Lucas, le patient de la chambre 3, est mort tôt ce matin. Votre interne l'a officiellement constaté. Pourriez-vous signer le certificat de décès ? La famille est déjà présente et voudrait l'emmener pour organiser les funérailles.

— L'hépatite ? Je suis étonné qu'il ait tenu jusque-là. Il était perdu depuis longtemps. Pauvre homme. Que voulez-vous, l'abus de la boisson ne pardonne que rarement.

Simone hocha la tête pour confirmer les dires de son supérieur.

Il prit le stylo tendu par l'infirmière pour apposer sa signature sur le document.

— Pendant que j'y pense, continua-t-il sans lever les yeux de la feuille, vous ferez préparer une sacoche avec des pansements et tout le nécessaire à sutures. Vous rajouterez aussi des ampoules de morphine en quantité suffisante et des antibiotiques. Je l'emmènerai chez moi, au cas où je serais appelé pour une urgence dans la nuit.

Il glissa vers l'infirmière un regard en coin et un sourire entendu.

— Je m'en occupe immédiatement, elle sera dans votre bureau tout à l'heure.

Simone se mit à rire doucement.

— Mais ce sera de la morphine allemande fournie par le Dr Steiner.

Pierre posa son doigt sur ses lèvres en riant à son tour.

— Alors ne lui dites surtout rien !

Simone, comme à son habitude, était déjà repartie s'occuper de ses patients, houspillant au passage une fille de salle qui lambinait un peu trop à son goût.

Le blessé allemand avait cessé de crier. Le service retrouvait son calme habituel, troublé seulement par le grincement des roulettes des chariots métalliques sur le carrelage et le tintement des carafes d'eau et de tisane qu'ils transportaient. Levant le nez de son bureau vers la porte qu'il laissait ouverte sur le large couloir quand il ne consultait pas, Pierre aperçut le Dr Steiner qui, appuyée contre le mur et les mains au fond des poches de sa blouse, dictait ses instructions à son infirmier.

— Pour celui-ci la jambe est sauvée, dit-elle à Pierre après s'être approchée du bureau. Ce garçon a eu de la chance. Il n'aura pas de séquelles.

— Encore un combat contre vos terroristes ? Pauvre garçon. Un autre dont ce sera peut-être le dernier combat.

Veronika ne releva pas l'ironie.

— Pas cette fois-ci, non, répondit-elle sèchement. Une simple erreur dans la manipulation d'une grenade lors d'un exercice. Cela doit vous faire plaisir, je présume.

Pierre préféra ne pas répondre. Il s'était promis d'être plus modéré dans ses paroles et ses rapports avec l'occupant. Certains avaient été arrêtés pour moins que ça. Et derrière des barreaux, il ne pouvait être d'aucune utilité pour ses patients. Veronika entra dans le bureau, referma la porte derrière elle et, sans attendre d'y être invitée, s'assit en face de Pierre.

— Docteur Neveu, puisque nous sommes amenés à travailler ensemble, même si cela ne vous convient pas – ce que je peux comprendre, du reste –, je pense qu'il est temps de mettre les choses au clair entre nous.

Le ton sec surprit Pierre. Il posa son stylo-plume et ôta ses lunettes.

— Je vous en prie, docteur Steiner, je vous écoute.

Un silence lourd s'installa dans le bureau. Par la fenêtre ouverte sur le parc, on percevait le bruit des oiseaux qui s'égaillaient dans les branches. Au loin, la sirène stridente de l'usine Sefal siffla quelques secondes. En tendant l'oreille, on pouvait deviner le bruit sourd des trois énormes marteaux-pilons qui se mettaient en marche en faisant imperceptiblement vibrer l'air. Une seconde sirène, plus proche, celle d'une ambulance, prit le relais du sifflet de l'usine. Elle s'estompa rapidement en direction de la route de Parentignat. Le calme revint. La jeune femme n'avait pas quitté Pierre des yeux. Elle reprit sur un ton plus doux :

— Je conçois tout à fait votre ressentiment envers notre pays. Il est légitime. À votre place, j'aurais sans doute le même.

Pierre acquiesça doucement de la tête.

— Mais sachez, reprit-elle, que je suis avant tout un médecin. Comme vous, j'ai récité le serment d'Hippocrate. Et j'ai juré de soigner tous ceux qui pourraient en avoir besoin, sans distinction.

Pierre la laissa poursuivre.

— Bien qu'allemande, je ne suis pas d'accord avec ce qui se passe en ce moment. Je déplore autant que vous ces actions meurtrières contre les résistants, les juifs, ou encore les communistes. Je n'ai pas demandé à participer à cette guerre, qui m'a déjà enlevé mon mari, ni à porter cet uniforme.

Une ombre de tristesse passa dans ses yeux à l'évocation de son époux, Andreas, un professeur de lycée, mobilisé et tué quatre ans auparavant, en 1939, lors de l'invasion de la Pologne.

— Je vous le répète, Pierre, je ne suis pas une nazie, encore moins une fanatique. Seulement un médecin mobilisé contre son gré dans cette guerre atroce. Et qui aurait préféré rester chez elle, avec ses proches.

Pour la première fois, elle l'avait appelé par son prénom. Elle continua sur un ton qui laissait transparaître un peu d'irritation.

— J'ai été aussi révoltée que vous quand la police est venue arrêter votre patient. Vous savez comme moi ce qui va lui arriver. Mais je suis totalement impuissante contre cela.

Elle avait dit cette dernière phrase d'une traite, sans respirer. Pierre crut déceler dans ses yeux une larme qui ne demandait qu'à couler. Il sut que l'émotion de la jeune femme n'était pas feinte.

— Je suis sincèrement désolé pour votre mari, soyez en sûre. Cette guerre a malheureusement son cortège de malheurs pour chacun de nous.

Le discours de la jeune femme l'avait quelque peu bouleversé. Il percevait chez elle une humanité dont il croyait jusqu'alors le peuple allemand incapable. Il allait continuer, quand la porte du bureau s'ouvrit légèrement. Le visage d'Eugène apparut dans l'entrebâillement de la porte.

— Vous auriez deux secondes, docteur ? Ou je peux revenir plus tard, si vous êtes occupé.

— Non, Eugène, vous pouvez entrer.

Le brancardier désigna une sacoche ventrue en cuir foncé qu'il tenait à la main et de laquelle dépassaient les deux embouts d'un stéthoscope.

— Mlle Lacour m'a demandé de monter ceci immédiatement dans votre bureau, reprit-il.

— Ah oui, merci, mettez-la ici, je m'en occuperai plus tard.

Eugène traversa le bureau pour poser son bagage sous la fenêtre. Il ignora le Dr Steiner, sans répondre à son bonjour qu'il feignit de ne pas avoir entendu.

— Si vous avez besoin d'autre chose, docteur…

— Non merci, Eugène, pas pour le moment, je vous remercie.

Le brancardier retourna rapidement à ses occupations.

— Je ne peux pas lui en vouloir, se désola Veronika en haussant les épaules une fois qu'il fut sorti.

Pierre avait rajusté ses lunettes et repris ses feuillets, signifiant que l'entretien était terminé.

— Je vous laisse travailler, dit-elle en se levant, j'ai encore d'autres patients à voir. Je suis heureuse d'avoir eu cette conversation avec vous.

— Moi également, Veronika, cela a été un plaisir.

— Alors, c'est dit, reprit-elle en souriant, nous nous appellerons désormais par nos prénoms.

— Puisque nous sommes confrères, pourquoi pas !

Elle ouvrit la porte puis se retourna en désignant la sacoche du doigt.

— J'avais cru comprendre que vous ne faisiez pas de visites à domicile. Auriez-vous changé d'avis ?

Pierre se sentit pâlir légèrement. Il pria pour qu'elle ne le remarque pas.

— J'ai quelques voisins assez âgés et fort sympathiques. Alors j'essaie de rendre service, tout simplement, pour leur éviter de se déplacer jusqu'au cabinet du médecin de ville. Dans leur état, et par cette chaleur, c'est parfois une épreuve.

— C'est tout à votre honneur. Ils ont de la chance de vous avoir.

Veronika salua de la tête et sortit du bureau.

IV

De lourds nuages noirs engloutissaient peu à peu les monts du Sancy. L'orage se rapprochait rapidement et quelques éclairs au-dessus des montagnes zébrèrent le ciel. Le grondement du tonnerre, quelques secondes plus tard, rebondissait sur les hauteurs alentour.

— On va en prendre une belle rincée, cette fois-ci. Ça arrive droit sur nous, grogna Robert en levant la tête vers le ciel.

Sous les branches basses d'un hêtre, il entreprit de repositionner la bâche huilée sensée protéger son abri de la pluie.

Le jeune résistant de dix-neuf ans, Louis Sage de son vrai nom, mais désormais connu sous celui de Robert, avait rejoint le petit groupe de maquisards quelques jours plus tôt. Serveur au café du Globe, il avait vu d'un mauvais œil les nouvelles directives de l'État français qui le soumettaient au Service du Travail Obligatoire. Travailler en Allemagne au profit de l'économie de guerre ennemie ne l'enchantait guère. Malgré les avantages évoqués sur les affiches et la promesse du retour de prisonniers français, il n'y croyait pas.

— C'est de la blague, ça, et puis ça ne me dit rien du tout d'aller me crever pour ces salauds de boches ! Au lieu d'envoyer les Français là-bas, ils feraient mieux d'y ramener les leurs !

Il avait donc préféré quitter le confort de son petit logement issoirien au-dessus du bar pour se réfugier dans un camp de fortune niché au fond des bois, sur les pentes abruptes du pic d'Ysson. Avec quatre autres hommes, il avait établi un campement, rustique mais somme toute confortable, près des ruines de ce qui avait été autrefois – mais il fallait beaucoup d'imagination pour le deviner tant la végétation avait repris ses droits – une bâtisse médiévale. Sous des bâches obtenues grâce à la complicité des ouvriers de l'usine Ducellier et camouflées par des branchages et des feuilles, les lits de mousse confortables n'avaient rien à envier aux meilleurs des matelas. Conversations, lecture, jeux de cartes et un peu de braconnage occupaient les journées. Un poste d'observation, aménagé quelques dizaines de mètres en contrebas, permettait de surveiller toute arrivée depuis les routes de Solignat et de Tourzel. En cas d'alerte, les maquisards avaient préparé des itinéraires de repli vers Antoingt ou Dauzat, protégés par les forêts denses dans lesquelles l'ennemi hésitait à s'aventurer. Ils vivaient là dans une relative sécurité. De temps en temps, ils grimpaient jusqu'au petit bourg de Vodable, où ils savaient pouvoir trouver, chez des habitants sûrs, un peu de beurre, du fromage, des miches de pain et des bouteilles de vin. On leur offrait quelquefois une poule, un lapin ou une marmite de soupe de légumes dont ils se régalaient. Pour remercier les paysans de leur générosité, ils n'hésitaient pas à les aider à fendre et à ranger le bois pour l'hiver, à réparer les clôtures pourries, ou, à l'occasion, à donner la main aux champs.

— Profite de te la couler douce, mon gars, disait souvent à Robert Armand, le plus vieux de la bande, recherché pour avoir fait étalage sans précautions de ses idées communistes. Cet hiver on sera moins à la fête, crois-moi !

— On verra bien. D'ici là, répondait Robert – le pseudonyme de résistant qu'il avait choisi était le prénom de son père –, je prends du bon temps loin de mes patrons. Une vraie colonie de vacances ! Il ne manque plus qu'un peu de musique et quelques demoiselles pour que tout soit parfait.

À peine le jour était-il levé qu'ils reçurent la visite d'Austremoine, un des responsables FFI de la région. Par le poste de surveillance, qu'on avait omis cette nuit-là de garder, Austremoine pénétra dans le camp sans que les maquisards, endormis, ne s'aperçoivent de sa présence. En guise de petit déjeuner, ils reçurent une belle engueulade. Grand et d'allure sportive, presque un athlète avec ses bras musculeux et ses épaules carrées habituées à remuer les lourds sacs de grain, il portait beau ses cinquante ans. Les jeunes maquisards écoutaient avec respect cet ancien conseiller municipal, propriétaire terrien de la riche plaine de la Limagne, qui avait repris l'exploitation familiale à son retour de la Grande Guerre.

— On va faire un tour à Neschers, leur avait-il expliqué une fois calmé. Nous devons récupérer des armes cachées. Des fusils de chasse, principalement, à distribuer aux groupes qui n'ont rien, en attendant des armes plus puissantes. On nous a promis une livraison, mais ça tarde. Le Lysander attendu en provenance d'Angleterre n'a toujours pas atterri sur le plateau de Pardines. Des gars sont restés en attente là-haut. Ah oui, pendant que j'y pense, reprit-il en tendant une enveloppe à Armand, une lettre de ta femme.

Le café bu et le feu éteint, le groupe, mené par son chef, partit joyeusement, fusils et mitraillettes Sten en bandoulière, heureux de cette promenade qui leur dégourdirait un peu les jambes. L'orage, qui s'était jusque-là contenté d'arroser les hauteurs du Sancy, reprenait sa course vers le sud. Le grondement du tonnerre s'amplifiait, en un roulement continu.

— La vache ! Ça arrive droit sur nous, on va se tremper jusqu'aux os. C'est bien notre veine ! On aurait pu rester sous nos abris en attendant que ça passe !

— Arrête un peu de râler, Robert, on entend que toi ! grogna Louis, un ouvrier de chez Sefal. Tu auras le temps de gueuler quand tu auras les boches au cul ! Ce sera pire que cet orage, crois-moi.

Vexé, le petit jeune de la bande envoya un coup de pied rageur contre un caillou qui avait roulé au milieu du chemin. Il ne vit pas arriver une petite branche, tendue par l'homme qui le précédait, et qui lui cingla violemment le visage.

— Et merde ! Ras la casquette de cette forêt !

— Regarde plutôt où tu vas au lieu de causer, rit un homme.

— Maintenant fermez-la, ordonna sèchement Austremoine, le village est en vue.

Depuis les hauteurs du plateau de Montoron, le village, aux maisons serrées autour de sa vieille église, s'étalait en contrebas le long de la Couze-Chambon qui serpentait au fond de l'étroite vallée. Le groupe, sous le couvert des arbres, obliqua légèrement vers la gauche en descendant vers la route de Champeix, qu'ils longèrent un moment en s'abritant derrière les haies. Ils s'arrêtèrent à l'orée d'un champ, hors de vue grâce aux hautes herbes.

— Attendez-moi là, je descends m'assurer que la voie est libre.

Courbé entre les arbustes, Austremoine continua seul sa descente vers l'entrée du village. Après avoir estimé qu'il n'y avait pas de danger, d'un sifflement il rameuta sa troupe. Les hommes se tapirent dans le ruisseau à sec qui descendait du plateau jusqu'à la route qui menait au bourg.

— Quelqu'un va nous rejoindre, il faut rester là et attendre.

Les nuages noirs se faisaient de plus en plus menaçants. Le ciel s'obscurcit brusquement, comme si la nuit venait de tomber. Accompagnant les prémices de la pluie, un vent frais s'était levé, qui agitait les branches au-dessus d'eux. Puis les premières gouttes tombèrent, lourdes, qui éclataient sur les feuilles en dizaines d'autres, de plus en plus rapprochées pour ne plus faire qu'un roulement continu. La colline, devant eux, disparut derrière un rideau opaque. Les hommes rentraient la tête dans les épaules et remontaient le col de leur veste pour tenter tant bien que mal de se protéger de la pluie. Les armes, pour rester au sec, disparurent sous les vêtements.

L'orage ne dura que quelques minutes et cessa aussi brusquement qu'il avait commencé. Il continuait sa course en direction d'Issoire.

— Il tarde un peu, votre contact, fit remarquer un homme. On devrait peut-être aller voir.

— Hors de question, répondit le chef. On respecte les consignes. Elles sont de l'attendre ici.

— On le connaît, ce gars-là ? demanda une des résistants qui se targuait de connaître tout le monde dans les villages alentour, pour y avoir exercé pendant des années ses activités de maquignon.

— Un certain Raoul. Mais je ne connais pas son vrai nom.

L'ancien marchand de bestiaux fouilla dans sa mémoire. Il haussa les épaules au bout d'un moment.

— Ça ne me dit rien, ce nom-là. Je ne vois vraiment pas qui c'est, ce chrétien !

À peine avait-il fini sa phrase qu'un camion se présenta au virage, venant de Champeix, précédé d'un side-car et d'une Traction noire remplie de miliciens. D'un seul élan, les hommes s'allongèrent dans l'herbe mouillée, s'aplatissant au fond du ruisseau. D'instinct, ils retinrent leur souffle quand le convoi passa à leur hauteur. Le side-car stoppa une centaine de mètres plus loin, devant les premières maisons du village, tandis que les deux autres véhicules obliquaient à gauche vers le centre du bourg. Les deux soldats restés en arrière descendirent de leur moto et allumèrent une cigarette en devisant tranquillement, leurs armes négligemment laissées dans le panier.

— Ils ne sont que deux, on peut se les faire et se barrer vite fait ! proposa Robert qui avait sorti un chargeur de Sten de sa poche et approvisionné son arme.

— Espèce d'idiot, range-moi ça ! souffla Austremoine. Tais-toi et fais ce qu'on te dit ! Ce n'est pas le moment de faire des conneries !

Rabroué pour la seconde fois de la journée par son chef, le jeune homme serra des poings rageurs au fond de ses poches.

Ils restèrent là près d'une heure avant qu'ils n'entendent les véhicules reprendre la route, en direction de Coudes, rejoints par le side-car.

— Venez, décida le chef, on va aux renseignements. Restez sur vos gardes.

Le groupe entra prudemment dans le village en longeant les murs, s'abritant par moments dans l'encadrement des portes de grange. Des habitants, méfiants et apeurés, les suivaient du regard derrière leurs volets entrebâillés. Une femme, derrière les persiennes, leur adressa un petit signe amical, auquel Austremoine répondit. Au centre du village, un petit attroupement s'était formé devant une habitation en pierre accolée à une dépendance. Une femme pleurait, soutenue par ses voisines.

— Ils ont emmené mon mari, mon mari !

Ses mots, noyés de sanglots, s'étranglaient dans sa gorge.

D'autres habitants sortaient de leurs maisons et venaient se joindre au groupe.

Austremoine avisa une petite fille qui le regardait, serrant contre elle une poupée de chiffon. Elle devait avoir treize ans. Il s'approcha d'elle et s'accroupit.

— Tu as vu ce qui s'est passé, ma petite ?

La fillette tremblait de tous ses membres.

— Les soldats sont venus dans ma maison et ils ont tout fouillé. Après ils ont emmené papa dans la grange. Ils ont tout fouillé aussi.

— Ils ont dit quelque chose ? Tu sais ce qu'ils cherchaient ?

— Ils ont frappé mon papa pour qu'il dise où étaient cachés les fusils, mais il a dit qu'il ne savait pas et qu'il n'y avait jamais eu d'armes à la maison. Alors ils l'ont emmené dans leur camion.

Austremoine lui caressa affectueusement les cheveux.

— Ma pauvre petite, tu as dû avoir très peur.

La fillette se mit à sangloter.

— Et j'ai cru aussi qu'ils allaient tuer mon chien parce qu'il leur grognait dessus.

Un bâtard, les oreilles tombantes et la queue basse, léchait la main de la fillette, comme s'il voulait la consoler.

Elle essuya ses larmes avec le revers de sa manche.

— Il va revenir bientôt, mon papa ?

— Très bientôt, rassure-toi, la consola le résistant.

Un homme se détacha de la foule et prit la main de la petite fille en saluant les maquisards de la tête.

— Ils n'ont fouillé qu'ici et rien trouvé, expliqua-t-il au chef des résistants. Raoul était très prudent. Je suis certain qu'il y a eu une dénonciation. Si on attrape le salaud qui l'a balancé... !

Il montra au ciel son poing serré.

— Ne vous inquiétez pas pour ça, répondit Austremoine, les collabos paieront un jour, faites-moi confiance.

Il se pencha de nouveau vers la fillette.

— Ne t'inquiète pas, ma petite. Je te répète que ton papa va bientôt revenir à la maison. Prends bien soin de ta maman en attendant, et sois bien sage.

Les deux hommes se serrèrent la main.

— On va s'occuper d'elles pour ne pas les laisser seules, dit l'homme du village.

Il posa affectueusement sa main sur les cheveux de la petite.

— Viens, Jeanne, nous allons rester avec ta maman ce soir.

Austremoine les regarda s'éloigner. Il se tourna vers Robert et lui empoigna l'épaule.

— Tu es courageux, mon garçon, nous avons besoin de jeunes gens comme toi. Mais comprends-tu maintenant ce qui se serait passé si on avait abattu les deux Allemands ? Ces salauds se seraient certainement vengés sur eux, et il y aurait eu des morts ici. Beaucoup de morts innocents. Cette petite fille peut-être, ou sa mère.

Le jeune homme, penaud, baissa les yeux en acquiesçant d'un hochement de tête.

— Je réfléchirai plus la prochaine fois, chef. Je suis désolé.

Le chef posa sa main sur l'épaule de Robert.

— Tu as encore beaucoup de choses à apprendre.

Il rameuta sa troupe autour de lui.

— Les armes seront pour une autre fois, expliqua Austremoine. C'est le père de cette petite avec qui nous avions rendez-vous. Allez, en route, on rentre sur le campement.

Après avoir accepté de la part des villageois deux paniers de provisions, quelques tranches de jambon sec, des légumes, une douzaine d'œufs et une bouteille d'eau-de-vie, les résistants repartirent rapidement vers le couvert des bois.

V

L'AIR SENTAIT ENCORE LA PLUIE quand Pierre traversa la place de la République pour rentrer chez lui. Les terrasses, un moment désertées au plus fort de l'orage, se remplissaient de nouveau. Les enfants sautaient joyeusement dans les flaques qui fumaient légèrement sous la chaleur du soleil. La journée, à l'hôpital, avait été longue et chaude. La salle d'attente n'avait pas désempli de la journée, et les fenêtres ouvertes en grand sur le parc ne laissaient passer qu'un air étouffant et moite. Pour rajouter à l'énervement, les soldats allemands hospitalisés s'étaient révélés particulièrement bruyants. Sans aucun respect pour le repos des malades des chambres voisines, ils chantaient et parlaient fort. Les nombreuses interventions du caporal Rosen n'avaient eu aucun effet. Pierre comptait, dès le lendemain, s'en plaindre au Dr Steiner.

Mais pour l'heure il n'aspirait qu'à un brin de toilette et à changer sa chemise collante avant de sortir manger un morceau au Café Français, dès que les rayons du soleil auraient un peu décliné au-dessus des toits.

À peine avait-il rempli une cuvette d'eau fraîche et débuté sa toilette qu'on frappa à la porte.

— J'arrive, cria-t-il, contrarié d'être dérangé.

Il ouvrit la porte sur la silhouette massive de Molière, serrée dans un blouson de cuir.

Sans attendre d'y être invité, celui-ci fit quelques pas vers le milieu de la pièce.

— Je suis désolé de vous déranger à cette heure, docteur, mais nous avons besoin de vos compétences médicales.

Il désigna du doigt la sacoche posée sur une chaise.

— Habillez-vous, je me charge de votre bagage.

Pierre, revenu de sa surprise, essuyait sur son visage les traces blanches laissées par le savon.

— Bien aimable à vous de me laisser le temps d'enfiler une chemise propre, je vous en remercie !

Le ton un peu sec du médecin n'échappa pas au visiteur.

— Excusez-moi, docteur, mon intrusion était un peu cavalière, je le concède. L'habitude de commander à mes troupes, je pense.

— N'en parlons plus. Mais donnez-moi tout de même quelques informations, le temps que je m'habille.

Molière tira une chaise pour s'asseoir et sortit une cigarette.

— Vous permettez ?

— Je vous en prie, faites.

L'odeur de tabac brun envahit la pièce avant de s'échapper par la fenêtre.

— Il y a eu un accrochage il y a deux jours, près de Saint-Nectaire. Un de nos gars a été blessé par balle. Il est à l'abri dans une ferme.

— Deux jours ? Vous avez un peu tardé à faire appel à moi.

— C'est que la blessure ne paraissait pas si grave. Mais son état a empiré depuis cette nuit. Il a beaucoup de fièvre.

Pierre se tut une seconde pour réfléchir.

— Oui, je vois. Sa plaie a sûrement dû s'infecter.

Il décrocha sa veste de la patère derrière la porte.

— Je suis prêt, allons-y, dit-il en empoignant sa sacoche.

La Peugeot 401 conduite par Molière roulait à vive allure dans les virages serrés qui montaient au village de Saint-Nectaire. Pierre s'accrochait à la poignée de la porte pour ne pas glisser contre le conducteur. Au centre du bourg, ils obliquèrent à droite vers l'église pour emprunter une route étroite qui serpentait entre les maisons puis grimpait dans la montagne.

— Plus que quelques kilomètres et nous y sommes, indiqua le conducteur.

Il alluma nerveusement une énième cigarette qui le fit tousser.

— Cette saloperie va me tuer, à force, reprit-il en soufflant par la fenêtre un panache de fumée bleutée.

— Ou alors c'est votre conduite qui va nous tuer tous les deux avant !

Pour la première fois, Molière esquissa un semblant de sourire. Après une seconde quinte de toux rauque, il jeta d'un air dégoûté sa cigarette à peine entamée par la fenêtre.

— Ne vous inquiétez pas, nous voilà presque arrivés, la ferme est juste là.

La voiture ralentit un peu pour s'engager dans un chemin de terre à peine assez large pour leur passage. De chaque côté, les branches des mûriers griffaient la carrosserie du véhicule qui cahotait dans les ornières laissées par les dernières pluies.

— On y est, c'est ici.

Les murs en pierre grise d'une petite ferme basse se révélèrent au détour du chemin. Des poules effrayées s'enfuirent en caquetant, perdant au passage quelques plumes, quand la voiture pénétra dans la cour. Deux jeunes hommes, fusil de chasse à la main, sortirent prestement de la maison et les mirent en joue. Les canons s'abaissèrent dès que Molière fut reconnu.

— C'est bon, les gars, le docteur est avec moi, leur indiqua ce dernier en ouvrant la portière.

Les deux jeunes maquisards mirent leur fusil en bandoulière et s'approchèrent des deux arrivants pour leur serrer la main.

— Jeannot est toujours là-haut, expliqua l'un d'eux, et ça n'a pas l'air de s'arranger. Suivez-moi, docteur, je vous montre.

La fraîcheur dans la maison était agréable. Pierre mit quelques secondes pour s'habituer à la pénombre qui y régnait. La pièce, petite et sombre, sentait le feu de bois. Les murs crépis de chaux étaient noircis par la fumée. Au centre, une antique table en bois épais était encombrée de verres et de cageots de légumes. *Les propriétaires des lieux doivent être fort peu argentés*, estima le médecin.

— Je vous présente Germaine Lhôtelier, c'est sa ferme. Elle veille sur Jeannot depuis son arrivée.

Germaine, la quarantaine plantureuse, essuya ses mains humides sur un tablier sale pour serrer la main de Pierre.

— Il a beaucoup de fièvre depuis cette nuit, et il délire par moments, lui expliqua-t-elle. Je lui ai donné des décoctions d'herbe, mais sans résultats.

— Je n'ai rien contre ces vieilles recettes, madame Lhôtelier, ma grand-mère en utilisait beaucoup, mais je suis assez sceptique quant à leur utilité dans certains cas.

— C'est que je n'avais rien d'autre, vous savez, se renfrogna la fermière, un peu vexée.

— Vous avez fait de votre mieux, j'en suis certain, la rassura-t-il. En tout cas, vos soins auront ralenti les symptômes. Vous serez pour beaucoup dans sa guérison.

Gonflant sa poitrine de fierté, elle désigna un escalier en pierre qui montait à l'étage.

— Il est dans la chambre là-haut, la première sur votre droite. Et vous autres, s'adressant aux deux jeunes résistants, rendez-vous donc utiles, portez ces cageots à la grange, au lieu de me boire tout le vin de la maison !

Le blessé semblait dormir. Sa respiration était rapide et son front baigné de sueur. Pierre entreprit de défaire avec précaution les bandages qui lui recouvraient l'épaule. La plaie s'avérait profonde. Sous la peau, une déformation indiquait une fracture de la clavicule. La plaie l'inquiétait davantage. Elle s'était teintée de rouge tout autour du point d'impact et la présence de pus trahissait une infection. La balle, qui n'était pas ressortie, y était pour beaucoup. Le blessé grimaça dans son sommeil.

Pierre farfouillait dans sa trousse de chirurgie quand il entendit quelqu'un entrer dans la chambre. Il se retourna sur un gosse d'une douzaine d'années qui lui faisait face, les mains dans les poches, un lance-pierre glissé dans la poche de sa chemise.

— Mais qui es-tu, toi ? interrogea Pierre.

Le gamin s'approcha un peu. Deux jambes un peu maigres émergeaient comme deux bâtons noueux d'une culotte courte délavée plusieurs fois rapiécée, soutenue par une paire de bretelles. Sous une tignasse blonde en bataille brillaient deux grands yeux clairs sur un visage constellé de taches de rousseur.

— Je m'appelle Marcel. C'est ma chambre, ici. Mais je l'ai laissée pour lui, continua-t-il en désignant le blessé du menton. Du coup, je dors avec ma mère.

— C'est gentil de ta part, mon garçon.

Marcel sortit les mains de ses poches et croisa les bras sur son torse, bien campé sur ses deux jambes.

— C'est normal, dit-il en levant le menton. Quand je serai plus grand, moi aussi je serai résistant, et je tuerai plein de boches ! Le plus possible.

Pierre sourit.

— Et moi, j'espère bien que quand tu auras l'âge de faire la guerre, elle sera finie depuis longtemps !

Le gamin haussa les épaules. Pierre, qui avait mis la main sur sa boîte d'instruments, la posa sur le lit. Il fit l'inventaire rapide de son contenu et s'empara d'une sonde et d'une pince à clamp.

— Puisque tu es là, autant que tu te rendes utile. Tu veux bien m'aider, Marcel ? Je n'y arriverai pas tout seul. Si tu n'as pas peur, bien sûr !

Les yeux du garçon se mirent à briller un peu plus. Il s'approcha encore du lit.

— Bien sûr que je veux, et je n'ai peur de rien ! Des fois j'aidais mon papa quand les vaches font les veaux, et même qu'il y a beaucoup de sang. Et quand on tue le cochon, je vous dis pas ! Des pleins seaux !

— Et il n'est plus là, ton papa ?

— Il est mort il y a trois ans, quand la guerre a commencé. C'était un héros, et plus tard je serai comme lui. Depuis, c'est moi qui aide ma mère à la ferme.

L'aplomb du jeune garçon plut à Pierre.

— Je suis désolé, mon petit gars. Si tu veux être un vrai héros, viens lui tenir le bras pour l'empêcher de bouger, ça m'aidera beaucoup.

Le blessé, toujours inconscient, se mit à gémir quand, après avoir sondé la plaie pour en estimer la profondeur, Pierre farfouilla à l'intérieur des chairs avec une longue pince à la recherche de la balle. Un peu de sang coula sur les draps. Jeannot, sous la douleur, se tortillait dans le lit.

— Tiens-le mieux que ça, mon garçon, il bouge trop, je n'y arriverai pas.

Marcel grimpa sur le lit et s'appuya de tout son poids sur le torse du malade. Pierre, concentré, fouillait la blessure.

— Voilà, je la sens ! annonça le médecin. Il ne me reste plus qu'à l'extraire doucement.

Marcel, les yeux écarquillés, suivait l'opération avec attention, en mettant un point d'honneur à bien maintenir le blessé. La balle fit un bruit métallique en tombant dans la coupelle.

— Je peux la garder, monsieur ?

— Bien sûr, elle est à toi, je pense que lui n'en veut plus. Mais il faut la nettoyer avant.

Le pansement fut rapidement refait et Jeannot reçut une piqûre de pénicilline. Un second bandage, bien serré, empêcherait l'épaule de bouger.

Les résistants et Germaine étaient attablés au rez-de-chaussée devant un verre de vin quand Pierre et Marcel les rejoignirent. Sans un mot, Germaine sortit un verre supplémentaire qu'elle remplit d'un vin très noir avant de le tendre au médecin. Il grimaça en avalant une gorgée du vin râpeux qui lui brûla la gorge. Il reposa le verre, peu enclin à avaler de nouveau une gorgée de piquette.

— Qu'en pensez-vous, lui demanda Molière, c'est si grave que ça ?

— Il s'en remettra, annonça Pierre. Il a eu des antibiotiques qui vont faire baisser la fièvre. Mais c'est surtout la fracture qui m'inquiète. Si elle ne se ressoude pas correctement, cela pourrait affecter la mobilité de son bras. Il faudrait qu'il passe une radiographie, on ne sait jamais. Et il lui faudra des injections d'antibiotiques pendant quelques jours. Il faudrait l'emmener à l'hôpital.

Les résistants se regardèrent. Molière grimaça, visiblement contrarié.

— Je ne pense pas que ce soit bien prudent de le conduire en ville. Si les frisés lui mettent la main dessus, son os cassé sera le moindre de ses soucis, je vous assure.

— Je le prends dans mon service et je m'en occupe personnellement, il n'y a pas de risques. Et je pourrai également suivre l'évolution de l'infection. Ça devrait aller mieux, mais on ne sait jamais.

Le résistant réfléchit un moment et interrogea du regard les deux autres hommes qui approuvèrent de la tête.

— Comme vous voudrez, docteur. Allez, les gars, dit-il en s'adressant à ses hommes, faites-le descendre en douceur et installez-le dans la voiture.

Jeannot avait un peu repris conscience. Quand il fut correctement calé sur la banquette arrière, Molière donna l'ordre de départ. Pierre, juste avant de partir, se retourna vers Germaine.

— Au fait, madame Lhôtelier, Marcel m'a bien aidé. Sans lui je n'y serais pas arrivé. Je suis sûr qu'il fera un très bon médecin plus tard. Il est très courageux, votre garçon !

Cette phrase combla de fierté le jeune Marcel et sa mère, qui lui ébouriffa les cheveux en souriant.

— Et vous, Molière, inutile de jouer les pilotes de course, il n'y a plus d'urgence, et tant qu'à faire j'aimerais qu'il arrive à Issoire en un seul morceau. Et moi aussi, d'ailleurs.

— Je vais faire au mieux, mais nous devons arriver absolument avant le couvre-feu, sinon c'est le contrôle garanti.

Molière avait dû malgré tout forcer l'allure pour arriver en ville avant l'heure fatidique. Jeannot, à l'arrière, ballotté de droite à gauche dans les virages pris trop sèchement, avait souffert. Plusieurs fois, il avait failli perdre connaissance. Le soir commençait à tomber quand la voiture stoppa enfin devant l'hôpital. Le blessé, bien que relevé de son siège le plus délicatement possible, ne put s'empêcher de gémir.

Une forme se détacha du hall d'entrée de l'hôpital plongé dans la pénombre.

— Je peux vous aider, docteur ?

Un soldat allemand s'approcha du trio. Molière plongea instantanément sa main dans la poche intérieure de sa veste, à la recherche de son pistolet. Pierre arrêta son geste en lui posant la main sur le bras.

— Merci beaucoup, Hans, mais à nous deux nous y arriverons.

Le caporal infirmier s'était lui aussi arrêté net. Comprenant le geste de Molière, il recula doucement d'un pas. Ses yeux brillèrent un instant dans le noir.

— Tout va bien, Hans, répéta Pierre.

— Alors bonne soirée, docteur, à demain.

Il partit d'un pas rapide vers la caserne de Bange. Molière, le visage crispé, toujours la main sur son arme, le suivait du regard.

— Je suis certain qu'il ne dira rien, le rassura Pierre. C'est l'infirmier allemand qui travaille dans notre service. C'est quelqu'un de bien. Il ne parlera pas, j'en suis persuadé.

— En espérant que vous puissiez dire vrai, souffla Molière. De toute façon c'est trop tard, nous sommes coincés.

— Et moi il me connaît, rajouta Pierre en passant le bras du blessé autour de son cou.

L'infirmière de nuit, alertée par le bruit dans l'escalier, se précipita à leur rencontre.

— Installez-le dans la chambre 4, ordonna Pierre, et vérifiez que son pansement n'a pas saigné durant le transport. Changez-le au besoin.

— Et que dois-je marquer sur le dossier d'entrée ?

— Notez une plaie profonde avec fracture de la clavicule due à une blessure avec une machine agricole. Et prévoyez une radio pour demain matin. Je passerai le voir à la première heure.

La radiographie confirma effectivement une fracture compliquée de l'os qui fut opérée le matin même.

— On vous a posé un clou dans l'os, expliqua Pierre à son patient dès qu'il fut réveillé de l'anesthésie. Vous resterez quelques jours en observation avant de pouvoir rentrer chez vous.

Jeannot, emmitouflé dans un large bandage qui lui enserrait tout le haut du buste, le remercia chaleureusement.

— Merci de vous être occupé de moi, docteur Neveu. Et d'avoir pris ces risques.

Le médecin lui tapota le bras valide.

— Ne vous inquiétez pas de cela, mais pour votre sécurité il faudra vous faire oublier quelque temps. Et pensez-y : si on vous demande quelque chose, dites que vous vous êtes blessé en travaillant sur une machine !

Jeannot se mit à rire.

— Ça ne sera pas trop difficile, je fais ça depuis tout petit, à la scierie de mon père ! Et je suis souvent maladroit.

Il montra sa main droite à laquelle manquait une phalange à un doigt.

VI

Une certaine agitation régnait dans la ville depuis quelques jours. Les occupants, rendus nerveux par les actions de plus en plus fréquentes des résistants, multipliaient les contrôles d'identité ainsi que les patrouilles nocturnes. Un incident, deux jours plus tôt, avait mis les Issoiriens en émoi. Un brave homme, ancien maréchal-ferrant, atteint d'une surdité totale, n'avait pas entendu les ordres qui lui intimaient de s'arrêter à un contrôle. Une rafale dans le dos le tua net. Le lendemain, quand le cortège funéraire passa devant la *Kommandantur*, des voix courageuses entonnèrent *La Marseillaise*. Quelques inquiets, la tête baissée, guettaient du coin de l'œil la réaction des Allemands. Ni les soldats en faction devant le bâtiment, vers lesquels on jetait des regards haineux, ni les miliciens, derrière les volets de leur bureau qui donnait sur le boulevard de la Manlière, ne crurent bon d'intervenir. Les Issoiriens s'étaient massés sur le trottoir pour un dernier salut à ce vieil homme que tous connaissaient. Juste derrière le cercueil, son fils, la tête basse, portait un coussin sur lequel on avait déposé les médailles du défunt, gagnées sur les champs de bataille de la Grande Guerre.

— Revenir vivant de la Marne et de Verdun pour finir comme ça, se désola un homme, quelle misère !

Pierre, son chapeau à la main, ému, les avait regardés passer. Au milieu du long cortège, qui encombrait toute la largeur du boulevard, il avait aperçu furtivement Simone Lacour, qui s'était accordée un jour de repos, au bras de Molière.

— Votre cicatrisation se passe bien, monsieur Jeannot, je pense que vous allez pouvoir nous quitter.

— Grâce à vous, docteur ; je ne vous remercierai jamais assez.

— Allons ! Je n'ai fait que mon travail. En tout cas, restez au repos quelque temps.

Pierre se rapprocha de son patient pour parler à voix basse, sans être entendu des malades des lits d'à côté, qui sommeillaient ou lisaient un journal.

— Et évitez pour un moment les escapades en montagne. Vous êtes encore faible.

Jeannot pouffa de rire.

— C'est bien compris, docteur, je vais rester éloigné des outils dangereux pour un moment.

Pierre se retourna vers l'infirmière.

— Le bon de sortie est signé. Aidez-le à préparer ses affaires, il peut s'en aller immédiatement.

Veronika Steiner était arrivée tôt dans le service, en même temps que l'équipe du matin. Du côté de la chambre des patients allemands, le calme régnait enfin. La menace de les renvoyer *illico* sur le front de l'Est avait définitivement calmé les plus agités.

— Merci de votre intervention, Veronika, lui lança Pierre en arrivant à son tour à l'étage. Cela a été efficace. Mon infirmière-chef est ravie.

— Je vous en prie, c'est bien normal.

Veronika tourna la tête à droite et à gauche pour vérifier qu'ils étaient seuls dans le couloir. Elle baissa un peu la voix :

— Puis-je vous voir quelques secondes dans votre bureau ?

Intrigué par la demande, Pierre lui fit signe de le suivre. Dès la porte fermée derrière elle, Veronika sortit une enveloppe de la poche intérieure de sa blouse blanche.

— Ceci est pour vous. Un laissez-passer permanent pour vous rendre au chevet de vos malades. Vous pourriez en avoir besoin, on ne sait jamais.

L'*Ausweis* que lut Pierre était visé par le colonel Gustav Angermann, chef de la *Kommandantur* locale. Celui-ci lui permettait, de jour comme de nuit, de se déplacer dans la ville et les communes proches après les heures de couvre-feu.

— Je vous remercie beaucoup, bafouilla Pierre, mais mes exercices se limitent…

— … à l'hôpital, oui, je sais. Mais en tant que médecin, il est parfois difficile de refuser de soigner un patient qui est dans l'impossibilité de quitter son domicile. Question de déontologie.

Pierre fronça les sourcils, attendant la suite. Veronika croisa les bras et se cala contre le mur. Un léger sourire s'afficha sur son visage.

— De plus, ces machines agricoles sont parfois dangereuses quand on les manie sans précautions.

Pierre la fixa, interloqué. Il fit le tour de son bureau pour s'asseoir dans son fauteuil.

— Oui, je vois. Votre infirmier vous a rapporté les faits de l'autre soir, apparemment.

— C'est exact, le caporal Rosen m'est dévoué. Mais rassurez-vous, il ne parle qu'à moi.

Les yeux de Veronika s'attardèrent quelques secondes sur le traité de poésie qui trônait toujours sur le bureau, semblant chercher ses phrases.

— Ne tournons pas autour du pot, dit-elle enfin. Je ne suis pas idiote. Vous connaissez mes sentiments sur cette guerre. Et je comprends parfaitement votre choix d'aider vos compatriotes. À votre place, sûrement, j'agirais de même.

Elle laissa passer un temps avant de continuer.

— Mais restez prudent. Si quelqu'un venait à vous dénoncer, je ne pourrais pas faire grand-chose. Je n'aurais aucun poids pour m'opposer à une éventuelle arrestation. Vous savez que votre statut de médecin ne vous sera d'aucune utilité si vous êtes soupçonné de porter assistance à des… (elle chercha une seconde le terme) résistants ?

Pierre en était parfaitement conscient. Quelques mois plus tôt, à Orléans, il avait été témoin de l'arrestation de deux de ses confrères. Le premier était soupçonné de fréquenter un réseau de résistance. Torturé sauvagement par la Gestapo, il avait parlé, entraînant le démantèlement, dans les jours suivants, de la majorité du groupe. Ils furent tous fusillés dans la cour d'une prison. Le second, un médecin juif, ami de longue date avec qui il avait fréquenté les bancs de la Faculté, fut arrêté en même temps que son épouse et ses deux filles. Après leur internement au camp de Drancy, au nord-est de Paris, plus personne n'eut de leurs nouvelles.

Chassant ces douloureux souvenirs, il désigna du doigt le document que Veronika venait de lui remettre :

— Je vous suis très reconnaissant. Et je sais qu'obtenir un laissez-passer en ce moment n'est pas chose facile. Vous devez être bien vue des autorités.

— Oh ! Disons que le colonel Angermann m'apprécie beaucoup. À vrai dire, je suis son médecin depuis mon arrivée à Issoire. (Elle prit une pause avant de continuer :) Et pour être tout à fait honnête, il ne verrait pas du tout d'inconvénients à ce que je devienne également sa maîtresse.

— Quel homme donc en verrait ?

Pierre avait lancé cette réponse sans réfléchir. Il la regretta immédiatement.

— Excusez-moi, Veronika, ce n'est pas ce que j'ai voulu dire.

Un peu de rouge colora les joues de la jeune femme.

— Je vous laisse, maintenant, j'ai encore des patients à voir avant de retourner à ma consultation à la caserne. Bonne journée, Pierre.

Pierre, encore tout confus de sa répartie, retournait dans sa main le précieux sésame. *Quelle femme étonnante* ! pensa-t-il. *Décidément, tous les soldats allemands ne sont pas des barbares.* Il glissa le document dans son portefeuille.

VII

La chaleur de l'été avait un peu décliné. Pierre profitait de la relative fraîcheur matinale pour s'offrir un ersatz de café à l'une des nombreuses terrasses de la place de la République avant de rejoindre l'hôpital. Aux terrasses, de nombreux ouvriers de l'usine Ducellier, les « dudus », comme on les appelait familièrement, en bleu de travail et casquette, commentaient, avant de se rendre au travail, les nouvelles entendues le matin même sur les ondes interdites de la BBC. Ils évoquaient le débarquement des soldats alliés dans le golfe de Salerne, à une cinquantaine de kilomètres au sud de Naples.

— Après Stalingrad et l'Afrique du Nord, ils continuent à se prendre des coups de pied au cul. On dirait que la roue tourne pour les frisés, s'exclama un ouvrier attablé non loin de Pierre avec deux de ses collègues.

Les trois verres de vin blanc s'entrechoquèrent.

— À la victoire des alliés !

— Aux alliés !

Pierre leva la tête vers l'horloge. Elle marquait huit heures. *J'ai le temps d'en boire un second,* pensa-t-il, *il est encore un peu tôt.* Il fit signe à la serveuse qui passait deux tables plus loin, son plateau chargé d'une tournée. Il n'eut pas le temps de lui passer commande. Au même instant, une femme, juchée sur sa bicyclette, échevelée, pédalant aussi vite que ses jambes le lui permettaient, déboula sur la place en hurlant :

— Les Allemands arrivent ! Les Allemands arrivent ! Cachez-vous !

Quelques secondes plus tard, les soldats casqués et les miliciens débouchèrent sur la place par toutes les rues qui y convergeaient. Celles-ci furent immédiatement barrées par des véhicules. Le cordon de militaires se mit rapidement en position. Les passants, piégés, refluèrent vers le centre de la place. Pierre faisait partie de ceux-là.

— Papiers ! Vite ! hurlèrent les policiers en civil de la Gestapo.

Tout s'était passé tellement rapidement que personne n'avait eu le temps de réagir. Un jeune homme, tentant malgré tout de se faufiler entre deux camions, reçut un violent coup de crosse qui le projeta à terre. On le releva sans ménagement pour le jeter comme un paquet de linge sale à l'arrière d'un camion bâché.

— Et merde, c'est Émile, dit un homme à voix basse en poussant son voisin du coude. Un responsable communiste.

Des femmes pleuraient, pressant contre elles leurs enfants apeurés.

D'autres soldats, conduits par la police locale française, se répandaient dans les rues de la vieille ville et frappaient aux portes, défonçant à coups de crosse celles qui tardaient à s'ouvrir.

— Ceci est un contrôle d'identité, hurla dans un mégaphone un milicien juché sur le capot d'un camion. Sortez vos papiers, restez calmes et tout se passera bien.

Plusieurs fonctionnaires, suivis chacun par un soldat en arme, fendaient la foule pour débuter le contrôle. Des hommes, sur un signe de tête du policier, furent saisis et emmenés vers les camions. Un ouvrier, qui quelques minutes auparavant buvait son café à la même terrasse que Pierre, se pencha vers son oreille :

— Ils savent qui ils cherchent, c'est évident. À tous les coups il y a eu des dénonciations. Saloperies de collabos !

Pierre n'eut pas le temps de lui répondre. Un homme en pardessus, le crâne dissimulé sous un chapeau, se planta devant lui.

— Vos papiers !

Pierre tendit sa carte d'identité au policier, un petit homme gras à la tête de bagnard. Après avoir tourné et retourné le document, il le fixa avec ses petits yeux porcins.

— Vous travaillez où ?

— À l'hôpital d'Issoire, je suis médecin.

— Ah ! L'hôpital ! C'est un bon endroit pour cacher du monde. Des terroristes, des communistes, peut-être même des juifs. Vous devez sûrement savoir ça. Je me trompe ?

— Non, monsieur, en tout cas je ne suis pas au courant. Je ne m'occupe pas de politique. Je me contente simplement de faire mon métier.

Un rictus mauvais s'afficha sur le visage de molosse.

— On vérifiera, docteur… Pierre Neveu. Soyez-en certain.

Le policier lui rendit sa carte et passa au suivant.

Crevant l'air, un cri de femme retentit en se répercutant entre les bâtiments. D'un seul mouvement, toutes les têtes se tournèrent vers le coin de la place, tout près de la Tour de l'Horloge. Après un moment de court silence, les cris reprirent, encore plus stridents. Une femme, ses longs cheveux foncés décoiffés, apparut sur le balcon du premier étage. Une tache de sang grandissait sur sa robe rose pastel, au centre de son abdomen. Elle tenta de se raccrocher à la rambarde tandis que deux soldats la poussaient violemment. Ses mains ne rencontrèrent que le vide. Elle poussa un hurlement avant de percuter le sol quelques mètres plus bas dans un bruit mat. Du sang se répandit immédiatement entre les pavés. Tout autour les gens s'étaient mis à hurler. Les soldats levèrent leurs armes, pour réprimer tout mouvement de foule. Pierre voulut se précipiter vers la jeune femme. Peut-être vivait-elle encore ? Un soldat lui barra la route et le repoussa avec son arme, l'empêchant de passer. Dans l'appartement, on percevait, malgré le bruit, les pleurs d'une petite fille.

— Mon Dieu, s'exclama une femme, c'est Sarah Stern. Elle habite là depuis quelques mois avec sa fille. Une réfugiée juive polonaise. C'est monstrueux, comment peuvent-ils ?

Des femmes pleuraient en se cachant la tête dans les mains.

— Quels salauds, siffla un homme. Ils le paieront un jour, faites-moi confiance !

Les Allemands repartirent peu après. L'opération avait duré moins d'une heure. Une vingtaine de personnes furent arrêtées. Les camions, après s'être regroupés devant le cinéma *Le Modern*, les emmenèrent immédiatement vers les geôles de Clermont-Ferrand. Pierre, les jambes encore tremblantes, rejoignit l'hôpital et s'enferma un moment dans son bureau pour reprendre ses esprits.

Simone Lacour frappa à la porte du bureau et entra sans attendre qu'on le lui dise. Elle semblait affolée.

— Vous êtes au courant de ce qui vient d'arriver sur la place de la République ?

Il se remettait doucement de ses émotions. Son cœur reprenait un rythme normal et ses jambes ne tremblaient plus.

— Oh, pour ça oui, j'étais même aux premières loges, pour tout vous dire.

Il serra les poings de colère.

— Quelle horreur ! Tous ces gens arrêtés, et cette pauvre femme lâchement assassinée ! Ces gens-là ne sont que des monstres !

L'infirmière se laissa tomber sur un fauteuil. Ses mains tremblaient sur les accoudoirs.

— Molière également a été pris, déclara-t-elle, c'est affreux.

Pierre pâlit à la nouvelle.

— Vous en êtes sûre ?

— Son fils est venu me prévenir immédiatement. Ils ont fouillé sa maison et ont retrouvé des tracts dans la cave. Apparemment ils savaient exactement quoi chercher, et où.

Le médecin se rappela les paroles qu'il avait entendues sur la place.

— Il a été dénoncé, comme les autres. Bon Dieu, comment peut-on faire ça ?

Simone baissa la tête pour essuyer furtivement une larme. Sa voix s'étrangla un peu dans sa gorge.

— Je le connais, il ne parlera pas. Il préférera se suicider plutôt que de donner des noms. C'est un homme d'un grand courage, un vrai patriote.

Elle éclata en sanglots, cachant son visage dans ses mains. Pierre se leva pour la prendre dans ses bras et la réconforter.

— Je sais qu'il compte beaucoup pour vous. Mais ne vous inquiétez pas, il reviendra, j'en suis certain.

Simone sécha une larme avec le pan de sa blouse.

— En attendant, reprit le médecin, continuons à nous occuper de nos patients. Il n'y a rien d'autre que nous puissions faire pour le moment.

— Vous avez raison, docteur, il nous faut retourner au travail.

Elle renifla, replaça sa coiffe qui avait légèrement glissé.

— Au fait, reprit-elle en quittant son siège, le Dr Dupin voudrait vous voir au sujet d'un patient. Il est en salle 3.

— Très bien, dites-lui que j'arrive dans quelques secondes.

Pierre n'avait pas l'esprit à son travail. Il écoutait d'une oreille distraite son adjoint lui parler de son malade, un homme âgé d'une soixantaine d'années qui respirait avec difficulté. Il revoyait les images terrifiantes de la rafle du matin. Les cris de la foule prise au piège, les pleurs des enfants apeurés blottis contre leurs mères, et la chute du corps de Sarah sur le pavé. Le bruit de son crâne qui se fracassait contre le sol résonnait encore à ses oreilles. L'annonce de l'arrestation de Molière l'avait également ébranlé. Il savait qu'un être humain normalement constitué ne pouvait résister plus de quelques heures à la torture. Et Dieu sait si ces gens-là savaient s'y prendre pour faire parler les plus récalcitrants. En quatre années de guerre, ils étaient devenus maîtres dans cet art. Il passait dans sa tête les options qui s'offraient à lui désormais : rester à Issoire en espérant que le résistant ne prononce pas son nom ? s'enfuir vers une autre ville ou un maquis ? s'en ouvrir à Veronika, qui pourrait peut-être lui venir en aide ? Il chassa immédiatement cette idée. Comme elle l'avait dit elle-même, la Wehrmacht n'avait absolument aucune autorité sur le SD ou la terrible Gestapo.

— Alors, qu'en pensez-vous, docteur Neveu, diriez-vous qu'il soit opportun de tenter une antibiothérapie ? Le stade de la maladie me paraît fort avancé chez ce patient.

La question de Dupin ramena Pierre dans la chambre.

— Pardon ? Oui, excusez-moi, vous avez raison. La maladie a effectivement bien gagné du terrain et les antibiotiques ne seraient pas efficaces. D'autant plus que nous en avons un stock restreint. Autant ne pas les gaspiller inutilement. Augmentez l'oxygène pour le moment, on verra ce que cela donne. Mettez-le aussi sous théophylline pour dilater un peu les bronches, ça devrait l'aider.

— Je vous remercie, docteur, j'augmente à quatre litres par minute, et je fais la prescription.

Pierre, après avoir salué le malade, sortit de la chambre d'un pas rapide pour retourner s'enfermer dans son bureau. Dupin se retourna vers Sophie, une infirmière qui avait assisté à la consultation et qui prenait des notes sur son calepin.

— Il n'a pas l'air dans son assiette, le chef, ce matin. Je me demande même s'il a entendu ce que je lui ai dit.

L'infirmière hocha la tête tout en écrivant.

— C'est vrai. Il n'a même pas fait la tournée des malades. Il paraît qu'il a été pris dans la rafle tout à l'heure. Pauvre homme, cela a dû complètement le retourner.

Les événements du matin avaient fait le tour du service et alimentaient toutes les conversations lors de la pause dans la tisanerie. Eugène semblait le plus contrarié ; il ne décolérait pas, passant sa mauvaise humeur sur sa tasse d'ersatz de café, qu'il touillait rageusement jusqu'à la faire déborder, auréolant la nappe à carreaux.

— Il faut tous les tuer, ces salauds. Le jour où les Américains débarqueront en France, on leur fera payer tout ça au centuple.

L'arrivée de Hans Rosen dans la pièce jeta un froid glacial. Personne ne répondit au bonjour qu'il lança joyeusement, comme chaque matin. L'infirmier, sentant qu'il n'était pas le bienvenu, n'insista pas et partit sans attendre s'occuper de ses compatriotes.

VIII

Les choses s'étaient un peu calmées depuis cette fameuse journée du 10 septembre. Les rangs des résistants communistes, les Francs-Tireurs et Partisans, s'étaient éclaircis. Nombre d'entre eux avaient été pris dans la rafle. D'autres, se sachant activement recherchés, avaient rejoint l'armée clandestine. Par chance, les principaux chefs avaient échappé aux Allemands. On apprit également, après l'inhumation de Sarah Stern au cimetière d'Issoire, que sa tombe avait été recouverte dans la nuit par un drapeau français, après une brève cérémonie. Sa fille, véritablement choquée – on le serait à moins – avait été prise en charge par la Congrégation des Sœurs de Saint-Joseph à l'orphelinat de la Providence. Les nuits suivantes, on assista à quelques vengeances de la part des résistants, dont les actions étaient commentées à voix basse dans toute la ville. Des collaborateurs furent éliminés. L'un d'eux eut la langue coupée et clouée sur une porte dans le centre-ville, avec une affiche mentionnant son nom et sa forfaiture. On ne retrouva jamais le reste du corps, probablement enterré dans la forêt profonde ou jeté dans l'Allier. Sa mère mourut dans les jours qui suivirent. On ne sut jamais si c'était de chagrin ou de honte.

— Des nouvelles de Molière ? demanda Pierre à son infirmière-chef, quelques jours plus tard.

Simone Lacour haussa les épaules en soupirant.

— Malheureusement non, docteur. Mais nous pouvons être sûrs qu'il n'a pas parlé. Nous serions déjà arrêtés, sinon.

Pierre acquiesça. Malgré sa peine pour son infirmière-chef, il se sentait soulagé. Il en fut un peu honteux.

— J'ai des contacts à Clermont-Ferrand, continua l'infirmière, j'en saurai plus bientôt.

— Tenez-moi au courant, alors, dès que vous apprendrez quelque chose.

Pierre nourrissait un grand respect pour ce petit bout de femme. Malgré le malheur qui l'accablait – elle avait avoué à Pierre qu'elle et Molière projetaient de se marier dès la fin de la guerre –, elle faisait son travail sans que rien ne paraisse de son chagrin. Toujours souriante avec les patients, et de caractère égal avec son personnel, elle insufflait à tous son énergie.

Pierre et Veronika n'avaient jamais abordé le sujet de la rafle. Ils se côtoyaient quotidiennement dans le service, de façon tout à fait cordiale, sans que leur conversation dépasse jamais les limites de leur travail. Qu'aurait-il pu lui dire, du reste ? Pierre la savait retournée tout autant que lui par les événements de cette journée. Elle devait en être honteuse, gênée de porter le même uniforme que les brutes qui avaient assassiné la jeune mère juive. Pierre croyait voir dans ses yeux qu'elle le remerciait de ne pas en parler.

La nouvelle tant redoutée arriva un matin de début octobre. Simone arriva avec le regard triste, et les yeux cernés de quelqu'un qui avait pleuré toute la nuit.

— Mon Francis a été déporté, annonça-t-elle à Pierre, avec presque tous les autres. Le convoi est parti hier pour l'Allemagne, à Buchenwald.

Pierre serra les deux petites mains tremblantes dans les siennes.

— Il reviendra, Simone, je suis certain qu'il reviendra. Vous savez ce qui se passe en ce moment. Les alliés vont arriver ! Cette guerre sera bientôt terminée, je vous le promets. Et toutes ces horreurs cesseront enfin.

L'infirmière respira profondément pour s'empêcher de pleurer à nouveau.

— Que Dieu vous entende !

— Il faut continuer ce que nous faisons, reprit Pierre d'une voix douce. Auprès des malades, et aussi de ceux qui se battent. Faisons-le pour lui. Il ne voudrait pas que vous baissiez les bras.

Simone réussit à sourire légèrement.

— Ah ça non, qu'il ne voudrait pas ! Vous avez raison, docteur, je me ferais proprement enguirlander ! Il faut continuer ce que nous avons commencé. Pour tous les autres. C'est un engagement qui nous dépasse.

Elle ferma les yeux une seconde et soupira.

— Je vais me rafraîchir au lavabo, refaire un peu cette vilaine tête et suivre la visite avec le Dr Dupin. Et puis, cela me changera les idées.

— Au fait, dites-lui de me donner des nouvelles de son patient, l'emphysème de la chambre 3.

— Je ferai la commission, docteur Neveu.

Il se ravisa :

— Non, finalement, je verrai moi-même le Dr Dupin, j'ai une chose à voir avec lui.

La visite se terminait. L'infirmière en charge de la chambre finissait de retranscrire sur son cahier les dernières consignes médicales. Le patient du Dr Dupin allait mieux. L'augmentation de l'oxygène et la théophylline amélioraient grandement son état. Sa peau reprenait une teinte rosée et sa respiration devenait plus calme. Il faisait même quelques pas dans sa chambre, heureux de pouvoir quitter son lit.

— Je crois qu'il est tiré d'affaire, déclara Dupin à son supérieur qui l'avait rejoint. Nous pourrons bientôt le laisser sortir avec un traitement de fond.

— Alors nous avons mérité un bon café, je crois, répondit Pierre en lui tapant sur l'épaule. Venez donc à la tisanerie, j'espère que nos infirmières nous ont laissé un peu de café. Je voulais justement vous parler.

Pierre s'empara de la cafetière et en remplit généreusement deux tasses.

— Je vous ai observé depuis quelque temps, docteur Dupin, et je tenais à vous dire que vous faites un excellent travail. Je suis content de pouvoir compter sur vous dans le service.

— Je suis flatté, monsieur, croyez bien que je fais de mon mieux.

Pierre tournait lentement son café.

— Et à ce titre, j'ai quelque chose à vous demander. Vous sentiriez-vous capable de prendre le service en totalité, durant quelques jours ?

L'interne leva vers son chef un regard étonné, manquant s'étrangler.

— Vous nous quittez ?

— Oh ! À peine deux ou trois jours. J'ai l'intention de prendre un peu de repos pour rendre visite à ma famille, à Orléans. Mes parents eux aussi vieillissent et je voudrais m'enquérir de leur santé.

— Aucun souci, docteur Neveu ! Je suis honoré que vous me confiiez cette responsabilité. Et puis, vous savez qu'avec notre infirmière-chef, je ne peux pas faire de bêtise. Elle me garde à l'œil, vous savez !

Pierre sourit.

— Nous avons bien de la chance de l'avoir. C'est une femme vraiment extraordinaire. Mais ménagez-la, en ce moment. Elle a eu des problèmes personnels graves. Elle prend sur elle, bien sûr, c'est une femme forte. Mais tout le monde a ses limites.

— Soyez sans crainte, j'y veillerai discrètement. Et partez l'esprit libre, j'étudierai les dossiers de vos patients pour en assurer le suivi, et vous aurez un compte rendu complet dès votre retour.

Pierre lui tapota une seconde fois l'épaule.

— Je n'ai aucun doute sur vos compétences, mon cher Dupin, je pars tout à fait serein.

— Et puis, le Dr Steiner est là, au cas où, sourit l'interne.

Pierre se mit à rire :

— Décidément, tous les moyens sont bons pour vous rapprocher d'un jupon !

— C'est que j'ai une réputation à tenir, vous savez.

IX

Un ciel gris et triste enveloppait la gare d'Orléans. Une pluie fine battait les verrières du hall. Les voyageurs se pressaient pour quitter le quai. À l'écart de la porte de sortie, deux policiers fouillaient la valise d'un homme que des soldats, leur mitraillette à la hanche, surveillaient. L'image ramena Pierre quelques jours en arrière, au mois de septembre. Les gens qui passaient près des hommes armés baissaient la tête et pressaient le pas.

— Pierre ! Pierre, je suis là !

Gustave Neveu, son père, avait insisté pour venir l'accueillir à la descente du train.

— As-tu fait bon voyage, fils ? Pas trop embêté par les contrôles ?

— Le voyage a été tranquille, répondit Pierre en embrassant son père.

Gustave désigna du menton la scène qui se déroulait près de la porte.

— Ça devient infernal, on ne peut plus se déplacer sans être ennuyés. Enfin ! Il faut bien que l'on arrête les antinationaux !

Pierre n'eut pas le loisir de répondre, son père le tirait déjà par le bras vers la sortie.

— La voiture est garée tout près, dit-il en remontant son col et en rajustant son chapeau. Pressons-nous, ta mère t'attend avec impatience. Depuis que tu nous as avertis de ton arrivée, elle ne vit plus. Elle est encore plus pénible que d'habitude ! Et ce n'est rien de le dire, tu la connais aussi bien que moi.

La voiture emprunta les grands boulevards, que la pluie qui s'intensifiait de minute en minute avait vidés de leurs passants. Ils suivirent un moment la Loire à vive allure, jusqu'à La Chapelle-Saint-Mesmin. Pierre avait grandi dans ce village huppé de la banlieue orléanaise, aux côtés de sa sœur Stéphanie. Plus âgée que lui de presque six ans, elle était partie vivre dans le Nord après un mariage avec un riche fils d'industriel qui ambitionnait une carrière dans la politique. Pierre n'avait d'elle que de rares nouvelles, à peine une carte de vœux à l'occasion des fêtes de fin d'année.

Les pneus de la Licorne beige, un modèle de 1939 qu'affectionnait particulièrement Gustave, crissèrent sur le gravier en pénétrant dans la propriété cossue des Neveu. Une maison imposante de pierre claire, typique des belles demeures de la région, s'élevait sur deux étages au fond d'une vaste cour agrémentée de massifs de fleurs et de bosquets d'arbres. Sur la droite, Pierre reconnut la remise habillée de lierre où il avait passé tant d'heures avec sa sœur à jouer à cache-cache. Le jardinier, qui venait entretenir la propriété quelques jours par mois, leva son chapeau pour saluer les maîtres de maison à leur passage.

La porte vitrée à double battant s'ouvrit sur le perron dès que la voiture stoppa devant les marches. Élise Neveu tapait joyeusement des mains. Pour fêter l'arrivée de son fils, elle portait sa plus belle robe et s'était visiblement mise en frais chez le meilleur coiffeur de la ville. Elle avait orné sa toilette du collier à triple rang de perles qui marquait les grandes occasions. La soixantaine élégante, Élise, malgré son âge, restait une belle femme. Mariée dès sa majorité à Gustave, qui avait hérité de l'usine de filature de son père, elle avait mené une existence sans soucis matériels. Une bonne mère, bien qu'un peu rigide, veillant à ce que ses enfants ne manquent de rien et reçoivent la meilleure éducation dans des écoles privées catholiques. Un côté bigot aussi, dont Pierre n'avait pas hérité. La famille était l'image même de la bourgeoisie de province, souvent étroite d'esprit et repliée sur ses privilèges. Une attitude dont Pierre avait toujours voulu s'affranchir.

— Ah, le voilà enfin mon grand garçon ! Tu m'as tellement manqué depuis ton départ !

— Bonjour, mère. Je vous trouve en excellente forme. Encore plus jeune et pétillante qu'avant mon départ.

— Alors, si c'est un médecin qui le dit, je ne peux que le croire sur parole, répondit-elle en écartant les bras pour serrer son fils contre elle.

La réussite de Pierre à l'examen d'entrée de la faculté de médecine avait, quelques années auparavant, ravi les parents Neveu, bien que Gustave eût préféré que son fils reprenne un jour ses affaires. Pensez donc, un homme de l'art ! De quoi rajouter un peu de dorure sur le blason de cette jeune lignée d'industriels qui, deux générations plus tôt, était partie de peu. Grâce à la guerre et à la politique de coopération économique, les affaires n'en étaient que plus florissantes pour les usines Neveu, qui s'étaient reconverties dans la confection d'uniformes.

Ses bagages rangés dans sa chambre, Pierre redescendit au salon. Depuis son enfance, rien n'avait changé dans cette pièce figée dans le temps, décor immuable fait de tapisseries au motif fleuri et chargé, de fauteuils anciens recouverts de tissu mordoré et ornés à la tête de napperons de fine dentelle, avec pour touche finale une pendulette dorée sur le buffet, tout à côté d'un bronze que Pierre avait toujours trouvé hideux – un cadeau de mariage d'une tante éloignée qui ne devait pas avoir beaucoup de goût. Dans un coin de la pièce trônait la cheminée en marbre, que l'on n'allumait jamais par crainte de la poussière, et sur laquelle étaient posés des bibelots par dizaines. Des objets que Pierre avait toujours, eux aussi, trouvés affreusement laids. Il n'avait jamais aimé cette pièce, s'y sentant à l'étroit, comme sur le point d'étouffer. Il remarqua toutefois que l'ancienne scène de chasse, représentant un cerf au regard fou martyrisé par une meute de chiens, avait laissé place au portrait officiel du Maréchal dans un cadre en stuc doré. La devise officielle de l'État français, « Travail, Famille, Patrie », s'étalait sous la photo. Il préféra ne pas commenter.

Pour l'occasion, la maîtresse de maison avait prévu un véritable repas de fête.

— Des tranches de jambon sec et du foie gras ! s'exclama Pierre. Je croyais que l'on n'en trouvait plus !

— C'est vrai. Mais avec les relations de ton père, on se débrouille. Par contre, c'est devenu hors de prix. Comme presque tout le reste, d'ailleurs ! Quelle drôle d'époque nous vivons !

Cette dernière phrase le fit sourire. C'était bien la première fois que sa mère s'inquiétait du prix des choses.

— À Issoire, je t'assure qu'on n'en trouve plus depuis longtemps. Je me rappelle à peine du goût.

Élise n'attendait que cette occasion pour se plaindre du départ de son fils. Elle leva les bras au ciel.

— Mais quelle idée as-tu eu d'aller te perdre en Auvergne ! Tu aurais pu avoir un bel avenir ici, avec une clientèle fortunée. En reprenant le cabinet du Dr Lemaître, à Orléans...

Pierre la coupa.

— Vous le savez bien, mère, j'avais grand besoin de partir prendre un peu l'air. Et pour tout vous dire, je ne le regrette absolument pas.

— Vous entendez cela, Gustave ? Je ne comprendrai jamais votre fils, c'est bien votre caractère !

Gustave leva les yeux au ciel, habitué aux sempiternels reproches de son épouse. Élise se renfrogna et resta silencieuse un moment. Françoise, la bonne, posa sur la table un magnifique gigot d'agneau ceint d'une couronne de pommes de terre, enveloppant la pièce d'un fumet délicieux. Élise Neveu repartit à l'attaque dès que la domestique fut retournée en cuisine :

— Tu sais que les Moustiers cherchent à marier leur fille, la petite Marie-Agnès. Tu dois certainement te rappeler d'elle ! Ses parents sont venus plusieurs fois dîner ici. Vous étiez bien jeunes tous les deux, mais vous sembliez vous entendre à merveille. Vous passiez la journée à jouer dans le jardin.

Pierre fouilla dans ses souvenirs. Il se remémora vaguement une fillette, un peu maigre et pas très jolie, malgré les belles toilettes que ses parents lui offraient à chaque sortie. Un peu hautaine malgré son jeune âge. Il ne l'appréciait pas tant que cela, se rappela-t-il.

— Oui, enfin peut-être, c'est vague.

Sa mère, qui avait entrepris de couper elle-même le gigot en tranches épaisses, lui jeta un regard en coin.

— C'est un beau parti, à ce qu'il paraît. Le père Moustiers a bien su faire fructifier ses affaires. On dit qu'il a racheté plusieurs manufactures dans la région.

Elle posa une tranche juteuse dans l'assiette tendue de son fils.

— Et c'est un ami intime du préfet, reprit-elle. Il faudrait les inviter à dîner pendant que tu es là. Qu'en dis-tu ? C'est peut-être le moment de faire un peu mieux connaissance avec cette jeune fille. On dit même que son père pourrait être proposé pour la Légion d'honneur.

Gustave, excédé par la logorrhée de son épouse, intervint au secours de son fils.

— Laissez-le donc manger en paix, Élise ! Il vient à peine d'arriver et vous le noyez sous vos bavardages incessants. Et qui sait, il a peut-être trouvé une future épouse dans son nouvel hôpital. (Il adressa un clin d'œil complice à son fils.) Tout le monde sait que les infirmières ne désirent rien tant que se faire épouser par un médecin ! reprit-il en enfournant un morceau de légume fumant. Tout le monde sait ça.

Il prit une gorgée de vin pour calmer le feu dans sa bouche.

— Une infirmière ! intervint Élise. En voilà donc une idée saugrenue ! J'espère pour Pierre un parti plus attrayant qu'une fille qui passe ses journées à vider les bassins des autres !

L'intervention du père sonnait comme une question. Élise, intéressée par le cours que prenait la conversation, tendait le cou vers son fils, l'interrogeant du regard. Pierre prit le temps de déguster sa bouchée de viande et de s'essuyer la bouche. Le jus qui coulait au fond de sa gorge était un vrai délice.

— Je n'ai pas encore vraiment songé au mariage, à vrai dire. Mon travail me prend tout mon temps et ne me laisse guère le loisir de m'intéresser aux choses de l'amour.

La mère, déçue de la réponse, se cala au fond de sa chaise.

— Et avec les Allemands, comment ça se passe, là-bas ? reprit le père pour changer de sujet. Tu travailles avec eux ?

La question surprit Pierre. Comment cela pourrait-il bien se passer avec eux, une armée conquérante, brutale, qui impose sa loi par la force et souvent dans le sang, n'hésitant ni à torturer ni à déporter ?

Pour éviter toute dispute avec son père, il préféra rester évasif :

— Ils ont réquisitionné une chambre dans mon service. Nous cohabitons avec leur personnel de santé, et ça ne pose pas de soucis particuliers.

Il s'était promis qu'en aucun cas il ne parlerait de la rafle, pour ne pas inquiéter ses parents. Ni bien entendu de Veronika, avec laquelle, au fil des jours, il prenait de plus en plus de plaisir à travailler. Il s'était même surpris une fois à penser que si elle n'était pas allemande, si ce n'avait pas été la guerre...

— Ça ne m'étonne pas, s'exclama Gustave. Après tout, ce sont des gens très corrects.

Tout en mâchant, il pointa sa fourchette vers le portrait.

— Le Maréchal a eu raison de leur faire confiance. Je suis persuadé que la collaboration économique est la meilleure solution pour le redressement de notre pays. Il suffit de regarder ce qu'ils ont accompli depuis 1933. Ce M. Hitler est un visionnaire, il a fait des miracles pour l'économie allemande. Ils ont tous du travail là-bas, et des usines qui tournent à plein régime.

Élise leva encore une fois les yeux vers le plafond, ennuyée par les discours politiques qui émaillaient tous les repas. Son mari avala un autre morceau de viande, sans prendre la peine de le mâcher, et poursuivit :

— Si nous étions totalement débarrassés de ces foutus communistes qui ne pensent qu'à la grève et à prendre leurs congés payés, nos usines également marcheraient beaucoup mieux, et l'économie serait prospère chez nous aussi.

Pierre ne répondit pas, se contentant de hocher poliment la tête pour ne pas contrarier son père.

— Sais-tu que ton père a été nommé administrateur d'une entreprise juive ? le coupa Élise. C'était une opportunité à ne pas manquer.

— Et des bénéfices importants ! rit Gustave. L'aryanisation est la meilleure chose qui puisse arriver aux vrais patrons français.

Pierre se crut en train d'écouter Radio Paris et sa propagande pro-allemande. Il serra encore plus fort ses doigts sur le manche de la fourchette. Pour éviter que le repas ne se transforme en joute verbale, il ne releva pas. Il n'était pas venu là pour cela. Il coupa court à la conversation en la faisant habilement glisser sur d'autres sujets.

Le reste du repas vogua sur des banalités, entrecoupées de longs silences pendant lesquels seul le bruit des couverts emplissait la pièce. Le dessert, une tarte tatin pour laquelle Françoise reçut des éloges, fut rapidement avalé. Après le repas, Gustave servit une liqueur d'arquebuse, censée aider à la digestion. Peu habitué à boire de l'alcool fort, Pierre avait la tête qui tournait. Il se leva avec peine du fauteuil profond.

— Le voyage m'a quelque peu fatigué et la journée a été longue. Je vais monter me reposer, j'ai grand besoin de sommeil, décida-t-il.

Après avoir salué son père et embrassé sa mère, Pierre grimpa les escaliers en direction de sa chambre. Sa mère, qui décidément avait de la suite dans les idées, le héla du bas des marches :

— Alors, pour les Moustiers, cela te ferait plaisir que nous les invitions ?

Pierre souffla.

— Comme vous voudrez, mère, mais je ne sais pas si vous aurez le temps. Je ne peux pas laisser mon service trop longtemps à mon interne. Je pense reprendre le train demain soir.

— Déjà ? Ton séjour aura été vraiment bien court.

La réponse de Pierre contrariait Élise et ses plans de rapprochement avec une autre famille d'industriels. Elle pinça les lèvres, comme à chaque fois que quelque chose n'allait pas dans son sens. La domestique fit immédiatement les frais de son amertume. La voix aiguë de la maîtresse de maison, qui venait d'entrer dans la cuisine, monta jusqu'à l'étage :

— Et n'oubliez pas, ma petite, de penser à bien essuyer l'argenterie. Pas comme la dernière fois ! Quand je pense qu'il a fallu nettoyer toutes ces petites taches ! Quel travail pour rien, comme s'il n'y avait que cela à faire dans cette maison, je vous jure !

Pierre l'entendit ressortir de la pièce pour se diriger vers le salon.

— Ah ! Je suis bien bonne de la garder à mon service, cette empotée !

Pierre, au cours du repas, avait pris la décision d'écourter son séjour orléanais. Il ne supporterait pas d'entendre son père se gargariser de la politique de collaboration du gouvernement, alors que d'autres se battaient et mourraient pour conserver leur liberté. Ses parents allaient bien et n'avaient pas l'air de souffrir de la guerre. Bien au contraire. Quant à lui, il préférait, et de loin, s'occuper de ceux qu'elle atteignait dans leur chair.

Il s'était réveillé de bonne heure dans sa chambre de jeune homme. Au moment où il ouvrit les volets, il entendit les graviers crisser sous les roues de la voiture de son père qui se rendait à son usine, située à quelques kilomètres de là. S'appuyant à la balustrade en fer forgé, il laissa son regard se promener sur le jardin. Rien n'avait vraiment changé là non plus, sinon les arbres qui au fil des ans s'étaient étoffés. Un parterre de fleurs délimité par de gros galets de rivière entourait une petite fontaine à deux étages qui faisait, l'été, le bonheur des oiseaux. Des images de son enfance s'imposèrent à son esprit. Il revoyait sa sœur courir en riant tandis qu'il essayait de l'attraper ou de la toucher avec sa balle. Un peu plus loin, à la limite du haut mur de clôture, un frêne centenaire gardait toujours dans ses branches, entre lesquelles passaient parfois des écureuils pressés, les vestiges d'une cabane. Que d'heures passées, dans ce minuscule abri qui laissait filtrer l'eau les jours d'averse, à lire les illustrés qu'il appréciait tant ! Puis la petite remise, enfin, remplie d'outils étranges et d'un incroyable bric-à-brac, mélange de vieux sacs de jute, de pots de fleurs ébréchés, de cageots de fruits qui ne serviraient plus et de bicyclettes rouillées. Elle était le domaine exclusif des araignées qui avaient tissé d'immenses toiles d'un mur à l'autre, jusqu'à obstruer l'unique fenêtre. Stéphanie ne s'y aventurait que timidement, refusant d'en dépasser le seuil, de crainte que les pattes de ces petites bêtes velues et hideuses ne s'accrochent à sa longue chevelure. Combien de fois son père avait-il résolu de se débarrasser de tout ce capharnaüm inutile ! Presque quarante ans après, il était toujours là. Peut-être un jour Pierre se promènerait-il entre les massifs de fleurs avec une jeune femme à son bras ? Et pourquoi pas avec Veronika ? se surprit il à penser.

Par un tintement discret, la pendulette de sa chambre annonça huit heures. Un parfum sucré de brioche s'insinua sous la porte de sa chambre et chatouilla ses narines. Françoise, à la cuisine, avait dû faire des miracles avec les produits coûteux du marché noir. Pierre s'habilla en hâte et descendit les escaliers, attiré par l'odeur. Le petit déjeuner était dressé dans le salon. Le gâteau, tout juste sorti du four, fumait encore. Élise était assise sous la fenêtre, à son endroit préféré, et s'absorbait dans la lecture d'un magazine. Elle leva le nez à l'arrivée de son fils.

— J'étais sûre que cette odeur allait te tirer de ton lit, comme quand tu étais plus jeune. J'ai fait confectionner ce gâteau aux pépites de chocolat, ta recette préférée, si je me rappelle bien.

— Bonjour, mère. Oui, c'est exact. Même si, depuis quelque temps, je ne me rappelle plus quel goût cela peut avoir, du vrai chocolat.

Élise coupa une large part, qu'elle déposa près d'une tasse qu'elle remplit de café.

— Et c'est du vrai café, aussi, s'enorgueillit-elle, comme celui d'avant-guerre.

Elle ouvrit également un pot de confiture d'orange et un second de rhubarbe. Décidément, Mme Neveu mère avait des ressources pour se procurer l'introuvable. Pierre plongea délicatement ses lèvres dans le liquide noir et odorant, comme dans le plus prestigieux des grands crus classés du vignoble bordelais. Le goût délicieux l'envahit. Il ferma les yeux pour mieux en apprécier tous les arômes, puis il se délecta d'une cuillerée de rhubarbe dont il appréciait particulièrement l'acidité. Sa mère, ravie de lui faire plaisir, ne le quittait pas des yeux.

— C'est donc décidé, soupira-t-elle, tu repars déjà ce soir ?

— Ne m'en veuillez pas, mère, mais vous savez qu'un chef de service a de nombreuses responsabilités. Je ne peux raisonnablement pas laisser mes patients aux bons soins de mon interne, même si j'ai toute confiance en ses compétences.

Il enfourna une bouchée de brioche dégoulinante de confiture, qu'il mastiqua lentement, pour faire durer le plaisir.

Elle n'aborda pas le sujet de la rencontre avec la fille des Moustiers, à l'étonnement de son fils qui connaissait l'entêtement de sa mère, pouvant parfois aller jusqu'à l'obsession. Ils parlèrent de tout et de rien, toute la matinée. Stéphanie, se désolait la mère, ne viendrait peut-être pas avant la Noël. Le couple n'avait pas eu descendance, à la tristesse d'Élise qui aurait aimé voir de nouveau courir des enfants dans le parc. Son gendre, qui avait décroché un mandat politique local, briguait désormais un mandat de député et ambitionnait de s'installer à Paris. Les conversations occupèrent Pierre et sa mère jusqu'au repas du midi, qu'ils passèrent en tête à tête. Son père, après un conseil d'administration important, déjeunait au restaurant avec ses associés et ses principaux clients.

Son train ne repartait qu'en fin d'après-midi. Le soleil qui brillait de nouveau au-dessus de la Loire l'invitait à une promenade. Les petites rues du bourg étaient calmes et presque désertes. Il emprunta un passage étroit entre deux murs de pierre pour descendre jusqu'aux rives du fleuve. La pluie avait un peu grossi la Loire. L'eau, d'une teinte boueuse, charriait des branches d'arbres dans le courant. Les mains calées au fond des poches, Pierre suivit à travers les bouquets de roseaux le sentier qui menait vers la ville. Il s'arrêtait parfois pour suçoter un brin de fenouil sauvage dont la saveur anisée lui rafraîchissait la gorge. Il s'accroupit un moment derrière un arbuste pour suivre les jeux bruyants d'une nichée de canetons en rangs serrés dans le sillage de leur mère. Les toits en lauze d'Orléans, encore humides de la dernière pluie, luisaient au loin, serrés autour de la cathédrale dont les deux flèches aériennes pointaient vers le ciel. À cette distance, les cicatrices de la ville, bombardée en juin 1940, étaient invisibles. Après les travaux de déblaiement commencés dès le début de l'occupation, des quartiers entiers avaient perdu leur physionomie. Pierre se rappelait de ce terrible moment où les Orléanais, apeurés par l'arrivée des troupes allemandes, quittaient en masse la ville pour se réfugier dans les campagnes. Il eut une pensée pour ces braves confrères et consœurs infirmières des hospices civils qui, comme lui, avaient refusé d'abandonner leur poste, pour venir en aide à la population meurtrie. Les courageux Orléanais restés dans leur ville malgré la peur passaient devant la statue de Jeanne d'Arc, place du Martrois, en rêvant secrètement qu'une autre héroïne, juchée sur un cheval blanc ou même sur un char d'assaut, vienne « bouter les boches hors de France ». Quelquefois, le matin, on trouvait un bouquet de fleurs qu'une main anonyme avait nuitamment déposé au pied du monument.

Quatre heures sonnèrent à un clocher. Pierre décida qu'il était temps de rebrousser chemin pour rejoindre la maison d'un pas rapide. Il lui restait presque trois bonnes heures avant de reprendre son train vers l'Auvergne.

Il prit le temps de replier correctement ses affaires dans sa valise en cuir et de déguster un autre morceau de brioche. Sa mère en avait fait confectionner une seconde, qui trouva sa place dans ses bagages avec quelques livres de poésie qu'il désirait emmener.

— Je ne pourrai malheureusement pas en faire profiter tout mon service, plaisanta-t-il, ils ne savent pas ce qu'ils ratent.

Les embrassades avec sa mère durèrent longtemps ; Gustave, rentré juste à l'heure pour raccompagner Pierre à la gare, s'impatientait.

— Laisse-le donc partir, il va rater son train, à force !

Élise écrasa une larme, faisant promettre à son fils de revenir bientôt leur rendre de nouveau visite. C'est qu'ils étaient bien seuls, maintenant, loin de leurs enfants ! se lamentait-elle.

Le voyage jusqu'à la gare ne dura que quelques minutes. Une poignée de main à son père, un au revoir rapide, et Pierre sauta sur le marchepied du wagon.

X

— Vous êtes déjà de retour, docteur Neveu ? Votre séjour a été de courte durée.

— Vous me manquiez terriblement, mademoiselle Lacour, et j'avais peur que Dupin ne vous fasse tourner en bourrique, plaisanta-t-il.

— Oh ! Ce n'est certainement pas à moi de juger, mais il s'est très bien débrouillé. Et le Dr Steiner nous a aussi apporté son aide pour un cas un peu difficile qui nous est arrivé hier dans la soirée.

Pierre l'interrogea du regard.

— Un cas de méningite sur une fillette. Le Dr Steiner était dans le service car on venait de nous transférer un soldat. Le Dr Dupin ayant fini sa garde, elle l'a prise en charge elle-même et l'a veillée toute la nuit. Dans le doute, nous l'avons mise dans la chambre d'isolement, c'était plus prudent.

— Vous avez bien fait. Et comment va la petite ?

— Ce n'est qu'une méningite virale, rien de bien dangereux. Elle devrait rentrer chez elle très bientôt. Elle a eu beaucoup de chance ; ce n'était pas la bactérienne. Ses parents se sont affolés pour rien, mais ils ne pouvaient pas savoir. Elles sont particulièrement virulentes, cette année.

— En effet, et très contagieuses. Heureusement, nous avons été relativement épargnés ici. Ce n'est pas le cas partout. On dit que plus au sud c'est une véritable épidémie qui a fait de nombreuses victimes.

— Vous pouvez aller la voir si vous voulez, le Dr Steiner est à son chevet en ce moment, lança Simone en repartant vers la tisanerie pour distribuer le travail du matin à ses infirmières.

Pierre poussa légèrement la porte et entra dans la chambre. La fillette dormait paisiblement, ses longs cheveux bruns étalés sur l'oreiller. Veronika ne l'avait pas entendu entrer. Assise sur le lit, elle tenait dans sa main celle, toute menue et blanche, de la jeune malade qu'elle caressait doucement. Penchée sur elle, Veronika fredonnait une berceuse dont les paroles en allemand échappaient à Pierre. Mais pour la première fois, cette langue, d'habitude si gutturale et violente, faite pour donner des ordres, lui parut belle et délicate. Il ne se manifesta pas, pour ne pas rompre le charme de cet instant. La fillette respirait paisiblement et souriait dans son sommeil. La chanson était finie. Veronika passa un doigt derrière son oreille pour remettre en place une mèche. Elle sursauta en sentant une main se poser sur son épaule et tourna vivement la tête, sans lâcher les doigts de l'enfant.

— Pierre ? Vous êtes rentré ? dit-elle à voix basse. Votre séjour en famille n'a pas duré longtemps.

Il se pencha vers elle pour murmurer et ne pas réveiller la jeune patiente.

— À dire vrai, j'étouffais, là-bas. Mais ma famille va bien, je suis rassuré. C'est bête à dire, mais je crois que ma vie est ici, maintenant.

Il aurait bien aimé également lui dire que sa présence lui avait manqué. Il lui sourit. Ses doigts étaient restés au contact de la blouse de Veronika et, sans s'en rendre compte, il caressait machinalement son épaule sous le tissu. La jeune femme trembla imperceptiblement. Depuis presque cinq ans, aucun homme n'avait posé la main sur elle. Les yeux du médecin glissèrent sur la petite fille qui ne s'était pas réveillée.

— Merci de ce que vous avez fait pour elle.

— Elle s'appelle Sophie, elle vient tout juste d'avoir onze ans. Ses parents sont marchands de fruits et légumes.

— Alors Sophie a eu beaucoup de chance de vous avoir comme médecin. Moi, je n'aurais pas eu l'idée de lui chanter une chanson pour qu'elle s'endorme. Et le son de ma voix ne l'aurait pas rassurée, dit-il en riant doucement.

— Que voulez-vous, je me suis toujours occupée d'enfants. Nous avions une grande famille en Allemagne, pleine de jeunes cousins et cousines que je gardais souvent.

Elle posa sur la jeune patiente un regard plein de tendresse.

— Il me semble maintenant que c'était dans une autre vie, si loin. C'était la paix, c'était la joie et le bonheur, les pique-niques au bord du lac de Constance à la belle saison, les promenades dans les immenses forêts et les jeux autour de notre maison. Je ne sais même pas si elle existe encore.

Un éclat de tristesse passa dans ses yeux, qu'elle balaya rapidement.

— Je viendrai vous voir pour vous faire signer les papiers de sortie, si vous le voulez bien. Elle n'a maintenant besoin que de beaucoup de repos.

— Bien entendu, dès que vous le jugerez nécessaire, Veronika. Prenez tout votre temps avec elle. Vous êtes son médecin.

Pierre retrouvait avec plaisir son petit logement de la rue Pissevin. Comme chaque soir, en revenant de l'hôpital, il salua sa logeuse, Gisèle, dont la porte au rez-de-chaussée restait constamment grande ouverte. Quelquefois, il entrait pour partager avec elle un verre de vin doux, qu'elle affectionnait particulièrement et qui la mettait en joie ; elle en abusait un peu, parfois.

— Doucement sur le vin, madame Fournier, lui disait-il gentiment, ce n'est pas bon pour votre santé !

— Bah, docteur, que voulez-vous ! C'est un des seuls plaisirs de vieille femme qu'il me reste, disait-elle en trinquant. Et puis, mon père buvait plus de vin que d'eau, et ça ne l'a pas empêché de vivre presque centenaire, le brave homme.

Pierre se rangeait à ses arguments. Après tout, se disait-il, elle ne fait de mal à personne. Il avait renoncé à la sermonner. Et Gisèle, après deux verres, avait la parole facile. Elle aimait raconter sa vie qui, somme toute, avait été heureuse. Un mariage avec un ouvrier du bâtiment lui avait permis de quitter sa ferme d'un village de l'Allier. Jamais elle n'aurait voulu être fermière :

— Ah, ça non, alors ! Tourner le fumier, nourrir les poules, courser les vaches sous la pluie, trop peu pour moi !

Son mari, Louis, embauché dans une entreprise issoirienne, n'avait jamais compté ses heures, trimant pour devenir propriétaire du logement qu'elle occupait. Elle aimait à rappeler à son locataire que son époux, de nombreuses années auparavant, avait participé à la rénovation de l'hôpital où il officiait. Une opportunité, le décès d'un vieux couple sans enfants, leur avait permis d'acquérir également le logement du dessus qu'occupait maintenant Pierre. Puis, Louis mourut la même année que son beau-père. Fille unique, elle avait trouvé à vendre la ferme de sa jeunesse, remboursant du même coup toutes ses dettes. Plus tard, ses deux enfants, partis travailler à Clermont-Ferrand, l'un au service des Postes et l'autre chez Michelin, pourraient hériter de ses biens. La pension de son défunt mari et le loyer de l'appartement lui permettaient de couler des jours heureux.

Décidément, Pierre se plaisait bien dans la petite ville auvergnate. Il y prenait ses habitudes. Après le Café Français, où il s'était lié d'amitié avec le couple de gérants, chez qui il dînait chaque soir, il adorait faire une promenade digestive dans les petites rues. Il évitait toutefois soigneusement la rue de Boulade, assidûment fréquentée par les soldats allemands qui venaient chercher chez Mme Louis les faveurs tarifiées des filles de joie. Les riverains se plaignaient quotidiennement du bruit que faisaient les soldats éméchés qui, tard dans la nuit, quittaient la maison close. Les autorités allemandes, sollicitées par la mairie, avaient refusé d'intervenir. Les habitants n'avaient qu'à supporter les frasques des vainqueurs, ou déménager.

En passant devant les boutiques, Pierre saluait les commerçants qui désormais le reconnaissaient et l'appelaient par son nom. Ses pas le menaient régulièrement le long de la Couze-Pavin, sur les berges de laquelle il s'asseyait pour regarder l'eau claire jouer entre les cailloux, et passer de temps à autre une truite qui avait échappé aux pêcheurs. Oui, il appréciait la vie tranquille d'Issoire. Peut-être, plus tard, pourrait-il acheter une maison et s'y installer définitivement. Il aurait ainsi l'occasion de mieux visiter la région, de se promener autour des nombreux lacs de montagne et surtout d'admirer la vue du haut du puy de Dôme… et pourquoi pas d'apprendre à pêcher. En tout cas, c'était certain, il n'avait aucune intention de retourner à Orléans.

Comme chaque soir à peu près à la même heure, Pierre rentrait chez lui en empruntant le boulevard circulaire qui passait devant l'Hôtel de Ville. Une camionnette stoppa à sa hauteur. Le conducteur, un jeune homme d'une vingtaine d'années, se pencha à la fenêtre.

— Vous êtes le docteur Neveu ?

— C'est bien moi en effet, répondit-il après une seconde d'hésitation.

Le conducteur se pencha un peu plus pour ouvrir la porte.

— Montez, s'il vous plaît, j'ai ordre de vous emmener avec moi.

— Un ordre de qui ?

Le conducteur haussa les épaules.

— Vous verrez cela sur place, moi je ne suis que le chauffeur. Allez, montez donc.

Pierre, devant l'insistance du jeune homme, grimpa dans le véhicule.

— Si c'est pour un problème médical, il faut passer chez moi prendre ma trousse.

Le véhicule s'engagea dans les rues étroites jusqu'à la rue Pissevin. La trousse récupérée, la camionnette repartit vers le boulevard principal. Ils roulèrent quelques kilomètres sur la route qui rejoignait le village de Solignat, dépassèrent d'une centaine de mètres les dernières maisons du bourg puis s'arrêtèrent au début d'un chemin. Deux hommes armés, l'un d'un fusil Mauser pris à un Allemand et l'autre d'un pistolet, surgirent de derrière les fourrés.

— Merci d'être venu, docteur. On a un gars là-haut qui est malade. On ne sait pas quoi faire.

— D'accord. Montrez-moi le chemin, je vous suis.

Le résistant avisa les fines et élégantes chaussures de ville du médecin.

— Vous n'êtes pas bien équipé pour marcher. C'est que ça grimpe un peu, jusque là-haut, dit-il en désignant les hauteurs du pic d'Ysson.

— Figurez-vous que je n'avais pas prévu de balade en montagne ce soir. Me prévenir aurait été plus convenable, je me serais chaussé en conséquence.

Le regard de Pierre se posa sur le jeune conducteur qui baissa honteusement les yeux.

— Bon ! Inutile de perdre plus de temps, reprit-il en empoignant sa mallette. Je vous suis, messieurs.

Pierre soufflait sur le chemin qui serpentait sous le couvert des arbres. Sur les pentes parfois très raides, ses semelles lisses glissaient sur les feuilles humides, et il dut à plusieurs reprises s'accrocher aux branches pour retrouver son équilibre. Sa lourde sacoche, qu'il changeait régulièrement de main, lui sciait les phalanges. Il dut de temps en temps faire une courte halte pour reprendre son souffle. La montée dura près de trente minutes, qui lui en parurent bien le double.

— Voilà, nous y sommes, annonça enfin un résistant en désignant un bosquet touffu.

Il fallait s'approcher très près pour voir le campement installé sous le couvert des frondaisons, tant il était bien camouflé. Une poignée d'hommes, assis sur des souches d'arbres, se levèrent à l'arrivée du médecin. L'un d'eux s'approcha et tendit la main à Pierre.

— Désolé de vous avoir infligé ce trajet pénible. Je suis Austremoine. Je remplace Molière dans ses fonctions.

— Dr Neveu, se présenta Pierre, encore tout essoufflé et les jambes flageolantes.

— Un de nos jeunes, Julien, se plaint de maux de ventre violents. Il a vomi plusieurs fois, et je crois qu'il a pas mal de fièvre.

Le résistant désigna un abri de toile épaisse camouflé par des branchages.

— Il est là-bas.

Le jeune maquisard semblait vraiment mal en point. Effectivement, son front était brûlant. L'examen fut rapide et le diagnostic évident, dès que le médecin eut tâté l'abdomen du jeune homme, lui tirant des grimaces de souffrance.

— Rien de grave, le rassura Pierre, mais il va falloir te soigner, mon garçon.

Pierre sortit de l'abri. Austremoine l'attendait, appuyé à un tronc d'arbre.

— C'est une appendicite. Probablement même une péritonite. Si on ne l'opère pas immédiatement, l'infection va gagner et il risque d'y passer.

— Et j'imagine que vous ne pouvez rien faire ici.

Pierre secoua négativement la tête.

— Absolument rien sans bloc opératoire et sans anesthésie. Et de plus, je ne suis pas chirurgien. En restant ici, il est condamné.

Austremoine tapa rageusement du pied par terre.

— Et merde, il ne manquait plus que ça ! Il est recherché par la police. S'ils le prennent, il est foutu.

— Et s'il reste ici aussi, je vous assure. Il vous faut prendre une décision, insista Pierre. Et vite. Si vous l'aviez directement emmené à l'hôpital, on aurait gagné du temps. Surtout lui.

Le résistant s'éloigna un peu pour parler aux autres. Il revint une minute plus tard.

— Bon, c'est d'accord, on prend le risque. De toute façon, on n'a pas le choix.

Les hommes fabriquèrent rapidement un brancard improvisé sur lequel on installa le malade. Des ceintures passées autour de son corps l'empêcheraient de glisser. Quatre hommes furent désignés pour le porter.

La descente, cette fois-ci, dura plus d'une heure. Malgré les précautions des porteurs, qui faisaient de leur mieux pour ne pas trop secouer le brancard, Julien gémissait de douleur. On le chargea sur le plateau de la camionnette. La nuit était quasiment tombée quand le véhicule reprit la route d'Issoire. Pierre vérifia dans son portefeuille la présence de l'*Ausweis*. Il pria pour ne pas avoir à s'en servir. Le conducteur, tout à sa route pour éviter les nids-de-poule, restait silencieux. Pierre, le visage collé à la vitre, observait le paysage d'ombres qui défilait. Il devinait les formes fantomatiques des arbres qui bordaient le talus, alternant avec des espaces plus clairs qui laissaient entrevoir les champs. De temps à autre, les deux billes phosphorescentes des yeux d'un renard brillaient dans les phares. Le ronronnement tranquille du moteur le berçait. Il aurait presque pu s'endormir.

Un juron du conducteur et un violent coup de frein le tirèrent de sa somnolence. Au détour d'un virage, un véhicule avait surgi dans la lumière des phares. Il barrait complètement la route. Pierre distingua une croix noire peinte sur la carrosserie. Un coup de volant sec le projeta violemment contre le montant de la portière, que son front heurta. La camionnette fit une embardée pour prendre un chemin de terre à gauche. Dans son élan, elle dérapa sur le bas-côté herbeux et une roue se cala dans un fossé, la stoppant net.

— Ce sont des Allemands, cria le conducteur. Vite, fuyez !

Il avait déjà ouvert sa portière et sauté dans le champ. Les soldats se précipitèrent vers le véhicule.

— *Halt !*

Le jeune homme avait presque atteint le couvert des bois tout proches quand une rafale de mitraillette bien ajustée l'atteignit dans le dos. Sans un cri, il tourna sur lui-même avant de s'affaler lourdement sur le sol, la face contre terre. Pierre, à demi assommé par le choc sur sa tête, n'avait pas eu le temps de réagir. Il sentit un filet de sang couler sur sa paupière. Le véhicule fut immédiatement entouré par les militaires qui pointaient leurs armes vers lui. Le souffle court, il ne put que lever les bras. Son cœur battait la chamade, et de la sueur perla sur son front malgré la fraîcheur de la nuit.

Deux soldats grimpèrent sur le plateau de la camionnette. Julien, sous le choc, avait dû probablement s'évanouir. Les deux soldats échangèrent quelques mots que Pierre ne comprit pas. Ils appelèrent leur sous-officier, qui donna un ordre bref. Deux secondes plus tard, une rafale mit fin à la jeune vie de Julien.

On tira Pierre de la voiture, sans ménagement. Les bras toujours levés, le canon d'une mitraillette lui labourant les côtes, il fut plaqué contre la carrosserie.

— Je suis médecin, réussit-il à dire, *ich bin Arzt. Ich habe einen Ausweis.* (Je suis médecin, j'ai un laissez-passer.)

Il voulut attraper son portefeuille dans la poche intérieure de sa veste pour leur montrer le document. Un coup de crosse entre ses omoplates l'en dissuada. Dans son dos, les soldats parlaient entre eux, certains riaient. Pierre ferma les yeux et serra fortement les poings. Il s'attendait à chaque seconde à être lui aussi froidement abattu, comme son malade et le chauffeur. Il pensa à ses parents, qui seraient anéantis par la nouvelle de sa mort. Il s'en voulut de n'être pas resté plus longtemps auprès d'eux, de ne pas leur avoir dit que, malgré leurs divergences d'opinions, il les aimait et les remerciait pour ce qu'il était devenu. Le sourire de Veronika s'imposa dans son esprit. *Quel dommage que nous ne nous soyons pas mieux connus* ! Sa dernière pensée serait donc pour une Allemande. *Quelle ironie*, se dit-il. Il inspira profondément et ferma les yeux pour attendre la rafale qui mettrait fin à ses jours. *Combien de temps mettrai-je à mourir ? Est-ce que j'aurai le temps d'avoir mal ?* Une sueur glacée coula le long de sa colonne vertébrale.

La rafale attendue ne vint pas. Un soldat aboya un ordre. Il se sentit brusquement saisi par l'épaule et traîné vers l'arrière du véhicule militaire, dans lequel les soldats lui firent signe de monter. Sous la menace des mitraillettes qui pointaient leur gueule noire à hauteur de son abdomen, il se cala sur le banc de bois. Le véhicule démarra en direction d'Issoire.

Les mains menottées, Pierre, encore tout retourné de son aventure et étonné d'être encore en vie, patientait depuis un long moment sur un banc dans un couloir de l'hôtel de la Poste. Face à lui, un garde, le visage sans expression, ne le quittait pas des yeux, le doigt sur la détente de son arme. Une horloge murale marquait les onze heures. La bosse qui s'était formée sur son front lui faisait mal. Le sang avait coagulé, le gênant pour ouvrir complètement son œil droit.

La porte d'un bureau s'ouvrit. Le garde, d'un mouvement de la tête, lui indiqua d'y entrer. Assis derrière un bureau, un officier, un homme d'une cinquantaine d'années au crâne un peu dégarni, le visage maigre taillé en lame de couteau, le dévisageait. La cicatrice qui barrait sa joue droite, ainsi que les médailles sur sa veste et la croix de fer qui pendait à son cou, indiquaient un homme habitué aux champs de bataille. Sous l'immense portrait d'Adolf Hitler, au-dessus d'une cheminée en marbre noir,

Pierre reconnut le colonel Angermann, qu'il avait aperçu à quelques reprises passer sur le boulevard dans sa voiture décapotable. Celui-ci, sans un mot, indiqua à Pierre un fauteuil pour s'asseoir. L'officier se pencha sur un porte-documents qu'il consulta quelques secondes, puis releva la tête et planta son regard perçant comme celui d'un aigle dans les yeux du médecin. Il croisa ses doigts sur le bureau.

— Alors, docteur Neveu, commença-t-il avec un accent germanique prononcé, parlez-moi un peu de ce soir. Que faisiez-vous donc dans ce véhicule ?

Son visage était souriant, la voix était calme et posée, presque paternelle.

Pierre prit une longue inspiration avant de répondre :

— Une camionnette s'est arrêtée près de moi alors que je rentrais de l'hôpital. Le chauffeur m'a demandé de monter pour aller visiter un malade.

— Et vous avez été menacé, je présume, et forcé de monter dans le véhicule.

— Oui, c'est exact, avec un pistolet. Un homme que je n'avais jamais vu auparavant. Celui qui a été abattu par vos hommes.

Le visage de l'officier redevint grave.

— Donc, vous ne connaissez pas son nom, bien sûr, ni rien qui puisse m'aider à trouver son identité.

Pierre remua négativement la tête.

— Malheureusement, non. Comme je vous l'ai dit, je ne l'avais jamais rencontré avant hier soir.

Les yeux du colonel scrutaient le visage du médecin, à l'affût du moindre tressaillement, de la moindre hésitation. Ce dernier faisait des efforts pour ne rien laisser paraître de la peur qui lui nouait l'estomac.

— Tout cela pour rien, reprit le colonel en levant les bras en signe de déception, puisque le malade que vous transportiez est mort de ses blessures. C'est tout à fait regrettable.

Pierre, choqué par les propos de l'officier, prit le parti de ne pas répondre. *Lâchement assassiné serait plus juste,* pensa-t-il, *espèce d'ordure !*

— Alors peut-être sauriez-vous nous indiquer à quel endroit se trouvait ce malade ? Dans un camp de terroristes, peut-être ?

— J'ai eu les yeux bandés durant tout le trajet, je suis désolé, colonel, répondit Pierre d'un ton qu'il voulait le plus sincère possible. J'ai dû ensuite faire à pied un long chemin dans la forêt. Je ne serai pas capable d'y retourner. Je ne connais pas encore très bien la région.

Pierre savait que les occupants hésitaient à s'enfoncer dans les bois, où ils se savaient désavantagés par rapport aux résistants qui connaissaient le terrain par cœur.

— Et vous-même n'avez aucun lien avec ces réseaux, je présume.

— Absolument aucun, non. Je me contente de faire mon travail de médecin à l'hôpital, sans m'occuper de politique.

Il faillit évoquer son travail avec le Dr Steiner, mais s'en abstint.

Les yeux de l'officier se fermèrent un peu, comme ceux d'un prédateur juste avant de sauter sur sa proie, ne laissant entrevoir que deux pupilles noires qui le fixaient entre les paupières. Pierre frissonna légèrement. On allait le torturer, il en était certain. Combien de temps lui faudrait-il pour parler ? Parce que, il le savait, il parlerait. La résistance à la douleur a ses limites. C'est une question de volonté, paraît-il, pour tenir un certain temps. Mais la sienne serait-elle suffisante ?

Le colonel referma son porte-documents d'un geste nerveux. Sa voix devint plus cassante.

— Très bien, nous allons mener notre enquête. Je tiens seulement à ce que vous sachiez que les personnes qui aident les terroristes encourent les mêmes sanctions qu'eux.

Il laissa à Pierre le temps de réfléchir et d'évaluer les conséquences de son silence.

La voix se radoucit.

— Vous pouvez tout me dire maintenant, vous savez. Je tiendrai compte dans ce cas de votre bonne volonté envers nous. Et, dans quelques minutes, vous serez de retour chez vous.

Pierre s'efforçait de soutenir le regard de son interrogateur.

— Je ne sais rien de plus que ce que je viens de vous dire, vous m'en voyez désolé.

Le colonel soupira, visiblement contrarié.

— Bien. Il se fait tard, restons-en là pour ce soir. Nous nous reverrons très bientôt, docteur. Peut-être que d'ici là d'autres choses vont vous revenir. Qui sait ! Il paraît que le temps passé dans une cellule est tout à fait bénéfique pour la mémoire. J'imagine que pour le moment vous devez probablement être encore sous le choc de votre accident, et que celle-ci vous fait défaut.

Il cria un ordre et le garde entra dans la pièce en claquant des talons.

Pierre fut conduit par un escalier étroit vers les caves où des cachots étaient aménagés. La lourde porte en bois se referma et le verrou grinça derrière lui. Il lui fallut quelques secondes pour s'habituer à la soudaine obscurité. Grâce à un faible rai de lumière qui filtrait sous la porte, il trouva une caisse pour s'asseoir. L'air était glacé, il grelottait. Il tâta son front encore endolori. En humidifiant son mouchoir avec un peu de salive, il en nettoya le sang. Emmitouflé au mieux dans sa veste dont il avait relevé le col, le dos calé contre un sac, il chercha une position confortable. Dieu seul savait de quoi allait être fait le lendemain.

Le Dr Paul Verger soufflait comme une forge d'avoir grimpé les escaliers qui menaient au service de Pierre. Il visita les chambres au pas de course, bousculant au passage une infirmière, à la recherche d'Alexandre Dupin, qu'il trouva en pleine auscultation d'un malade.

— Suivez-moi dans le couloir, Dupin, nous avons un problème.

— Docteur Verger, que se passe-t-il ?

— Neveu a été arrêté cette nuit. Il est prisonnier à la *Kommandantur.*

La surprise se lut sur le visage de l'interne.

— Arrêté ? Mais pour quelle raison ?

Le directeur secoua négativement la tête.

— Les autorités allemandes viennent de m'en informer à l'instant, mais je n'ai pas d'autres informations pour le moment. En tout cas, Dupin, à vous de gérer le service à sa place. Appelez-moi en cas de souci. Je vous tiendrai au courant dès que j'en saurai plus.

— Vous pouvez compter sur moi, monsieur, ne vous inquiétez pas.

Encore tout essoufflé de sa course, Verger repartait vers l'escalier quand il rebroussa soudainement chemin. Il se rapprocha de l'interne pour lui parler à voix basse :

— Soyez franc, Dupin, avons-nous en ce moment dans le service des résistants, des juifs qui se cachent ou des gens recherchés pour tout autre motif ? Ne me cachez rien, surtout.

— Non, monsieur, pas à ma connaissance en tout cas.

— Bien, bien. Il se pourrait fort que ces brutes de la Gestapo viennent mettre leur nez chez nous. Et il ne faudrait pas que... enfin, vous me comprenez. Il en va de notre sécurité à tous, vous comprenez ? insista-t-il.

L'interne lui indiqua de la tête qu'il connaissait parfaitement les risques.

— Quelle histoire ! Mais quelle histoire ! se lamentait le médecin-chef en redescendant au rez-de-chaussée.

Simone Lacour, qui œuvrait dans la chambre adjacente, avait entendu la conversation. Elle se précipita vers le jeune médecin.

— Mon Dieu ! c'est une nouvelle terrible. Qu'a-t-il bien pu se passer pour que le Dr Neveu soit dans cette situation ?

— Comment le savoir ? C'est certainement un malentendu, répondit l'interne.

Elle ne put rien ajouter d'autre. Afin d'éviter toute fausse rumeur, elle décida de faire immédiatement le tour du service pour informer le personnel. Tout le monde était catastrophé, on ne parlait plus que de cela dans les couloirs, jusque sur les lits des malades. L'hôpital entier fut rapidement au courant.

— Que peut-on faire ? Pourquoi Verger ne peut-il pas aller plaider sa cause ?

La pause à la tisanerie se passait dans une ambiance morose.

— Travaillez comme d'habitude ! avait ordonné Simone. S'il y a quelque chose à faire, cela sera fait.

Après avoir appris la nouvelle, Hans Rosen quitta immédiatement le service.

XI

PIERRE N'AURAIT PU DIRE quelle heure il était ni depuis combien de temps il était enfermé dans cette cave humide aux relents de moisi et de vinaigre. Seule une faible lueur, qui augmentait doucement à travers un vasistas à demi obstrué par de vieux cartons, lui indiquait que le jour se levait. Jamais nuit ne lui avait paru plus longue. Elle n'avait été qu'angoisse et silence. Seul le bruit de sa respiration, ou celui, furtif, d'une souris furetant dans les cartons empilés, l'avait rattaché au monde des vivants. Désormais, avec la journée qui commençait, il s'attendait à tout moment à remonter à l'étage, pour être de nouveau questionné et, qui sait, torturé. Il ne connaissait qu'un seul nom, celui de Simone Lacour. Il se jura de ne jamais le prononcer. Il espérait que les résistants qu'il avait vus dans leur campement étaient au courant des événements et qu'ils avaient eu le temps de déguerpir. Il pensa au jeune Julien. Pauvre garçon ! Si jeune ! *Au moins il était évanoui, il ne s'est pas vu mourir*, songea-t-il, même si ce n'était là qu'une maigre consolation.

Un claquement de serrure que l'on ouvre et referme, le bruit d'un corps qui tombe, des gémissements, puis des pleurs, lui parvinrent de l'autre côté de la cloison. On venait de jeter un homme dans la cellule d'à côté. Puis le silence se fit. Pierre préféra penser qu'il s'était endormi.

D'autres heures passèrent, atrocement longues. Pierre tournait en rond dans sa cellule improvisée, pour essayer de se dégourdir les jambes et se réchauffer un peu. Il avait les muscles endoloris à force de rester assis sur la caisse. Pour passer le temps et ne pas penser à ce qu'il allait sûrement subir, il fredonnait une chanson d'Édith Piaf qu'il appréciait particulièrement :

Elle écoute la java
Mais elle ne la danse pas ;
Elle ne regarde même pas la piste,
Mais ses yeux amoureux
Suivent le jeu nerveux
Et les doigts secs et longs de l'artiste.
Ça lui rentre dans la peau
Par le bas, par le haut ;
Elle a envie de chanter,
C'est physique.

Une voix faible, passant par-dessus la cloison – qui ne s'élevait pas jusqu'au plafond –, l'interrompit :

— Elle est triste, cette chanson. Belle, mais triste. Moi aussi, j'aime Piaf.

Pierre colla son oreille contre le mur.

— Qu'est-ce qu'ils vous ont fait ? Vous vous sentez bien ?

La voix, très jeune apparemment, lui répondit :

— Des coups, encore des coups, sans arrêt. Je n'arrive plus à ouvrir mes yeux tellement mes paupières sont gonflées. Et des brûlures de cigarette, aussi. Je ne sens plus mes mains. (Il se tut quelques secondes.) J'ai tellement mal !

Pierre serra les poings.

— Comment vous appelez-vous ?

— Henri. Henri Menat. J'ai eu seize ans il y a quelques jours. Et vous, c'est comment ?

Pauvre garçon, pensa Pierre, *presque un enfant encore.* Qu'avait-il bien pu faire pour mériter un tel traitement ?

— Je m'appelle Pierre Neveu. Courage, mon garçon !

Henri se mit à pleurer.

— Je vais parler, je suis sûr que je vais parler. Je ne supporterai plus tous ces coups, c'est au-dessus de mes forces !

Pierre baissa la tête. Le jeune garçon avait déjà fait preuve d'un énorme courage pour ne pas avoir cédé au premier interrogatoire. Il admirait sa force, n'étant pas sûr lui-même d'avoir autant de courage face aux brutes. Il cherchait quelque chose à lui répondre, quand du bruit dans le couloir attira son attention. Il se tut pour mieux écouter. Plusieurs pas se rapprochèrent de la porte. D'instinct, il recula dans la pièce pour se coller contre le mur du fond. Et voilà, c'est l'heure. *Sois fort, Pierre,* se dit-il.

La clé tourna dans la serrure en même temps que la lumière crue d'une ampoule éclairait la pièce. Pierre cligna des paupières pour s'habituer à la lumière vive qui lui brûlait les yeux.

— Pierre, ça va ?

Il ouvrit les yeux en grimaçant. Le visage soucieux de Veronika lui faisait face. Il mit quelques secondes à réagir.

— Veronika ? Mais que faites-vous ici ?

Elle lança un ordre sec au soldat, qui enleva à Pierre ses menottes.

— Tout va bien, je suis venue vous chercher. Vous êtes libre et je vous ramène chez vous.

— Mais comment...

— Pas maintenant. Quittons vite cet endroit, je vous raconterai en route.

Pierre lui attrapa le bras.

— Veronika, il y a un prisonnier juste à côté, c'est encore un enfant. Il faut faire quelque chose pour lui : ils l'ont torturé toute la nuit, et maintenant ils vont sûrement le tuer !

— Je ne peux malheureusement rien faire pour lui, dit-elle tristement. C'est déjà un miracle que je sois ici pour vous.

— Courage, mon garçon ! cria Pierre avant de quitter la pièce.

Il traversa le hall de l'hôtel, soutenu par Veronika, et prit une grande bouffée d'air frais en arrivant sur le trottoir. Une voiture militaire attendait devant la porte du bâtiment. Ils s'engouffrèrent tous les deux à l'arrière.

— Heureux de vous revoir, docteur Neveu, lança Rosen derrière le volant.

— Heureux également, Hans, cela ne fait aucun doute.

L'infirmier démarra la voiture et se dirigea vers les vieilles rues de la ville, en direction du domicile de Pierre.

— C'est très simple, expliqua enfin Veronika. Les autorités militaires ont prévenu l'hôpital de votre arrestation. Hans l'a appris également et il est venu m'avertir immédiatement.

— Mais le colonel Angermann ?

— Il a bien voulu me recevoir ce matin. Je l'ai persuadé que vous n'aviez rien à voir avec cette histoire et que vous ne faisiez jamais de politique. Je lui ai même dit que vous étiez aux petits soins pour nos soldats hospitalisés et que vous m'apportiez toute l'aide nécessaire. Avec beaucoup de zèle.

Cette dernière phrase le fit sourire.

— En fait, vous vous êtes portée garante pour moi, tout en me faisant passer pour un serviteur zélé de l'armée allemande.

— C'est un peu ça, oui, sourit Veronika, je n'ai pas vraiment eu le choix. Mais il reste méfiant, et j'ai ordre de vous surveiller de près, désormais !

— Finalement, je l'ai échappé belle. Je vous dois une fière chandelle, Veronika. Je ne sais pas comment vous remercier.

— Laissons ça.

La voiture stoppa rue Pissevin.

— Je vais faire un brin de toilette et je retourne à l'hôpital.

— Prenez donc la journée pour vous reposer, ce serait la moindre des choses. Le Dr Dupin est un bon praticien, il gère très bien.

— Non, je vous assure, je préfère retourner au travail. J'ai été seul un peu trop longtemps dans cette cave humide. Mais montez si vous voulez, le temps que je me change. J'ai un horrible café de guerre à vous offrir.

— Pourquoi pas ?

Elle s'adressa à Hans qui avait coupé le moteur de la voiture.

— Attendez-nous là, caporal.

Gisèle Fournier sortait de son appartement en même temps qu'ils entraient dans le hall. La logeuse eut un mouvement de recul en voyant l'uniforme allemand de Veronika, la tenue débraillée de son locataire et sa cicatrice sur le front.

— Tout va bien, docteur ? balbutia-t-elle.

— Oui, madame Fournier, tout va pour le mieux. Je vous présente le Dr Steiner, ma collègue, qui travaille avec moi à l'hôpital.

— Bonjour, madame Fournier. Veronika Steiner, très heureuse de vous rencontrer.

Gisèle bafouilla un bonjour. Son regard passait de l'un à l'autre, incrédule devant l'étrangeté de ce qu'elle voyait. Pierre lui aurait bien demandé de fermer la bouche, qu'elle gardait grande ouverte sous l'effet de la surprise, mais s'abstint.

— Suivez-moi, s'adressa-t-il à Veronika, c'est au premier.

En montant les escaliers, elle se pencha vers Pierre.

— Elle aurait vu le Père Noël sur son traîneau que ça ne lui aurait pas fait plus d'effet !

— Et dans un quart d'heure tout le quartier sera au courant qu'un officier allemand vient prendre le café chez moi.

L'eau fraîche du robinet lui fit le plus grand bien. Pierre, devant son miroir, retrouvait figure humaine. Sa bosse sur le front, somme toute, n'était pas aussi grosse qu'il l'avait pensé. En rabattant un peu plus sa mèche, il pourrait la dissimuler, ainsi que la petite cicatrice à son sommet, une toute petite estafilade de rien du tout qui, comme toutes les plaies du crâne, avait exagérément saigné. D'un coup de gant, il effaça les traces de sang séché qui collaient à ses sourcils et salissaient le haut de sa joue. Après un débarbouillage et un peu d'eau de toilette, il passa un pantalon et une chemise propres. *Tant pis pour le rasoir*, décida-t-il en passant la main sur son menton râpeux, *on verra demain matin.* Quand il estima être prêt, il revint dans la pièce principale. Veronika avait trouvé de quoi faire un peu de café. En sirotant le breuvage, elle feuilletait un journal qui traînait sur la table. Une seconde tasse fumante attendait.

— Voilà un homme nouveau, déclara Veronika en levant les yeux de sa lecture.

— Nouveau, je ne sais pas, mais en tout cas extrêmement reconnaissant. Pris par les Allemands et sauvé par…

Il se rendit compte qu'il allait dire une bêtise. *Idiot ! toujours ta manie de parler trop vite !*

— Par le Dr Veronika Steiner, répondit-elle en souriant.

Pierre se rapprocha d'elle et prit ses mains dans les siennes.

— Par la plus jolie des anges gardiens.

Il se pencha vers elle pour lui embrasser la joue. Elle lui présenta sa bouche. Pierre fut un instant décontenancé par ce baiser qu'elle lui offrait. Après une hésitation, leurs lèvres se frôlèrent puis leurs langues se mêlèrent. La jeune femme frissonna quand Pierre posa les mains sur sa taille fine. Un désir fou, presque bestial, de lui faire l'amour monta en lui. La veste d'uniforme glissa à terre. Il sentait la poitrine ferme de la jeune femme s'écraser contre son torse. D'un geste rapide, il défit un à un les boutons de sa chemise, qui suivit le même trajet que la veste. Veronika pencha la tête en arrière et ferma les yeux, offrant ses seins aux caresses. Le soutien-gorge dégrafé glissa à son tour, dévoilant une poitrine ferme et deux tétons rosés qui pointaient vers Pierre. Il les caressa un moment. Veronika gémit quand il les prit dans sa bouche pour les suçoter doucement entre ses lèvres.

— Viens, souffla-t-elle à son oreille, j'ai envie de toi. Maintenant.

La jupe tomba à terre. Pour la première fois Pierre put contempler à loisir le corps magnifique et entièrement nu de Veronika. Il ouvrit son pantalon. La jeune femme se cala contre la table et l'attira vers elle. Son pénis durci trouva immédiatement le vagin de Veronika. Il la pénétra en douceur, s'enfonçant profondément en elle. Les doigts de Veronika lui labourèrent le bas du dos, et il se mit à aller et venir en elle. Elle se mordit la lèvre pour ne pas crier. Pierre sentit une irrépressible vague de désir monter en lui. Il accéléra la cadence. Le chignon de Veronika se défit. Ses longs cheveux blonds dévalèrent en cascade sur ses épaules, accentuant encore le désir de son amant.

— Que tu es belle, Veronika ! Tellement belle !

Elle planta son regard dans le sien. Leurs visages se rapprochèrent encore pour un long baiser. Pierre sentit une onde lui parcourir le corps. Son sexe s'était encore durci et lui faisait presque mal. Il ne put s'empêcher de la pénétrer encore plus frénétiquement. Les gémissements de Veronika se muèrent en un râle continu. Sa jouissance arriva d'un seul coup, en une explosion furieuse. La jeune femme jouit en même temps, dans un long cri. Ils restèrent un moment serrés l'un contre l'autre, suants et le souffle court.

— J'avais tellement envie de toi, dit Pierre. Depuis la première fois que tu es entrée dans mon bureau, je crois. J'ai souvent rêvé de ce moment.

Elle l'embrassa doucement.

— Tu m'as plu immédiatement aussi, Pierre. Il y a quelque chose en toi de tellement doux et fort à la fois. Des sentiments que je croyais perdus ont ressurgi en moi.

Elle baissa tristement les yeux.

— Si seulement il n'y avait pas cette maudite guerre qui fait de nous des ennemis.

— Tu n'es pas mon ennemie, Veronika. Tu ne le seras jamais.

Le retour de Pierre à l'hôpital mit le service en joie. Tout le personnel était venu s'enquérir de sa bonne santé. Même Verger crut bon de monter à l'étage saluer son médecin, heureux d'avoir retrouvé son chef de service.

— Mademoiselle Lacour, docteur Dupin ? demanda Pierre. Voulez-vous bien me suivre, s'il vous plaît ?

Le médecin s'assit à son bureau, face à ses deux subordonnés.

— J'ai eu beaucoup de chance de revenir aujourd'hui. Je le dois à l'intervention du Dr Steiner.

Mais je pense que la *Kommandantur*, et surtout la police allemande, auront un œil sur l'hôpital. Nous devons être extrêmement prudents.

Simone et Dupin hochèrent la tête, en signe d'assentiment.

— Si toutefois un résistant venait à être hospitalisé chez nous, continua-t-il, ou toute autre personne qui aurait intérêt à se cacher, j'exige d'en être averti immédiatement. Nous nous débrouillerons pour qu'il soit soigné ailleurs, dans un endroit plus sûr. Nous ne pouvons en aucun cas nous permettre de mettre le personnel en danger. Est-ce clair pour vous ? dit-il en détachant bien les mots.

Il promena son regard sur l'infirmière et son adjoint.

— Très clair, répondirent-ils en même temps.

— Je vous en remercie tous les deux. Allez, au travail, maintenant, les patients nous attendent.

Le silence était revenu dans son bureau. Il retournait entre ses doigts le traité de poésie. Il l'ouvrit au hasard d'une page et lut :

Ô douleur ! ô douleur !
Le temps mange la vie,
Et l'obscur ennemi qui nous ronge le cœur,
Du sang que nous perdons croît et se fortifie !

Il énonça à haute voix le dernier vers de Baudelaire puis referma le recueil. *Quel que soit le sacrifice qu'il faudra consentir, la lutte doit continuer*, pensa-t-il.

XII

Une nouvelle année commençait, s'ouvrant sur de grandes espérances. La population suivait avec attention les nouvelles captées sur les ondes radio anglaises. Le Reich reculait sur le front russe face à l'Armée rouge de Staline qui, partout, passait à l'offensive. Les Anglo-Américains grignotaient lentement la péninsule italienne en direction de Rome, face à des Allemands qui contre toute attente résistaient avec opiniâtreté. Chacun attendait la nouvelle d'un débarquement en France des divisions alliées, que l'on savait inéluctable, pour constituer le second front réclamé depuis des mois par le dirigeant soviétique afin de soulager la pression sur ses troupes. Les groupes de résistance de la région, ravitaillés par de nombreux parachutages d'armes, de munitions et d'explosifs, maintenaient leur effort contre un occupant qui les pourchassait sans merci et leur faisait payer un lourd tribut. Nombre de maquisards furent fusillés sur le bord des routes ou contre le mur d'une ferme, ou déportés par convois ferrés vers les camps de Silésie ou de Pologne. Les arrestations se multipliaient, en ville comme dans les villages, arrestations auxquelles la Milice détestée prenait une part non négligeable. Les résistants rendaient coup pour coup, et la chambre réquisitionnée pour les troupes allemandes à l'hôpital d'Issoire s'avéra vite insuffisante. On dut en ouvrir une seconde dans un autre service.

— D'un côté c'est tant mieux, répétait Eugène avec malice. Ça veut dire que les nôtres leur font du mal !

Veronika passait maintenant la majeure partie de son temps à l'hôpital, pour le plus grand plaisir de Pierre. Ils restaient néanmoins discrets quant à leur relation. Un frôlement de main, un baiser furtif dans un bureau, la porte fermée, étaient tout ce qu'ils pouvaient se permettre.

— Un jour tout cela finira, lui avait dit Pierre. Et peut-être pourrons-nous vivre notre amour au grand jour.

— Comment le pourrions-nous ? avait soupiré Veronika. Oui, la fin de la guerre est proche. Mais qu'adviendra-t-il de moi ? Pour tout le monde je ne suis qu'un officier de l'armée allemande. Je devrai fuir, et rentrer dans ce qu'il restera de mon pays quand les avions des alliés auront tout écrasé sous leurs bombes. Les officiers les plus réalistes savent déjà que la guerre est désormais perdue pour l'Allemagne.

— Nous aviserons le moment venu, Veronika. Je serai là pour te protéger.

Elle leva sur lui un sourire triste.

— Et que pensera-t-on de toi, quand tout le monde saura que tu as une Allemande comme maîtresse ?

Malgré le froid, Pierre ne renonçait pas à ses promenades quotidiennes. Gisèle Fournier n'avait jamais reparlé à son locataire de la visite de l'officier allemand dans son appartement. Mais le regard méprisant de certains commerçants du quartier prouvait, comme il l'avait prédit, qu'elle n'avait pu tenir sa langue. On le traiterait de collaborateur que cela ne l'étonnerait même pas. Comment leur en vouloir ? La rafle de septembre dernier, les assassinats de résistants, les arrestations violentes, parfois en pleine nuit, restaient vivaces dans toutes les mémoires. La population nourrissait une véritable haine, légitime, de l'occupant. Un Allemand est un Allemand, c'est tout ! Et Veronika n'échappait pas à la règle.

XIII

— CHERS AMIS, pensez-vous que nous puissions lui faire confiance ?

Le comité de résistance de la région d'Issoire s'était réuni dans une maison de Chadeleuf pour discuter des futures actions à mener. Austremoine, le chef FFI, avait tenu à inviter son homologue FTP, Georges de son nom de clandestinité, pour coordonner de façon plus efficace les opérations contre l'occupant.

Austremoine, qui demandait l'avis des membres présents au sujet du Dr Neveu, était sceptique. Certes, lors de son arrestation et de son interrogatoire à la *Kommandantur*, le médecin n'avait pas parlé, c'était une certitude. À chaque sollicitation il avait apporté son aide aux résistants blessés, dans la ferme des Lhôtelier ou sur les pentes du pic d'Ysson, en toute connaissance des risques encourus. Mais il semblait proche de cette Allemande, le Dr Steiner, à qui il devait sa libération et qu'il avait invitée chez lui, ils l'avaient su. Le médecin jouait-il sur les deux tableaux ?

— Dans le doute, répondit l'un des hommes présents, il faut nous passer de lui. Cela fait courir un grand risque à tout le réseau.

— Et s'il attendait d'avoir vent d'une opération plus vaste pour tous nous balancer ? demanda un autre qui se tenait dans le fond de la salle. Le cas s'est déjà produit. Avec les arrestations de ces derniers temps, nous ne pouvons pas nous permettre de perdre encore plus de monde.

Le bruit des conversations envahit la pièce. Les résistants parlaient entre eux, chacun donnant son point de vue. Austremoine, appuyé près de la fenêtre, réfléchissait. Il jeta un coup d'œil machinal dans la rue en écartant légèrement le rideau. Dans l'ombre d'un appentis, il aperçut la silhouette de l'un des guetteurs assurant la sécurité de la réunion. Le bout incandescent de sa cigarette brilla une seconde et illumina son visage. Il se retourna pour faire quelques pas dans la pièce. Il réclama le silence et s'approcha du responsable communiste, resté jusque-là silencieux.

— Et vous, Georges, qu'en pensez-vous ? Votre avis nous intéresse. Vous êtes également concerné, dans cette affaire.

— Je suis tout à fait certain que l'on peut lui faire confiance. Je suis persuadé que ses liens avec ce docteur Steiner ne concernent en rien ses opinions politiques. Croyez-moi, c'est encore plus simple que cela : juste un rapprochement entre un homme et une femme. Une amourette, ou un amour naissant peut-être plus sérieux, mais rien de plus, en tout cas.

— Et comment savez-vous que c'est seulement une histoire de fesses ? demanda un homme en ricanant.

Georges se retourna vers lui.

— Je le sais, et je ne peux pas vous en dire plus.

Il se leva de son siège pour s'adresser à la salle.

— Non, croyez-moi, Neveu à mon sens ne représente absolument aucun danger pour nous. Et qui sait, cette Allemande, si elle est vraiment amoureuse, pourrait peut-être nous être utile.

— Comment cela ? demanda Austremoine.

— Peut-être, par son intermédiaire, pourrions-nous être au courant de quelques opérations des Allemands, et ainsi les devancer.

— Vous semblez en être bien sûr, intervint un autre qui depuis le début de l'entrevue s'était contenté d'écouter en fumant cigarette sur cigarette. Ce serait un acte de trahison impensable pour un officier allemand. L'amour a ses limites, et surtout pour les frisés.

— Il n'y a aucune confiance à avoir envers un officier allemand, vociféra un autre plus excité que les autres. Un boche, c'est un boche, et c'est tout ! Et le Dr Neveu ne doit plus être considéré comme fiable.

Georges ne tourna pas le regard vers lui. Il fixait Austremoine qui s'était assis sur un coin de table.

— Je suis certain de ce que j'avance, reprit-il d'une voix forte en détachant chaque mot. Pour ma part, j'ai une confiance absolue en lui, je vous le répète.

Le bruit des conversations envahit de nouveau la pièce. Les avis semblaient très partagés. Certains préconisaient de ne plus faire appel au Dr Neveu. D'autres, les plus radicaux, conseillaient de l'éliminer tout simplement, au cas où !

— Bien, intervint Austremoine en haussant le ton pour couvrir le brouhaha, je me range à l'avis de notre ami. Nous allons continuer à lui accorder notre confiance. Par contre, je charge dès à présent un de mes contacts de le surveiller de près. Quelqu'un d'absolument fiable, avec qui j'ai l'habitude de travailler.

— Et s'il s'avérait finalement qu'il nous trompe ? demanda un résistant. Vous en porteriez l'entière faute. Cela pourrait avoir de terribles conséquences, vous le savez bien.

— Dans ce cas, seriez-vous prêt à l'éliminer ? demanda un autre résistant.

Austremoine parcourut la salle du regard, le posa tour à tour sur chacun, comme pour leur signifier qu'il était le chef et qu'il saurait prendre ses responsabilités.

— J'en suis conscient. Je prends le risque. Et si malgré tout vous aviez raison, je prendrai immédiatement les mesures qui s'imposent. En aucun cas je ne prendrai un risque inconsidéré en ce qui concerne la sécurité de notre groupe.

— Je suis tout à fait d'accord, commenta Georges. Si le Dr Neveu devenait un danger, ou s'il nous trahissait, notre organisation également serait prête à l'éliminer.

XIV

La salle de consultation ne désemplissait pas. Avec l'humidité et le froid intense de février, une épidémie de grippe avait fait son apparition. Pierre et son adjoint Dupin consultaient jusque tard dans la soirée pour recevoir tout le monde. On dut même installer des bancs supplémentaires dans le couloir pour accueillir les patients. La grippe faisait peur. L'épidémie de grippe espagnole, qui avait fait plusieurs dizaines de millions de morts en Europe entre 1918 et 1919, était encore dans tous les esprits. Au moindre signe de fièvre et de toux, les consultants saturaient les salles d'attente des médecins de ville et les hôpitaux. Le service résonnait toute la journée de pleurs d'enfants fiévreux et de quintes de toux. Juliette, une jeune infirmière diplômée depuis peu, avait dû être détachée du service des hospitalisés pour gérer à plein temps le flot des consultants. Une fillette, amenée trop tard à la consultation, fortement déshydratée et de santé déjà fragile, était décédée la veille malgré les soins attentifs de Pierre et des infirmières. L'une d'elles ne put retenir ses larmes quand les parents, effondrés, accompagnés d'un prêtre, emmenèrent le petit corps maigre roulé dans un simple drap blanc.

Les médecins étaient exténués, et les stocks pharmaceutiques de l'hôpital baissaient dangereusement. Les médicaments contre la fièvre et les antitussifs commençaient à manquer. Mais Veronika apporta son aide pour refaire les stocks, à la grande joie du pharmacien de l'hôpital.

— Décidément, Veronika, tu es le bon Samaritain de cet hôpital ! s'exclama Pierre. Je t'en suis encore une fois bien reconnaissant. Mais fais attention de ne pas te faire prendre à nous donner tout cela.

— Ne te fais aucun souci. Je suis en charge de la gestion des stocks qui arrivent à la caserne, et aucun comptable un peu sensé ne veut mettre le nez là-dedans pour s'amuser à compter des boîtes de pilules. Donc, comme tu le vois, dit-elle en souriant, il n'y a pas de quoi s'en faire.

Elle fit mine de farfouiller un moment dans sa sacoche, pendant que deux filles de salle passaient près d'eux. Quand elles se furent éloignées, et que Veronika fut certaine qu'elles n'entendraient pas, elle prit un visage plus sérieux.

— Mais ce n'est pas de cela que je veux te parler. Allons dans ton bureau, nous éviterons les oreilles indiscrètes.

— Que se passe-t-il ? demanda Pierre une fois qu'ils furent seuls.

Pour toute réponse, la jeune femme se pendit au cou du médecin pour un long baiser auquel il répondit avec fougue. Ils s'enlaçaient tendrement, regrettant de ne pas pouvoir satisfaire leur désir mutuel.

— Tu ne m'as pas interrompu dans ma consultation rien que pour le plaisir d'embrasser ton médecin préféré ? plaisanta Pierre.

Veronika recula un peu. Les traits de son visage se durcirent imperceptiblement.

— Malheureusement, non. J'ai une information à te communiquer. Je sais qu'elle pourrait t'intéresser, ou intéresser des gens que tu pourrais connaître.

Pierre l'interrogea du regard, soucieux.

— Il va y avoir une opération de grande envergure dans les prochains jours, sur des villages et des fermes autour d'Issoire. Je ne connais pas la date. D'après la police, il y a de nombreux enfants juifs qui se cachent. Ils veulent les arrêter, ainsi que les personnes qui les hébergent, bien entendu.

Ses yeux se mirent à briller.

— Des enfants, Pierre, tu te rends compte ! Il faut empêcher ça absolument. Leur vie en dépend, crois-moi.

Pierre était abasourdi. Comment un régime, même celui-là, pouvait-il considérer des enfants innocents comme ses ennemis ?

— Mais ils en font quoi, de ces enfants ?

Veronika baissa la tête, honteuse.

— Ils les emmènent en Pologne, dans des camps. Il se dit des choses horribles sur ce qu'ils deviennent après. J'ai entendu des SS en discuter entre eux. C'est inimaginable, au-delà de l'horreur. Je ne supporte pas cette idée, Pierre. Ce que je fais s'appelle de la trahison, j'en suis consciente. Mais je n'oserai plus me regarder dans un miroir si je laissais faire cela.

Pierre tressaillit. Il avait entendu lui aussi des rumeurs. Mais son cerveau refusait de croire que des êtres humains, fussent-ils allemands, puissent infliger tant de souffrances à d'autres êtres humains. Ou à leur progéniture.

— C'est une horreur en effet. Nous devons tout faire pour empêcher cela.

Il prit Veronika par les épaules.

— Et tu ne sais vraiment rien d'autre ? Réfléchis bien ; quelque chose pourrait te revenir, un nom, un lieu peut-être, ou une date, ou n'importe quoi d'autre qui puisse nous aiguiller.

La jeune femme secoua négativement la tête.

— Absolument rien, malheureusement. Et je peux difficilement me renseigner, cela paraîtrait trop suspect et me mettrait en danger.

Pierre, l'air pensif, ôta ses lunettes pour en nettoyer délicatement les verres avec son mouchoir.

— Je te remercie de ce renseignement. Je vais voir ce que je peux faire.

Par l'intermédiaire de Simone Lacour, l'information arriva rapidement jusqu'à Austremoine, qui la diffusa immédiatement à tous ses groupes. Ceux-ci ne ménagèrent pas leur peine. De nuit, malgré le froid et la neige, les FFI et les FTP, à pied, en bicyclette, passèrent de ferme en ferme pour lancer l'alerte.

Au deuxième jour de février, les Allemands, renforcés d'un régiment de grenadiers SS basé à Clermont-Ferrand, des soldats réputés pour leur extrême brutalité, avaient lancé leur opération sur plusieurs villages simultanément. Grâce au travail des messagers, les résistants et les enfants juifs avaient quitté les lieux pour d'autres cachettes dans les hameaux perdus de montagne, jusque dans le Cantal et la

Haute-Loire. L'opération allemande fut un fiasco, et les nazis, furieux, se vengèrent sauvagement sur des villageois et leur bétail. Deux fermes furent incendiées. Un vieil homme qui avait gardé le fusil de chasse de son père, une arme antique et inutilisable, fut battu à mort à coups de crosse, devant sa femme et ses enfants. Il fut même question de plusieurs viols. Les nouvelles de ces atrocités parvinrent le jour même à Issoire. Pierre en apprit l'essentiel par Simone Lacour :

— Aucun enfant juif n'a été pris, docteur. C'est un miracle, et c'est grâce à vous.

— Je n'ai fait que mon devoir d'être humain, mademoiselle Lacour, sans plus. Mais on ne peut que pleurer les innocents qui ont laissé leur vie.

Il leva les yeux au ciel et soupira :

— Mon Dieu ! Quel mal pourraient donc faire une poignée de gosses au grand IIIe Reich vainqueur de l'Europe ? C'est totalement incompréhensible.

Simone fit mine d'inspecter la propreté de sa blouse et chassa d'une chiquenaude une poussière imaginaire, avant de reprendre d'une voix lente :

— D'ailleurs, tout le monde se demande comment vous avez eu accès à cette information.

Simone s'en doutait bien, mais désirait en avoir la confirmation.

Pierre, surpris de la question, se mordit la lèvre inférieure. Il se tourna vers l'infirmière-chef :

— Vous comprendrez sûrement que je ne peux vous le dire sans mettre mon informateur en danger. Il risque gros dans cette histoire. De toute façon, l'essentiel est dans le résultat, ne pensez-vous pas ?

Les traits de Simone se durcirent. Jamais Pierre n'avait vu sa subordonnée arborer une mine aussi sévère. Il lui sembla même que la couleur de ses yeux avait changé, pour devenir plus sombre.

— Je vais être franche avec vous et vous faciliter les choses, docteur. Votre amitié – si je peux utiliser ce terme – avec le lieutenant Steiner est connue de la résistance.

Elle laissa passer quelques secondes pour observer les réactions du médecin. Pierre ne cilla pas.

— Et celle-ci n'a pas rassuré Austremoine, ni les autres membres du réseau. Certains ont peur que vous ne jouiez un double jeu : donner des informations insignifiantes pour gagner la confiance des réseaux et, dès que vous en savez assez sur ceux-ci, les donner aux Allemands. Il a même été question que vous soyez tout simplement éliminé, pour les protéger. Par mesure de sécurité, si vous préférez ce terme.

Pierre pâlit. Il sentit ses jambes flageoler, comme si elles se transformaient en coton.

— Qu'ils me tuent ? Vous êtes sérieuse ?

Il dut s'asseoir un moment à son bureau pour reprendre ses esprits.

— Comprenez bien, docteur. Vous êtes arrêté avec un résistant blessé et relâché à peine quelques heures plus tard grâce à un officier allemand. Que d'ailleurs vous invitez chez vous et avec qui vous semblez vous entendre au mieux.

Le médecin croisa nerveusement ses mains sur le bureau.

— Puis cette information sur l'opération contre les enfants, poursuivit l'infirmière, qui ne peut venir que des autorités allemandes. Certains ont pensé que c'était dans le but d'installer envers vous un climat de confiance, et se posent des questions quant à votre loyauté. Je ne parle pas pour moi, bien sûr ; pour ma part, j'ai entièrement confiance en vous. Mais il n'y a pas que mon avis qui compte, hélas.

Pierre se leva pour se planter devant la fenêtre, les bras croisés dans le dos. Dans le parc, une poignée d'enfants qui sortaient de l'école organisaient de joyeuses batailles de boules de neige. Malgré leurs pantalons courts, ils ne semblaient pas ressentir le froid piquant.

— Effectivement, j'en conviens, la méfiance est malheureusement de règle en ce moment.

Il se retourna vers son infirmière.

— Mais je vous jure...

— Inutile de vous justifier auprès de moi, le coupa Simone. Je sais que vous ne trahiriez pas, je vous le répète. En ce qui me concerne, ce que vous avez fait le prouve. C'est également l'avis d'Austremoine qui vous a sauvé la mise. Et Georges vous a également soutenu.

— Qui est ce Georges ?

— Un membre important des FTP. Je ne connais pas sa véritable identité. En tout cas, il s'est porté garant pour vous.

Le médecin fixa l'infirmière avec étonnement. Il passa mentalement en revue les hommes susceptibles de le connaître assez pour lui venir en aide. Un patient ? Un membre du personnel ? Un des habitués du Café Français avec lesquels il discutait parfois ? Cela faisait beaucoup de monde. Aucun nom ne lui vint d'emblée à l'esprit.

— Il faut absolument que nous connaissions le nom de votre contact, insista Simone. Je vous assure que seul Austremoine sera au courant de son identité. Et moi, bien entendu.

Le médecin se savait piégé.

— Vous m'assurez que personne d'autre n'en aura connaissance ?

— Je vous en donne ma parole.

Les épaules de Pierre se voûtèrent un peu. Devant l'insistance de son infirmière-chef, il abdiqua.

— Je suis renseigné par le Dr Steiner. C'est une antinazi convaincue. Elle a simplement eu la malchance de naître du mauvais côté de la frontière, et d'être contrainte de porter cet uniforme qu'elle déteste.

Simone hocha la tête.

— Elle a effectivement l'air d'être une bonne personne, reconnut-elle.

— Oui, c'est le cas. Elle a surpris une conversation entre officiers allemands. Elle n'a pas supporté que l'on puisse s'en prendre à des enfants.

Simone ne parut pas étonnée outre mesure.

— À vrai dire, je m'en doutais un peu. Il y a longtemps que je vous soupçonne, tous les deux. Votre façon de la regarder, peut-être, ou le sourire que vous avez quand vous la voyez arriver le matin. Il y a dans vos yeux bien autre chose que de l'amitié confraternelle. (Elle eut un petit rire.) Pardonnez-moi, docteur, mais il y a des détails parfois invisibles pour les hommes qui n'échappent pas aux femmes. Mais personne d'autre n'a flairé quelque chose dans le service, je serais déjà au courant. Les filles ne savent pas tenir leur langue quand il s'agit d'histoires romantiques.

Pierre rougit un peu, honteux de s'être fait démasquer comme un adolescent.

— Je ne souhaite pas que Veronika soit au courant de cette conversation, bien sûr.

L'infirmière-chef posa sa main sur le bras de Pierre.

— Soyez sans crainte, docteur Neveu. Cette conversation restera strictement entre nous deux. Vous n'avez absolument plus rien à craindre. Mais restez prudent, toutefois. Et demandez au Dr Steiner d'en faire de même.

XV

*M*AIS QUI PEUT BIEN ÊTRE *ce fameux Georges qui me connaît assez pour prendre ma défense ?* Cette question hantait l'esprit de Pierre, l'empêchant de se concentrer sur ses dossiers. Pour la dixième fois peut-être il passa en revue les hommes susceptibles de lui être venu en aide. Eugène, le brancardier ? Sûrement pas. L'homme ne semblait s'impliquer que dans le cadre strict de son travail. Il le voyait mal dans un rôle important au sein de la résistance. Dupin ? Il raya tout de suite son nom de la liste. Bien qu'il fût un médecin consciencieux, sa jeunesse et son esprit frivole ne plaidaient pas en sa faveur pour le voir œuvrer dans la résistance. Encore moins chez les communistes, puisqu'issu d'une famille bourgeoise de la capitale auvergnate. Il avait, de plus, la réputation de s'épancher sur l'oreiller avec ses nombreuses conquêtes féminines. Gérard, peut-être ? Un ancien contremaître de chez Ducellier, jeune retraité, qui fréquentait assidûment le Café Français. Un homme sympathique et avenant, cultivé, avec qui Pierre, à plusieurs reprises, avait partagé son repas. Ils parlaient de tout et de rien, mais l'ouvrier semblait surtout intéressé par le travail du médecin.

Il aurait aimé, disait-il, embrasser comme lui la carrière médicale, mais la situation de ses parents, des paysans sans un sou vaillant, ne lui avait pas permis d'entrer à la Faculté. Il avait quelquefois orienté la conversation vers la politique, parlant parfois de façon mystérieuse, à demi-mots. Le médecin, à chaque fois, avait réussi à éluder les questions que Gérard lui posait. Il le retrouvait toutefois avec plaisir après sa journée à l'hôpital, pour passer un moment autour d'un apéritif et quelques fois jouer aux cartes quand le climat n'était pas favorable à la promenade. Ce Gérard semblait être le candidat idéal pour endosser le costume de Georges.

Il le retrouva le soir même à sa place habituelle, une table près du comptoir, occupé à lire son journal.

— Alors, monsieur Gérard, les nouvelles sont-elles bonnes aujourd'hui ?

Gérard leva les yeux de sa lecture et fit la grimace.

— Ni plus ni moins que chaque jour, répondit-il en invitant Pierre à s'asseoir. Ah ! Nous vivons une drôle d'époque, docteur.

Il replia le journal devant lui.

— Un petit blanc ? reprit-il. Ils en ont reçu un qui ne m'a pas l'air mauvais du tout.

— Pourquoi pas ? Mon service est terminé, je peux m'accorder un verre.

Gérard héla la patronne et passa commande d'une tournée. Les deux verres arrivèrent rapidement sur la table. Ils trinquèrent et avalèrent une gorgée du liquide un peu râpeux. Gérard fit claquer sa langue contre son palais.

— Finalement, j'ai été un peu trop optimiste. J'en ai connu du meilleur, mais bon, on ne va pas faire la fine bouche. C'est la guerre, après tout.

— Je suis tout à fait d'accord avec vous. Une véritable piquette, confirma Pierre.

Il désigna le journal.

— J'ai lu qu'il y a eu encore des arrestations ces derniers jours à Clermont. Il paraît que la police a démantelé un réseau communiste.

— Je l'ai lu aussi.

Gérard leva sur Pierre des yeux suspicieux.

— Vous vous occupez de politique, docteur ? C'est la première fois que je vous entends aborder le sujet depuis que nous nous connaissons. Voilà une de vos facettes que je ne vous connaissais pas.

— Pas plus que ça, non. Mais quand je pense à ces pauvres gars aux mains de la police allemande, ça me fait froid dans le dos.

Gérard reprit une lampée de vin blanc. Il baissa un peu la voix.

— Et en plus, vous savez de quoi vous parlez. Vous avez connu cette mésaventure vous-même il y a peu. Qui heureusement pour vous s'est bien terminée, à ce que je sais.

Pierre cacha son étonnement derrière un petit sourire.

— Décidément, monsieur Gérard, vous êtes au courant de tout.

— Oh, vous savez, Issoire n'est finalement rien de plus qu'un gros village où tout se sait. Les vraies nouvelles tout autant que les commérages.

Gérard avala cul sec le reste de son verre.

— En fait, il n'est pas si mauvais que ça, ce petit vin, on s'y fait bien, à force.

Pierre préféra mettre fin à cette conversation. Il était persuadé que l'ancien contremaître en savait plus qu'il ne voulait le dire. Son opinion était faite. Gérard pouvait très bien être un rouage important des FTP. Mais pourquoi s'était-il porté garant pour lui devant les instances de la résistance ? En y réfléchissant bien, ils n'avaient pas échangé grand-chose. À peine quelques réflexions qui ne portaient pas vraiment à conséquence, ni dans un sens ni dans l'autre. À moins qu'un mot, peut-être, lui ait échappé au détour d'une phrase ?

Le repas se déroula comme d'habitude, glissant sur des sujets divers sans pousser plus avant les considérations politiques.

XVI

PIERRE S'ÉTAIT ASSIS sur une pierre plate au pied d'un marronnier. Il observait au loin les ménagères qui, le buste penché sur l'eau, se réchauffaient en battant avec vigueur leur linge. Il devinait leur douleur d'avoir à plonger les mains dans l'eau glacée. Elles se relevaient par moments pour soulager leur dos courbaturé. L'eau blanchâtre souillée de savon dansait un moment autour des pièces de tissu avant d'être emportée par le courant vers la cascade. Pierre aimait particulièrement ce petit coin de campagne au cœur de la ville, lieu de promenade favorite des amoureux pendant la belle saison. Il lui rappelait le petit village de Candes-Saint-Martin, près de Chinon, quand il allait en vacances chez sa grand-mère maternelle, alors qu'il n'était encore qu'un enfant. Un endroit qu'il adorait, où la Vienne venait grossir les eaux de la Loire. Les femmes penchées sur leur ouvrage lui rappelaient son aïeule, qu'il accompagnait chaque lundi, jour de lessive, au lavoir communal. Ses meilleurs souvenirs de jeunesse et de liberté, se remémora-t-il, lorsque, délivré de la surveillance d'une mère possessive et omniprésente, il courait sans entraves sous les peupliers des berges de la Vienne. Il passait des heures à poursuivre les libellules et à attraper les araignées d'eau qui, hors du courant, rayaient la surface de leurs pattes filiformes et agiles. Il rentrait en milieu d'après-midi s'asseoir dans la salle commune, abritée de la touffeur de l'été par ses murs de pierre épaisse, pour déguster la confiture que son aïeule étalait en une couche épaisse et dégoulinante sur une tartine de pain.

Une bande bruyante d'enfants le tira de ses souvenirs. Brandissant des bâtons en bois simulant des armes, ils se poursuivaient en criant. Leurs jeux de gendarmes et de voleurs s'était transformé en Allemands contre maquisards. Signe des temps, pensa Pierre. Ils disparurent rapidement derrière la cascade, tandis que leurs cris aigus résonnaient encore sous les feuillages.

Il avait gelé la nuit d'avant. Une fine couche de glace entourait les cailloux de la berge, et une bise glacée remontait le long de la rivière. Pierre frissonna en remontant le col de son manteau. L'air vibra légèrement quand une détonation se fit entendre au-delà des toits de tuiles rouges. Les lavandières arrêtèrent leur geste et levèrent la tête. Des oiseaux effrayés s'envolèrent. Pierre ne put situer la provenance de l'explosion. Peut-être la carrière de Parentignat, pensa-t-il. Il se ravisa immédiatement en se rappelant que l'on était dimanche, et que l'occupant avait interdit l'utilisation d'explosifs depuis quelques semaines, suite à des vols de dynamite au bassin minier de Brassac.

Il se décida à quitter les bords de la rivière pour s'offrir en ville un café d'orge qui le réchaufferait un peu. En arrivant sur le boulevard, il fut dépassé par des véhicules militaires chargés de soldats. Venant de la caserne de Bange, ils filèrent à tombeau ouvert avant de tourner vers la gare dans un crissement de pneus. Par curiosité, il en prit lui aussi le chemin.

Devant le bâtiment de la gare régnait une grande agitation. Les soldats couraient en tous sens tandis que leurs officiers aboyaient des ordres. Le chef de gare, sa casquette à la main et la tête basse, se faisait houspiller par un officier qui, à chaque mot, martyrisait sa botte droite de sa badine. Pierre reconnut la haute silhouette mince, presque maigre, du major Erwin Kant, l'adjoint du chef de la *Kommandantur*, qu'il avait aperçu furtivement quelques semaines auparavant lors de son interrogatoire. À deux pas de là, quelques ouvriers de la SNCF, fortement encadrés par la troupe qui les menaçait de ses fusils, montaient à l'arrière d'un camion qui démarra aussitôt. Il ne faisait maintenant nul doute que l'on s'était attaqué aux voies de chemin de fer. Par-dessus la haie de troènes qui courait le long de la voie derrière un haut grillage, Pierre aperçut une colonne de poussière qui redescendait mollement vers le sol. Longeant le grillage, il s'avança vers le lieu présumé de l'explosion. Quelques centaines de mètres plus loin, entre la gare et les premiers murs de l'usine Sefal, un cordon de sécurité entourait un tronçon de rails tordus qui pointaient vers le ciel. Pierre sourit. Les deux rails tordus formaient un V parfait, comme ceux que l'on voyait fleurir depuis quelques semaines sur les murs de la ville. Le V de la victoire, une victoire que les résistants hâtaient en harcelant les troupes allemandes et en réduisant en miettes leurs moyens de communication, prenant tous les risques. Celui de la vengeance aussi.

Les épaisses traverses de chêne étaient éparpillées le long du ballast et les éclats de bois tapissaient le sol. Un cratère d'une dizaine de mètres de large fumait encore en lâchant des volutes de fumerolles grises. Non loin de là, les fenêtres disloquées d'un local de maintenance pendaient dans le vide. Les tuiles avaient disparu, soufflées par l'explosion, laissant à nu la charpente. Les morceaux de verre, éparpillés tout autour, scintillaient sous le soleil en éclats de lumière. Pour faire autant de dégâts, estima Pierre, la charge devait être formidable, et les résistants bien audacieux d'avoir opéré en plein jour. Plus loin, les rives boisées de l'Allier, qui montaient rapidement à l'assaut des collines, leur fourniraient un abri sûr pour rejoindre les nombreux hameaux de la région issoirienne. Ils devaient être loin, à présent.

Pierre rebroussa chemin vers le centre-ville. Les habitants, alertés par la détonation et les véhicules militaires qui passaient en trombe sur les boulevards, étaient sortis de chez eux et discutaient sur le trottoir, le plus souvent à voix basse.

XVII

Le colonel Angermann ne décolérait pas. À tel point qu'il en fit un malaise pour lequel on dut appeler Veronika en consultation. Le chef de la *Kommandantur*, avachi dans son fauteuil, était pâle. Il fixait le mur en face de lui et marmonnait en desserrant à peine les dents. Son poing serré tapait rageusement l'accoudoir.

— Jamais de toute ma carrière on ne s'est permis de m'humilier de la sorte ! répétait-il.

Sa mâchoire tremblait. L'échec cuisant de l'opération contre les enfants juifs, commenté jusqu'à Berlin dans le bureau de Himmler, lui avait attiré les foudres des tout-puissants responsables SS du renseignement allemand, le redoutable SD. D'un claquement de doigts, un responsable de ce service pouvait hâter ou défaire une carrière. Un officier de la Wehrmacht, aussi haut gradé soit-il, ne pesait pas lourd. Le récent attentat de la gare, qui gênerait gravement le transport de troupes et de matériel vers le sud de la France pour plusieurs jours, n'arrangeait pas les affaires de l'officier.

— Ils m'envoient sur le front russe ! Moi ! Vous vous rendez compte, docteur ?

Le lieutenant Steiner, qui avait traîné une chaise près du fauteuil, écoutait avec attention dans son stéthoscope le cœur de son patient.

— Votre tension est un peu élevée, colonel. Ce n'est pas très inquiétant, mais il faudrait vous ménager un peu. J'ai ce qu'il faut dans ma trousse, dit-elle en dégonflant le brassard qui entourait le bras de l'officier.

Un rire cynique accueillit le conseil.

— Me ménager, oui ! J'en aurai tout le loisir là-bas. Et depuis le temps que vous me conseillez d'avoir une activité physique, ce sera le bon moment. Nos troupes passent leurs journées à courir devant les bolcheviques ! Une belle occasion de faire un peu d'exercice, ne trouvez-vous pas ?

Le médecin lui adressa un sourire gêné, pendant que le colonel frappait violemment son bureau du plat de la main.

Veronika farfouilla un moment dans sa sacoche pour en extraire une boîte de médicaments qu'elle posa sur le bureau.

— Avec ces pilules votre tension devrait se stabiliser. Il faudra la contrôler régulièrement, colonel, pour adapter correctement le dosage.

Angermann soupira.

— Votre seule présence, docteur, me fait toujours du bien. Même sans médicaments, vous le savez bien.

Il posa sa main sur le genou de Veronika. Celle-ci se raidit. L'officier la fixait du regard. Ses yeux s'étaient légèrement plissés. La main remonta lentement au-dessus du genou.

— Vous ne devriez pas, colonel, bredouilla-t-elle, je...

— Allons, allons, lieutenant, vous n'auriez pas le cœur à refuser un dernier petit plaisir à un vieil homme qui va partir au front et sûrement y laisser sa carcasse.

Les doigts disparurent sous le tissu. La respiration du colonel se fit plus rapide. Veronika sentait sur la peau de sa cuisse la froideur des doigts qui remontaient doucement vers son entrejambe. Son supérieur posa son autre main sur sa joue. Elle glissa vers sa nuque, qu'elle enserra. Veronika ferma les yeux. Un sentiment de dégoût lui traversa le corps et monta dans sa gorge. La main sur son cou serra un peu plus. Elle sentit le souffle rapide d'Angermann se rapprocher de son visage. Elle serra fortement les lèvres, refusant le baiser. La main força son passage entre ses cuisses et s'arrêta sur le tissu de sa culotte. Veronika, tétanisée, ne bougeait pas, ne sachant quoi faire pour se délivrer de cette étreinte. Les doigts du colonel quittèrent sa cuisse pour lui prendre la main, qu'ils guidèrent fermement vers son pantalon. Veronika sentit sous ses doigts, à travers le tissu, le sexe durci. Angermann ferma à son tour les yeux et bascula sa tête en arrière.

— Veronika !

Une onde électrique la traversa. Elle se leva d'un bond de sa chaise et recula dans la pièce.

— Non, je ne veux pas !

La main du colonel, qui une demi-seconde avant caressait le cou gracile de Veronika, resta suspendue en l'air puis retomba, comme celle d'une marionnette dont on aurait subitement tranché les fils. Veronika ne bougeait pas, guettant avec crainte la réaction de son supérieur. Allait-il se lever et la forcer ? Malgré son âge, Angermann restait un homme costaud, elle ne ferait pas le poids devant lui. Crier et appeler ne lui serait d'aucun secours. En aucun cas le soldat en faction devant la porte n'interviendrait pour lui venir en aide.

Le colonel pencha son menton sur sa poitrine, fixant d'un air triste les dessins géométriques du parquet.

— Veuillez m'excuser, docteur Steiner, dit-il dans un souffle. Je ne sais pas ce qui m'a pris. Peut-être essayais-je de me raccrocher encore à un petit bout de vie. Je comprends combien j'ai été idiot. Je n'étais plus moi-même.

Veronika le dévisageait. Sa morgue d'officier de carrière issu d'une longue lignée prussienne de militaires avait disparu. Les traits de son visage s'étaient subitement affaissés. Il semblait subitement avoir vieilli de dix ans. Il leva vers la jeune femme un visage de grand-père.

— Arriverez-vous à me pardonner ? Je ne voudrais pas que vous gardiez de moi cette image détestable qui me fait honte.

Veronika se remettait de ses émotions et sa respiration se calma. Elle eut presque pitié de cet homme qui allait bientôt retrouver les champs de bataille et y mourir assurément.

— Oublions cet incident, colonel, si vous le voulez bien. Tout le monde a droit à un moment de faiblesse.

— Vous êtes bien complaisante à mon égard, je ne le mérite pas.

— N'en parlons plus. Si vous le permettez, je vais prendre congé, des patients m'attendent à l'hôpital pour les consultations.

Le colonel désigna la chaise de l'autre côté du bureau.

— Restez donc encore un moment. Vous allez justement me parler un peu de cet hôpital. J'aurai sûrement des consignes à passer à mon successeur, et je n'aurai vraisemblablement plus l'occasion de vous parler à nouveau.

Angermann avait lui aussi repris ses esprits. Il retrouvait son statut de chef de la *Kommandantur*.

— J'ai toujours eu un doute sur les activités anti-allemandes de votre confrère français, le docteur Neveu. Vous l'avez toujours à l'œil, j'imagine, comme je vous l'ai demandé.

— J'ai obéi à vos ordres, répondit-elle avec de la sincérité dans la voix, et je n'ai rien remarqué de particulier le concernant. Il est très occupé avec ses patients. Et comme je vous l'ai dit, il apporte son aide pour nos soldats quand je la lui demande. Sa collaboration est sans faille, et très professionnelle. Je n'ai aucun doute en ce qui concerne sa loyauté.

— Humm ! Je ne sais pas pourquoi, mais j'ai du mal à lui faire confiance. Une intuition, fausse peut-être. L'époque est malheureusement à la suspicion. Et cela devient une seconde nature.

Il sembla réfléchir quelques secondes. Ses doigts tapotaient doucement le plateau en marqueterie de son bureau.

— Et puis il y a des choses qui me troublent. Vous me demandez un *Ausweis* à son nom, ensuite il est trouvé en compagnie de résistants, même si son explication paraissait convaincante, et enfin vous intervenez personnellement pour le faire libérer après son arrestation.

L'officier se gratta la gorge avant de continuer :

— On l'a même reconnu alors qu'il se promenait près de la voie ferrée, peu après l'attentat. Cela fait beaucoup de choses troublantes, ne trouvez-vous pas ?

Un silence lourd planait dans le bureau.

— J'entends souvent parler de ce petit médecin, reprit-il, et deux fois par vous. Il n'en faudrait pas plus à notre service de sécurité pour s'intéresser à vous. Surtout par les temps qui courent. Tout le monde semble suspect aux yeux de notre police, en ce moment.

Angermann se leva, se retourna vers la fenêtre, ouvrit légèrement le rideau et s'absorba dans la contemplation de la circulation.

— On raconte même que l'échec de notre dernière opération pourrait être dû à une fuite d'informations. En tout cas, c'est ce qui se dit au SD de Clermont.

Il se mit à rire.

— Des fuites ! Vous vous rendez compte ? Ces gens-là sont tellement suspicieux qu'ils se méfient même de leur propre ombre !

Il laissa retomber le rideau et se retourna pour observer la jeune médecin. Veronika était restée silencieuse, tentant de maîtriser chaque muscle de son visage. Un battement de paupière, le léger tremblement de sa lèvre pourrait alerter l'officier sur son trouble intérieur. Elle réussit à demeurer de marbre, n'affichant aucune émotion sur son visage. Angermann haussa les épaules et lui sourit.

— Mais ne vous inquiétez en aucun cas, docteur, je réfléchissais simplement à voix haute. N'y voyez absolument rien à votre encontre. Et de toute façon, vous ne faisiez pas partie des quelques officiers qui étaient dans la confidence de l'opération contre les enfants juifs.

Veronika se garda bien de répondre. Elle se contentait de suivre des yeux le colonel, qui marchait maintenant de long en large dans le bureau, lentement, ses mains croisées derrière le dos.

— De toute façon, cela ne changera rien. Je crois que la guerre est définitivement perdue.

Sa voix s'était teintée d'une certaine tristesse. Il s'arrêta devant une carte épinglée au mur et promena son doigt sur le papier glacé.

— Les alliés marquent des points un peu partout en Europe, et leur logistique qui arrive d'Amérique vers l'Angleterre semble inépuisable. Notre flotte sous-marine dans l'Atlantique Nord ne peut couler tous leurs convois maritimes, qui sont de mieux en mieux protégés.

Il soupira avant de continuer :

— Les combats contre les alliés en Afrique du Nord, en Sicile, en Italie, et aussi contre les résistants de l'intérieur, mobilisent des milliers d'hommes qui manquent cruellement sur le front de l'Est. Et un débarquement en France ne manquera pas d'arriver un jour ou l'autre, nous le savons de source sûre.

Son index posé sur l'Angleterre glissa vers l'est, traversant l'Allemagne, balayant la Pologne, survolant les vastes plaines d'Ukraine et de Biélorussie, des étendues sans fin, fournaises l'été, océans de boue quand arrivaient les pluies, qui se transformaient l'hiver en un enfer glacé. Son doigt s'arrêta à quelques centimètres au-dessous de Moscou.

— Et la Russie, avec ses ressources inépuisables, bien sûr, ses usines de l'Oural qui tournent à plein régime et qui construisent dix fois plus de chars et d'avions que nous ne pouvons en détruire.

Il se tourna vers Veronika.

— Que pensez-vous de la Russie, docteur Steiner ?

La question de son supérieur la surprit. La doctrine officielle du parti nazi lui revint en mémoire.

— Comme l'a dit notre Führer, la conquête de ce vaste pays est primordiale pour notre *Lebensraum*, notre espace vital.

Le rire d'Angermann éclata dans la pièce.

— Excellent, docteur, tout à fait excellent ! Vous avez bien appris votre leçon. Le parti serait content de vous. Ah ! Ce cher parti nazi ! Cet empire de mille ans, qui ne tiendra pas plus de six mois encore !

Le ton du colonel changea subitement. Il serra son poing qui s'abattit sur la carte, écrasant Moscou et sa région. Un orage chargé de nuages sombres traversa ses yeux.

— Quelle terrible erreur ! La guerre était perdue avant même d'atteindre Stalingrad ! Ces idiots fanatiques de nazis, au lieu de brûler les livres, feraient mieux de les lire. Le roi de Suède Charles XII, le premier, puis Napoléon lui-même, se sont cassé les dents contre ce pays trop vaste ! Tolstoï avait pourtant tout écrit dans *Guerre et Paix*.

Il se rassit sur un coin de son bureau et ouvrit un tiroir. Il fixa un moment le pistolet Luger qui s'y trouvait, puis sortit un paquet de cigarettes.

— Si mes ancêtres qui se sont battus à Waterloo et à Sedan voyaient que nous en sommes réduits à torturer des enfants, ils se retourneraient dans leur tombe.

La lueur de la flamme du briquet luit une seconde dans la pièce. Angermann tira une longue bouffée en fermant les yeux, gardant un moment la fumée dans ses poumons, comme un œnologue garde le vin dans sa bouche pour en apprécier toutes les saveurs. Il recracha enfin la fumée qui tournoya lentement vers le plafond.

— Un vice que j'avais arrêté, mais à quoi bon maintenant ! Vous ne m'en voudrez pas, docteur.

Ses yeux revinrent vers la carte. Sa colère se transformait en tristesse.

— Bande d'imbéciles qui n'ont absolument rien compris ! souffla-t-il. Ce fou d'Hitler a mené notre pays à la ruine totale. Dans quelques mois, notre belle Allemagne n'existera plus.

Il baissa la tête.

— Au moins, je ne le verrai pas.

Veronika n'aurait jamais cru entendre de telles paroles dans la bouche du chef de la *Kommandantur*. Des idées défaitistes qui pourraient lui valoir la prison, le peloton d'exécution peut-être. Mais qu'avait à perdre cet homme, désormais ? Il savait que sa sépulture serait creusée dans la terre soviétique.

— Pardonnez-moi, colonel, osa le médecin, mais mes patients m'attendent à l'hôpital, si vous n'avez plus besoin de moi.

— Ah, oui, vous avez raison : vos patients. Excusez-moi, je vous ai retardée. Il y a tellement peu de monde avec qui je peux parler librement.

Il s'approcha d'elle et serra ses deux mains dans les siennes.

— Je vous fais mes adieux, *Frau* Steiner. Et surtout, prenez bien soin de vous. L'avenir réserve à notre pays des temps bien malheureux. Pensez à rester en vie, il faudra des gens jeunes comme vous pour pouvoir le reconstruire un jour.

— Je vous le promets, colonel, et prenez soin de vous également.

Veronika se figea dans un garde-à-vous impeccable et salua militairement son officier, plutôt que d'utiliser le salut nazi. Il lui répondit d'un claquement de talons en baissant la tête.

L'air frais de la rue lui fit un bien énorme. Les minutes passées dans le bureau d'Angermann lui avaient paru une éternité. Elle avait eu peur, très peur. Les paroles de l'officier concernant Pierre étaient-elles un avertissement caché, un conseil pour faire preuve de plus de prudence, comme un cadeau d'adieu ? Elle conclut qu'Angermann finalement était brave homme, pétri de valeurs militaires, à cent lieues des barbares nationaux-socialistes. Elle regretta que sa carrière se finisse ainsi, telle une condamnation à mort déguisée. Elle en était émue.

Elle s'engouffra dans la voiture qui l'attendait sur le trottoir.

— Nous allons à l'hôpital, caporal Rosen.

XVII

Les neiges de février, particulièrement abondantes cette année dans la région, aux dires des habitants, faisaient place aux giboulées. Le manteau blanc des trottoirs se transformait en une bouillasse marron qui collait aux chaussures. Un air froid et humide soufflait dans les rues. Les terrasses, même à l'heure de la sortie des usines, restaient désespérément vides. Les enfants non plus ne s'attardaient pas dans les rues après l'école, et même le marché de la place de la République avait perdu bon nombre de ses tréteaux.

Pierre grelottait dans son petit appartement. Le gaz de chauffage, devenu de mauvaise qualité (nul ne savait pourquoi), ne remplissait plus son office. Une couverture sur le dos en guise de manteau, il descendait quelquefois au rez-de-chaussée, chez Gisèle, pour tenter de trouver un peu de chaleur autour d'un minuscule poêle à charbon, quand elle réussissait à dégoter une poignée de boulets. Au moins le vin – qu'une parentèle de La Sauvetat lui fournissait en abondance et qu'elle faisait chauffer avec un peu d'épices, dont elle usait avec parcimonie pour les économiser – réchauffait-il les mains et l'intérieur du corps.

— Quels temps de malheur, se lamentait-elle, et ce froid ! Il y a longtemps qu'on n'a pas eu ça. En 28, peut-être ; je me rappelle que nous faisions du patin à glace sur la Couze et que le lait gelait dans les bidons.

— Je ne m'en rappelle plus, répondit Pierre en portant le bol à ses lèvres. Il devait peut-être faire moins froid à Orléans.

— Oui, on avait bien froid ici, même les vaches refusaient de sortir de l'étable.

Elle avala une gorgée de vin chaud.

— Mais au moins c'était la paix, et on n'avait pas les boches sur le dos.

Certains soirs, après avoir vérifié la fermeture des volets et de la fenêtre, elle allait chercher la radio cachée sous sa pile de draps. Elle tournait doucement le bouton des ondes, jusqu'à trouver le grésillement caractéristique des diffusions de la BBC, à la recherche d'un peu de musique de danse et d'airs à la mode. Parfois on découvrait un peu de cette drôle de musique, le swing, qui venait tout droit d'outre-Atlantique dans les bagages des soldats américains qui débarquaient par dizaines de milliers en Angleterre. Elle baissait le son à l'heure de son émission préférée, *Les Français parlent aux Français*. Le speaker, de l'autre côté de la Manche, commentait les nouvelles. Berlin avait été bombardée, et de nombreux sites industriels détruits par les valeureux pilotes alliés. Les Allemands reculaient vers leurs frontières, poussés par l'Armée rouge. Puis venaient les énigmatiques messages personnels codés pour la Résistance : « Le chat est revenu à la ferme », « Maman est sortie faire des courses », « Georges est parti chez le barbier couper sa moustache », autant de petites phrases attendues patiemment par leurs destinataires inconnus. Annonçaient-elles le dynamitage d'une voie ferrée ? un parachutage d'armes ? Nul ne pouvait le savoir. Mais ces mots prouvaient que la France, tout au moins une partie, celle qui refusait la collaboration et la soumission, se battait pour sa libération. Gisèle, un peu grisée, levait alors un énième verre de vin chaud à leur santé.

Le colonel Angermann avait quitté Issoire, presque en catimini, sans cérémonie ni peloton pour rendre les honneurs. Le nouveau chef, le colonel Josef Gartner, avait ordonné dès sa prise de fonctions de renforcer les contrôles aux divers accès de la ville. Les résistants, mieux équipés grâce aux parachutages de matériel dans la région de Besse, mieux entraînés aussi, s'enhardissaient dans des actions de plus en plus spectaculaires de sabotages ou d'éliminations d'officiers. La population commentait à voix basse l'audacieux vol de sacs de billets de la Banque de France dans un wagon en gare de Clermont-Ferrand, action portée au crédit des Francs-Tireurs et Partisans. Le chiffre énorme de plus d'un milliard de francs circulait. En réponse, la répression était impitoyable dans les villes et les campagnes : arrestations, rafles, exécutions sommaires et déportations faisaient écho aux « lâches assassinats de soldats allemands », comme on pouvait le lire sur les affiches en deux langues placardées sur tous les murs. La Milice, particulièrement féroce, appliquait avec zèle les consignes de l'occupant, ajoutant au meurtre de femmes, d'enfants et de vieillards, le pillage, l'extorsion et la destruction des biens. Il se disait qu'une famille entière, dans un hameau, avait été passée au lance-flammes. On ne sut dire lequel de ces corps calcinés retrouvés contre le mur de la maison était le fermier, ou sa femme. Était-ce à cause du vent glacé ou de la peur, ou des deux conjugués, les Issoiriens se terraient dans l'abri de leurs maisons.

Veronika s'était assise un moment dans la tisanerie, en face de Pierre, avalant un mauvais café à petites gorgées.

— Tu as les yeux cernés, Veronika, tu as besoin de repos.

Elle leva sur Pierre un regard fatigué. L'infirmerie de la caserne de Bange était presque devenue un hôpital de campagne, avec une quarantaine de malades et de blessés dont elle s'occupait quasiment seule, aidée seulement de soldats qui n'avaient qu'une notion très succincte des soins. Très tôt le matin, elle assurait les consultations avant de se rendre à l'hôpital pour faire la visite des deux chambres réquisitionnées.

— Tu as raison, Pierre ; quand je me regarde dans une glace, j'arrive à me faire peur. On dirait que j'ai vieilli de dix ans.

Il posa une main sur la sienne.

— Même dans dix ans, pour moi tu seras toujours la plus belle.

Veronika esquissa un petit sourire.

— Dans dix ans ! Où serons-nous, dans dix ans ? Pour le moment, je vis au jour le jour.

Pierre retira vivement sa main quand la porte de la tisanerie s'ouvrit sur Simone Lacour.

— Excusez-moi, docteur, mais l'état d'une patiente s'est aggravé depuis cette nuit. Pourriez-vous passer la voir ? C'est Mme Camus, chambre 2.

— Je finis mon café et j'arrive immédiatement, mademoiselle Lacour.

La malade, hospitalisée depuis quelques jours pour des malaises répétitifs, n'avait pas repris ses forces. Elle avait le teint gris et respirait avec peine. Ses longs cheveux blancs se distinguaient à peine sur l'oreiller. Elle ne mangeait presque plus, se contentant de quelques cuillerées de bouillon clair que son estomac avait du mal à garder. Elle ouvrit sur le médecin des yeux délavés qui avaient dû être beaux. La vieille femme fit un effort pour sourire faiblement.

— Je suis trop fatiguée, docteur. Ma vie de labeur m'a usée jusqu'à la corde. Je crois que je suis arrivée au bout de ma pelote.

Pierre s'assit sur le lit et lui prit la main, qu'il caressa doucement.

— Moi, je suis très optimiste en ce qui vous concerne. Encore un peu de repos, madame Camus, et vous pourrez rentrer chez vous. Nous allons modifier votre traitement pour être plus efficaces.

— Vous êtes quelqu'un de bien gentil, un très bon docteur, mais vous êtes un piètre menteur. Vous savez comme moi que c'est fini. Je ne suis pas dupe, vous savez. On ne la fait pas à une vieille dame comme moi ! À la ferme, on sait reconnaître quand une vieille bête va crever.

Pierre ne répondit pas. Elle avait raison. Sa vie de travail l'avait usée prématurément. Aucun traitement ne lui permettrait de rentrer chez elle, sinon pour y mourir.

Une quinte de toux la plia en deux. Sa respiration calmée, elle rassembla toutes ses forces pour serrer la main de Pierre.

— Ma fille tient une ferme à Sauxillanges. Je voudrais que vous la préveniez.

— Mais je…

Les yeux de la patiente devinrent suppliants.

— S'il vous plaît, docteur, je voudrais la tenir une dernière fois dans mes bras, pour lui dire au revoir. Ma fille est tout ce qu'il me reste.

Pierre était ému.

— Je vous promets de faire tout ce que je peux, madame Camus.

La patiente laissa retomber sa main sur les draps et ferma les yeux.

— C'est une promesse difficile à tenir, docteur. Entrer et sortir d'Issoire n'est pas facile en ce moment. Je ne vois pas comment on pourrait la faire venir sans un laissez-passer.

— Je le sais, mademoiselle Lacour. Mais je n'ai pas osé le lui dire. Cette femme va mourir. C'est une question de jours, peut-être d'heures.

Simone resta un moment silencieuse, l'air pensif. Son visage s'éclaira.

— Il y a peut-être une solution. Mais vous allez sûrement me traiter de folle.

Pierre leva sur son infirmière-chef un regard étonné.

— Je vous écoute.

— Un véhicule allemand n'a pas besoin d'*Ausweis*, reprit-elle.

Le médecin réfléchit une seconde et comprit l'idée de Simone.

— Vous avez tout à fait raison. Mais il faudrait convaincre le Dr Steiner. Je ne sais pas si elle sera d'accord.

— Allons, docteur Neveu, vous savez que votre Veronika ne peut rien vous refuser.

Pierre posa sur elle un regard en coin. Un sourire se dessina à la commissure de ses lèvres.

— Arrêtez donc d'avoir toujours réponse à tout, c'est agaçant à la fin !

Veronika accepta immédiatement. Le départ fut décidé pour deux heures de l'après-midi, afin d'éviter d'avoir à repasser les barrages de nuit. Hans conduirait la voiture. Dupin assurerait les consultations.

Le *Feldgendarme* fit stopper le véhicule à l'entrée du pont de Parentignat. Il salua en voyant les galons de lieutenant de Veronika. D'un signe, il commanda de faire pivoter la barrière de fils de fer barbelés. Sur le côté, un soldat, en position derrière une mitrailleuse montée sur un side-car, tirait négligemment sur une cigarette. Il leva un regard désabusé sur la voiture qui passait devant lui.

Pierre et Veronika peinèrent pour trouver la ferme, un peu à l'écart du village. Difficile de demander son chemin, les habitants disparaissant subitement à la vue d'un véhicule de l'armée allemande. Après plusieurs détours, ils pénétrèrent finalement dans la cour de la ferme. Un homme, occupé à couper du bois, fit rentrer précipitamment à l'intérieur de la bâtisse les deux enfants qui s'amusaient devant la maison. Il serra plus fortement la hache dans ses mains, prêt à défendre sa famille si le besoin s'en faisait sentir.

— Reste dans la voiture, Veronika, j'y vais, ordonna Pierre.

Le fermier regardait avec étonnement ce civil qui s'approchait de lui. Le médecin ôta son chapeau.

— Bonjour, monsieur. C'est bien ici qu'habite la fille de Marie Camus ?

Le fermier jeta un regard inquiet vers la ferme. Un rideau de fenêtre bougea imperceptiblement. Le chien de la maison, au bout de sa laisse, aboyait bruyamment contre les visiteurs.

— C'est à quel sujet ? répondit l'homme sur un ton qui n'avait rien d'amical.

— Je suis le docteur Neveu, de l'hôpital d'Issoire. C'est moi qui m'occupe de Mme Camus. Je suis ici sur sa demande.

Le fermier, visiblement méfiant, désigna la voiture militaire.

— Et pourquoi ils sont là, les boches ?

Pierre comprit l'étrangeté de la situation. Une voiture de l'armée allemande qui venait dans une ferme perdue pour donner des nouvelles d'une vieille dame hospitalisée, la chose avait effectivement quelque chose d'inhabituel. Il fit signe à Veronika d'approcher. Hans sortit également de la voiture et s'appuya contre la carrosserie.

— Je vous présente le Dr Steiner, qui travaille avec moi à l'hôpital. J'ai dû faire appel à elle pour pouvoir sortir de la ville et venir jusqu'ici.

L'homme semblait jauger la situation. Il ne vit aucune arme à la ceinture de l'officier allemand, ni sur le soldat près de la voiture. Rassuré, il se retourna vers la ferme.

— Jeannine, tu peux sortir. C'est pour toi.

Une jeune femme écarta le rideau de l'entrée et apparut sur le seuil, un bébé dans ses bras.

Pierre s'approcha d'elle et se présenta.

— Votre mère est au plus mal. Elle n'en a plus pour bien longtemps. Je lui ai promis qu'elle vous verrait avant de mourir. Croyez bien que je suis sincèrement désolé d'être si direct. La médecine ne peut malheureusement plus rien pour elle. C'est une question d'heures.

Jeannine essuya une larme qui commençait à couler sur sa joue.

— Je me doutais bien qu'elle était si mal en point. Ma pauvre maman !

Pierre désigna la voiture.

— Si vous voulez, reprit Pierre, nous pouvons vous emmener la voir une dernière fois, elle vous attend.

Jeannine accepta aussitôt. Elle confia le bébé à son père, prépara rapidement un petit bagage, embrassa ses enfants et monta près de Pierre.

Les yeux de la vieille femme s'éclairèrent quand sa fille pénétra dans la chambre. Jeannine se précipita dans les bras de sa mère. Pierre tira le paravent pour qu'elles soient tranquilles. Il se retourna vers Veronika.

— Merci pour elles deux, lui dit-il simplement.

Marie décéda la nuit même, dans les bras de sa fille, le visage apaisé d'avoir pu lui faire ses adieux.

Au matin, un dimanche, l'ambulance de l'hôpital, précédée du véhicule de Veronika et Pierre – Hans était resté à Issoire pour profiter de son jour de repos –, ramenait le corps de Marie dans sa ferme de Sauxillanges. Celui-ci fut mis à reposer dans sa chambre, au premier étage. L'ambulance repartit aussitôt.

Jeannine était redescendue en tenue de deuil. Son mari, Étienne, avait posé trois verres sur la table, qu'il remplit de liqueur.

— Je vous remercie de ce que vous avez fait pour ma femme et ma belle-mère. Je ne l'oublierai pas.

Il trinqua avec les deux médecins.

— Nous n'avons pas grand-chose, reprit le fermier, mais à la campagne on se débrouille un peu. Je vous ai préparé un panier. C'est la moindre des choses pour vous remercier.

Pierre et Veronika prirent congé de la famille, pour les laisser à leur douleur. Jeannine, sur le seuil de sa porte, leur adressa des signes de la main jusqu'à ce que la voiture disparaisse derrière les haies.

— C'est notre jour de repos, indiqua Pierre. Rien ne nous presse pour rentrer.

— Et à quoi penses-tu ? demanda Veronika.

Pierre lui montra le panier.

— J'ai aperçu un saucisson, un pot de pâté et du fromage, je crois. Le tout accompagné d'une bouteille de vin. Ça te dirait, un petit pique-nique au bord de l'eau ? J'ai cru voir un petit lac un peu plus loin.

— Un petit peu froid pour un pique-nique, non ? Et l'herbe est plutôt humide pour s'y asseoir.

— Qu'à cela ne tienne, nous mangerons dans la voiture, en admirant le paysage.

— Pourquoi pas, allons-y, sourit Veronika.

Le véhicule quitta la route principale, roula quelques minutes sur un petit chemin caillouteux qui longeait des champs, avant de stopper au bord d'un étang minuscule bordé de roseaux.

— Quelques degrés de plus ne seraient pas de trop, estima Veronika en descendant de la voiture. Et on a de la chance qu'il ne pleuve pas.

La jeune femme admira le paysage. Une légère brume montait de l'étang, voilant les arbres qui étendaient leurs branches au ras de l'eau, comme dans un tableau de l'époque romantique.

— Je crois qu'il y a tout ce qu'il nous faut ici, annonça Pierre.

Il montra une cabane en planches à demi cachée sous le couvert d'un saule dont les branches descendaient presque jusqu'au sol. La porte était ouverte.

— Allons voir ce qu'elle contient, proposa Pierre, peut-être pourrons-nous déjeuner à l'abri.

Pierre poussa la porte qui grinça légèrement sur ses gonds. De vieux outils rouillés et des sacs de grain vides traînaient dans un coin. Sur le mur du fond s'entassaient des ballots de foin qui feraient des sièges et une table tout à fait acceptables.

— L'endroit me paraît idéal pour manger au sec, décréta Pierre. Tu n'as pas peur des araignées, au moins ?

— Pas le moins du monde. Ces petites bêtes sont parfaitement inoffensives. Ce sont elles qui ont le plus peur de nous.

Elle repoussa du pied une bouteille vide qui traînait sur le sol. Un oiseau, qui avait élu domicile sous les planches du toit, s'enfuit en piaillant, rasant la tête de la jeune femme.

— Je te soupçonne d'être déjà venu ici. Pour conter fleurette à une conquête féminine, peut-être ?

Pierre se rapprocha d'elle et posa les mains sur ses hanches.

— Que vas-tu chercher là ? Mes dernières conquêtes féminines sont bien loin maintenant. Et sûrement pas dans la région.

— Je me demande si je peux te croire, s'amusa Veronika. Je vois bien les regards que certaines infirmières posent sur leur beau chef de service.

— Me ferais-tu une scène de jalousie ? Cela ne te ressemble pas.

Les mains de la jeune femme serrèrent les poignets de Pierre.

— Jalouse ? Non, absolument pas.

Elle serra un peu plus fort.

— Mais en tant qu'officier d'une armée conquérante, monsieur, vous êtes mon prisonnier.

Pierre soupira en baissant la tête.

— Très bien, lieutenant Steiner, je me rends, je suis vaincu. Faites de moi ce que vous voulez. Mais je vous préviens, je ne parlerai pas. Je resterai bouche cousue, je vous l'assure.

— Alors, si vous ne voulez pas parler, monsieur, embrassez-moi, c'est un ordre !

— Puisque je ne peux pas faire autrement, j'obéis sous la contrainte.

Leurs lèvres se joignirent pour un baiser fougueux. Les mains de Pierre se promenèrent sur les courbes sensuelles de Veronika. Elles glissèrent le long de ses jambes pour remonter sous la jupe. Il sentait sous ses doigts ses fesses musclées. Elle se colla un peu plus à son amant, écrasant ses lèvres contre les siennes. Elle sentit le sexe durci qu'elle caressa doucement à travers le tissu du pantalon. La jupe glissa à terre. Veronika se recula légèrement. Avec des gestes rapides, sans quitter Pierre des yeux, elle ôta sa veste d'uniforme, sa chemise, dégrafa son soutien-gorge. Sa culotte glissa à son tour. Le sang battait dans les tempes de Pierre. À son tour il se déshabilla et jeta ses vêtements sur les ballots de paille. Il la fit pivoter et la maintint contre lui. Ses mains s'attardèrent un moment sur ses seins, faisant rouler ses mamelons entre ses doigts. Veronika renversa sa tête contre son épaule. Sa respiration devenait haletante. Elle ne ressentait plus le froid.

Les doigts tremblants de Pierre descendirent sur son ventre jusqu'à frôler sa toison dorée. Il continua son exploration, caressant délicatement le sexe de la jeune femme. Elle gémit doucement sous ses caresses. De sa main elle immobilisa celle de Pierre.

— Pas comme ça, pas maintenant.

Elle entraîna son amant sur le ballot de paille, le couchant sur les vêtements. Pierre se laissa conduire par son amante. Elle l'embrassa de nouveau. Ses lèvres douces et brûlantes descendaient sur son torse, lentement, centimètre par centimètre. Il se cabra un peu quand la bouche de la jeune femme atteignit son sexe. Tous ses muscles se durcirent, comme dans une crise de tétanie. Il ouvrit les yeux pour voir les cheveux de Veronika onduler dans un mouvement de va-et-vient. Des sensations jusque-là inconnues envahirent son corps, piqué de milliers d'aiguilles chauffées au rouge. Il respirait de plus en plus fort. Il sentit son pénis devenir plus dur encore, presque douloureux. Veronika cessa ses caresses. Elle remonta pour le chevaucher. De sa main elle guida le sexe de Pierre jusqu'au plus profond d'elle-même.

— Ne bouge pas, prisonnier, ordonna-t-elle, tu es complètement à moi.

Les cheveux blonds défaits frôlaient une poitrine aux mamelons gonflés qui pointaient vers lui. Le corps de Veronika montait et descendait lentement.

— Plus vite, supplia-t-il, va plus vite.

— Pas tout de suite, pas encore.

Le plaisir se transformait en une véritable torture. Il avait envie de la prendre par la taille pour imprimer son propre rythme. Veronika renversa la tête en arrière en se mordant la lèvre inférieure. Ses yeux se révulsèrent un peu, puis son corps bascula vers l'avant pour enfouir son visage dans le cou de Pierre.

— Fais ce que tu veux.

Pierre saisit à pleines mains les fesses de sa maîtresse. Il lui imposa son rythme, de plus en plus rapide, la pénétrant de plus en plus fort. La respiration de Veronika n'était plus qu'un long gémissement. Une onde de chaleur envahissait le corps de Pierre, son sang se transformant en une coulée de lave. Ses doigts s'imprimaient profondément dans la peau de Veronika. Sans qu'il ne puisse rien contrôler, se laissant guider par son plaisir, son corps de lui-même augmenta le rythme, l'amenant au bord de l'asphyxie. Il ne put se maîtriser plus longtemps, et le volcan contenu dans son bas-ventre explosa en un jet puissant. Son gémissement de bête se mêla à celui de Veronika, dont la jouissance arriva en même temps. Son cœur s'était arrêté subitement de battre. Les murs de planches de la cabane avaient disparu, il ne sentait plus rien sinon le sexe de Veronika contracté autour du sien pour le retenir en elle. Puis son pouls revint, battant dans sa poitrine à tout rompre, le cœur prêt à jaillir de sa poitrine. De la sueur perlait à son front. Il ouvrit les yeux. Toujours à cheval sur lui, Veronika le regardait. Ses yeux, derrière ses cheveux qui lui cachaient à moitié le visage, brillaient d'un éclat bleuté qu'il n'avait encore jamais vu. Elle reprenait son souffle. Sa main caressa la tignasse en bataille de son amant et ses doigts glissèrent sur ses lèvres. Elle lui souriait. Il ouvrit la bouche pour parler. La paume de la main de Veronika l'en empêcha.

— Non, s'il te plaît, ne dis rien.

Ils restèrent longtemps ainsi, allongés l'un contre l'autre sur le tas de paille. Le regard de Veronika se perdit dans les eaux troubles du petit étang qu'elle apercevait dans l'encadrement de la porte.

— Tu as l'air triste, tout d'un coup, lui murmura Pierre.

Elle prit sa main dans la sienne.

— Je voudrais penser à l'avenir, mais je n'en trouve pas le courage.

— J'y pense aussi, tu sais, chaque jour. Et je le vois seulement avec toi.

Il déposa un baiser sur son épaule.

— Nous faisons une erreur, Pierre, de penser qu'entre nous cette histoire pourra durer. Il faut regarder les choses en face. Un jour ou l'autre je devrai partir, retourner dans mon pays, même si c'est pour y retrouver des champs de ruines.

Il la serra dans ses bras.

— Le moment venu, je te jure que je trouverai une solution. Il y en a sûrement une.

Elle se lova un peu plus contre lui.

XIX

PIERRE Y PENSAIT SOUVENT. Lorsqu'arrivera enfin le jour de la libération, qu'adviendra-t-il de Veronika ? Sera-t-elle forcée de suivre ses compatriotes dans leur fuite ? Pourra-t-elle rester à Issoire ? Le voudra-t-elle seulement ? Toutes ces questions tournaient dans sa tête. D'un geste de la main il chassa ses réflexions. De toute façon, il aviserait le moment venu.

Il remontait la rue en luttant contre les rafales de vent, la tête baissée sous son chapeau pour se protéger des gouttes de pluie cinglantes qui piquaient son visage comme des aiguilles. À cette heure matinale, une file se formait déjà devant une épicerie. Les femmes, serrées les unes contre les autres, emmitouflées dans leur manteau, soufflaient dans leurs mains pour tenter de les réchauffer. Il traversa rapidement le pont Charlemagne, tandis que le clocher de l'abbaye sonnait neuf coups. Il était un peu en retard ; il pressa encore le pas. Il avait mal dormi, se tournant et se retournant entre ses draps, cherchant un sommeil qui ne venait pas. Il sentait encore sur lui l'odeur de la peau de Veronika. Cette petite cabane branlante dans laquelle ils avaient fait l'amour n'avait rien eu à envier à la plus belle chambre d'un luxueux palace. Durant quelques heures, alors qu'ils se donnaient totalement l'un à l'autre, ils y avaient oublié la guerre.

Il secoua dans le hall d'entrée son chapeau trempé. Une fille de salle, qui passait la serpillière, le fusilla du regard. La silhouette massive du médecin-chef de l'hôpital s'approcha à petits pas de Pierre, qui serra la main tendue.

— Ah ! Vous voilà, mon cher Neveu ! Tant mieux, ça m'évitera de monter ces maudits escaliers qui me tuent les genoux. Je viens d'apprendre que le nouveau chef de la *Kommandantur* venait rendre visite à ses malades. Il passera donc dans votre service. Avec sa cohorte d'officiers, bien sûr.

— Aujourd'hui ?

— Ce matin même, mais je ne pourrais pas vous dire à quelle heure, les Allemands sont tellement imprévisibles.

— Très bien, monsieur.

— Et débrouillez-vous pour lui réserver le meilleur accueil. Il faut toujours éviter de fâcher ces gens-là. Je compte sur vous, Neveu.

Dupin essuyait la colère de Pierre. Il avait avoué qu'au cours de la dernière nuit, il avait autorisé l'admission d'une patiente recherchée par les autorités.

— Vous êtes totalement inconscients ! Pourquoi cette patiente se cache-t-elle ?

— Elle est juive, monsieur.

— Je n'ai rien contre les juifs, bien sûr, vous le savez. Mais justement le jour où nous avons une inspection des Allemands ! Alors là, ça ne pouvait pas mieux tomber !

— Nous ne pouvions pas la laisser, osa l'interne. Cette femme avait besoin de soins urgents. Impossible de la renvoyer, ça l'aurait tuée.

— Et quels soins, je vous prie ?

— Un accouchement qui s'est mal déroulé. Une hémorragie, mais que nous avons pu heureusement arrêter à temps.

— Un accouchement ! Donc, si je comprends bien, il y a aussi un bébé.

Dupin baissa la tête. Pierre se laissa lourdement tomber sur son fauteuil de bureau et soupira.

— Nom de Dieu ! Il ne manquait plus que ça. Bravo ! Je vous félicite, répéta-t-il.

Le médecin-chef fit un effort pour se contrôler et ne pas élever la voix.

— Je ne sais pas si vous vous en rendez compte, mais depuis mon arrestation, je suis certain que les Allemands ont des doutes sur mon éventuelle implication dans la résistance. Et par extension, tout l'hôpital peut être soupçonné. Je pensais que vous l'auriez compris. Je vois que je m'étais trompé.

Il reprit tout aussi calmement, sa colère contenue perçant dans sa voix :

— Si jamais ils trouvent cette femme, je préfère ne pas imaginer les conséquences. Nous sommes tous bons pour la prison.

— Avec Mlle Lacour et Eugène, nous avons préparé une chambre de fortune dans les combles, derrière de vieux meubles. Ça m'étonnerait qu'on aille les chercher là, expliqua le jeune médecin.

— Dieu vous entende ! En tout cas, débrouillez-vous pour que le bébé ne pleure pas. En principe, je n'utilise jamais cette expression, mais elle me semble ici parfaitement justifiée : démerdez-vous !

La délégation allemande, le colonel Josef Gartner en tête, arriva dans le service. Des soldats se mirent en position en haut de l'escalier et devant les chambres. Le personnel se trouva comme par hasard du travail à faire ailleurs. Les malades, qui se promenaient dans le couloir, rejoignirent rapidement leur lit.

Le nouveau chef de la *Kommandantur* était à l'opposé de son prédécesseur. Avec ses jambes courtes, son ventre proéminent qui menaçait à tout moment de faire exploser ses boutons d'uniforme, il ressemblait à un poupon qui a grandi trop vite. Il s'apparentait plus à un charcutier qu'à un militaire de carrière. Il tendit ses doigts boudinés à Pierre.

— Alors, je rencontre enfin le Dr Neveu ! Le lieutenant Steiner m'a dit grand bien de vous et de votre travail.

Veronika se tenait derrière l'officier, le regard figé. Elle évitait soigneusement de croiser celui de Pierre.

— J'ai appris que vous aviez été enlevé par des terroristes qui vous ont obligé à soigner l'un d'eux.

— C'est le cas, en effet.

— Et vous avez eu la chance d'être intercepté par l'une de nos patrouilles, et que les deux bandits aient été abattus.

Pierre revit la scène. L'éclair des rafales, le corps du résistant s'affalant sur le sol dans un bruit mat, celui de Julien qui tressautait sur son brancard à chaque impact de balle. Plusieurs fois cette scène horrible l'avait réveillé en sursaut, le laissant en sueur, assis dans son lit.

— Une chance, c'est le mot, colonel Gartner.

L'officier, qui n'avait pas saisi l'ironie qui perçait dans la voix du médecin, se retourna un instant vers Veronika avant de revenir vers Pierre.

— Notre médecin indique que vous apportez une aide sans faille à nos malades. Je vous en remercie. Ce n'est que dans la collaboration amicale entre nos deux pays que le vôtre pourra se relever et se débarrasser de la vermine judéo-bolchevique.

Pierre allait répondre quand les pleurs d'un bébé se firent entendre, provenant de l'étage du dessus. Gartner leva la tête vers le plafond. Pierre pâlit. Simone et Dupin, un peu à l'écart, roulaient des yeux inquiets.

— Quel malheur ! intervint Veronika en secouant la tête. Ce bébé n'est pas encore tiré d'affaire, malgré les soins qui lui sont donnés.

Le colonel leva vers elle un regard interrogatif.

— Une rubéole, *Herr Kolonel*, une forme très rare et extrêmement contagieuse. Les soins doivent être pratiqués avec des blouses spéciales et des masques. Cette maladie peut s'avérer extrêmement grave chez les adultes, souvent mortelle.

Gartner recula d'un pas.

— Mortelle, vous dites ? À ce point-là ?

— Absolument, *Herr Kolonel*. C'est pourquoi le Dr Neveu a jugé bon, pour le bien de nos soldats, de le mettre en isolement à l'étage, pour qu'ils ne soient pas contaminés. Ce serait une véritable catastrophe pour nos troupes.

Pierre se précipita vers l'une des fenêtres du couloir qu'il ouvrit en grand.

— Malgré le froid, expliqua-t-il du ton le plus sérieux qu'il put, nous devons aérer régulièrement les locaux, car le virus peut se propager rapidement dans l'air. On ne sait jamais, nous devons prendre toutes les mesures pour éviter l'épidémie. Mais rassurez-vous, colonel, avec ces précautions vos soldats sont à l'abri, je m'en porte garant.

Gartner, effrayé, ouvrait des yeux ronds. D'un geste de la main il fit signe à sa troupe de se retirer. Les ordres claquèrent dans le couloir. L'officier tira de sa poche un mouchoir qu'il plaqua fortement contre son nez et sa bouche.

— J'ai vu ce que je voulais voir, docteur Neveu, merci de votre accueil. Je suis un homme particulièrement occupé. Je visiterai nos soldats à un moment plus opportun.

Il se précipita presque en courant vers l'escalier. Seule Veronika resta, un petit sourire aux lèvres.

Pierre s'appuya contre le mur et souffla tandis que Simone refermait rapidement la fenêtre. Dupin s'approcha du médecin allemand.

— Merci, docteur Steiner. Sans vous… enfin, vous me comprenez.

— C'est tout naturel, dit-elle simplement.

Elle suivit Pierre dans son bureau.

— Et si tu m'expliquais ce qui se passe dans ce grenier ?

— Une jeune femme juive arrivée hier soir. Un accouchement difficile. Mais maintenant la mère est tout à fait hors de danger, et le bébé se porte comme un charme.

Pierre s'approcha de la jeune femme et posa ses mains sur ses épaules.

— Encore une fois, tu nous as sauvé la mise. Je ne vais plus pouvoir me passer de toi dans cet hôpital.

— J'espère bien, monsieur le chef de service ! Et pas que dans cet hôpital.

Elle déposa un baiser léger sur ses lèvres.

— Je ne pense pas que Gartner remette les pieds ici de sitôt, reprit-elle. Il a trop peur des microbes. Tu as vu sa tête ? On aurait dit que toute l'Armée rouge avait subitement surgi devant lui !

Ils éclatèrent de rire tous les deux à l'idée de la bonne farce faite à l'officier.

— Ton esprit de répartie est incroyable, Veronika ; moi aussi, j'ai presque failli y croire.

— Et, Dieu soit loué, Gartner n'a jamais fait médecine. J'aurais eu du mal à lui expliquer que la rubéole d'un bébé avait le pouvoir de décimer toute l'armée allemande !

Elle reprit un air sérieux.

— Il faut toutefois rester prudents. Gartner est quelqu'un d'excessivement dangereux. Dans sa précédente affectation, il a été terriblement efficace dans la traque des juifs et des communistes. Il en a fait déporter des milliers. Même nos propres officiers en ont peur. Il a le bras long à Berlin.

Les soins apportés à Rachel, la jeune mère juive, s'avérèrent efficaces, et elle retrouva vite des forces. Les infirmières du service déployaient des trésors d'imagination pour fournir du bon lait – tellement rare – au bébé, un joli garçon tout potelé qu'elle avait prénommé David. Son histoire, qu'elle racontait aux infirmières qui montaient au grenier lui rendre visite lors de leurs pauses, relevait du roman d'aventures. Elle avait échappé *in extremis* à la rafle du Vel' d'Hiv' de juillet 1942. Cachée dans l'ombre d'un porche, elle avait vu les policiers français faire monter ses parents et son jeune frère dans un autobus. Elle était restée à l'abri plusieurs jours chez une voisine, puis, sa famille ayant été déportée, elle avait résolu de tenter sa chance en fuyant la capitale pour passer en zone libre. Elle avait marché des nuits entières, le long des chemins forestiers, se cachant le jour dans les sous-bois, se nourrissant aux arbres fruitiers près des fermes, chapardant parfois des œufs dans les poulaillers. Elle s'était réfugiée quelques mois chez des braves paysans qui l'avaient prise en pitié. Puis les Allemands, pour son malheur, avaient franchi la ligne de démarcation. Les paysans l'avaient gardée comme commis de ferme et bonne à tout faire. Dans une relative sécurité, elle avait coulé des jours heureux, loin de la guerre qui n'avait pas atteint la campagne reculée du sud de la Nièvre, jusqu'à ce que le fils de la maison, un grand gaillard un peu simplet, ne se persuade qu'il avait des droits sur elle. Plusieurs jours, elle avait réussi à refuser ses avances, de plus en plus pressantes. Un matin qu'elle retournait le foin dans les litières, il s'était introduit dans l'étable, l'avait plaquée au sol et avait abusé d'elle. De honte, elle n'avait osé en parler à ses patrons. Plusieurs semaines plus tard, elle avait décidé de s'enfuir à nouveau, en découvrant qu'elle portait un enfant. Son errance avait continué de forêt en forêt, de cabanes abandonnées en abris précaires, en endurant le froid et la faim. Un paysan l'avait retrouvée un matin contre un arbre, fiévreuse et grelottant de froid, presque inconsciente. Il l'avait ramenée chez lui, dans une ferme près d'Issoire, et son épouse avait pris soin d'elle.

— On dirait un conte de fées, s'exclama une infirmière, la larme à l'œil.

— Tais-toi donc, la rabroua une de ses collègues. Allez, continuez, Rachel !

Les premières douleurs de l'enfantement étaient survenues un après-midi, et le bébé avait vu le jour quelques heures plus tard. Un beau poupon joufflu et bien portant.

— C'est vrai qu'il est mignon, souffla une fille, on dirait un petit angelot.

— Mais tais-toi donc, bécasse, la poussa du coude une de ses collègues, sinon nous n'aurons pas le temps d'entendre toute l'histoire !

Des hémorragies avaient suivi l'accouchement, à tel point que les fermiers, affolés, avaient cru que Rachel allait mourir. Le paysan l'avait mise sur une charrette, avec son bébé, et l'avait emmenée à l'hôpital. Par une chance inouïe, le *Feldgendarme*, attendri, les avait laissés passer sans leur demander leur carte d'identité. Dans un français approximatif, il avait expliqué que sa jeune épouse, en Allemagne, venait elle aussi d'accoucher d'un garçon, prénommé Lukas.

Le reste, les infirmières le connaissaient. Alexandre Dupin, de garde ce jour-là, avait reçu la jeune femme, puis l'avait soignée et cachée, avec l'aide de Simone, quand il avait su qu'elle était juive.

— Il faut prendre une décision maintenant, Dupin. Que comptez-vous faire de cette jeune femme ? demanda Pierre. Elle est tirée d'affaire et le bébé est bien portant. Il est dangereux de la garder plus longtemps dans ce grenier.

— On ne peut évidemment pas la lâcher dans la nature ni la ramener à la ferme, ce serait trop dangereux. On dit que les barrages ont été durcis et personne ne voyage plus sans laissez-passer spécial. Rien à espérer de ce côté-là.

— Malheureusement, il nous faut trouver une solution. Elle représente un danger pour tout l'hôpital. Ce n'est pas de gaieté de cœur que je vous dis cela, croyez-moi. Pauvre femme, elle a déjà subi tellement de choses !

— J'en ai bien une, répondit l'interne après quelques secondes de réflexion, mais il faut que Rachel soit d'accord.

— Et que proposez-vous ?

— J'ai un petit salon chez moi. Je peux aménager un coin pour dormir et lui laisser ma chambre. Elle sera en sécurité avec son fils. De toute façon, je vis seul. Ça me fera un peu de compagnie.

Pierre, par-dessus les lunettes qu'il ne mettait que pour lire, leva sur le jeune médecin des yeux étonnés.

— Vous seriez prêt à prendre cette femme et cet enfant chez vous ?

— Et pourquoi pas ? Mes voisins ont l'habitude de voir des jeunes femmes venir chez moi. (Il se mit à rire.) Cette fois-ci ce sera avec un enfant, reprit-il, ça leur donnera un prétexte supplémentaire pour jaser !

Pierre s'esclaffa à son tour.

— Je trouve cette idée excellente, mon jeune ami. Voyez avec elle et signez le bon de sortie.

Rachel quitta le service le soir même, après de nombreuses embrassades avec les infirmières qui avaient offert des peluches colorées au petit David. La jeune mère les remercia chaleureusement, en leur promettant de donner fréquemment de ses nouvelles par l'intermédiaire du médecin.

— Et ne vous laissez pas séduire, plaisanta l'une d'elles, notre interne est un véritable charmeur !

— C'est surtout un homme bon, rajouta Rachel. Je ne le remercierai jamais assez pour ce qu'il fait pour moi et mon petit David.

L'intervention de Veronika, lors de la visite du chef de la *Kommandantur*, avait fait le tour du service. Même Eugène, le brancardier ombrageux, ne manquait plus de la saluer chaque matin avec de grands sourires. On l'invitait avec plaisir à la pause pour boire une boisson chaude à la tisanerie, et on n'hésitait pas, lorsque le Dr Neveu était pris par ses consultations, à lui demander son avis au sujet d'un malade. Elle apportait à chaque fois son aide avec beaucoup de gentillesse.

— Tu es devenue la coqueluche de mon service, Veronika, j'en suis presque jaloux.

— Allons, allons, tu en es le premier heureux, même si tu ne veux pas l'avouer.

On ne vit plus d'officiers allemands dans le service après la visite de Gartner. Ceux qui, les jours précédents, venaient régulièrement visiter leurs soldats malades, évitaient soigneusement l'hôpital. La nouvelle du risque de contagion s'était répandue chez l'occupant comme une traînée de poudre. Même les soldats casernés à Issoire préféraient se voir hospitaliser sur Clermont-Ferrand. Le médecin-chef Verger, mis au courant de l'histoire, n'avait pas spécialement apprécié. Pierre, convoqué, avait eu droit à une engueulade en règle, suivie d'un sermon. « Et que cela ne se reproduise plus, avait-il menacé, sinon c'est une mise à pied ! » Le directeur jura qu'en cas de problème il n'en porterait absolument pas la responsabilité devant les Allemands. Que Pierre se débrouille avec eux !

XX

Les berges de la rivière retrouvaient doucement leur verdure. Ce début de printemps s'annonçait beau, malgré quelques pluies que perçaient de plus en plus fréquemment les rayons du soleil. La ville, tout doucement, reprenait vie sur les boulevards et sur les terrasses de la place de la République. Pierre se disait que les principaux groupes de résistants quittaient la région pour se rassembler ailleurs en troupes plus nombreuses, en vue de la libération du pays que l'on disait prochaine. Simone Lacour le lui avait confirmé. Austremoine, appelé à de plus hautes fonctions, avait lui aussi quitté la région avec ses hommes. Les parachutages d'armes s'étaient également intensifiés, et les Allemands devenaient plus nerveux. Des rafles eurent lieu à Champeix, Montaigut, Saint-Floret, Saurier, avec leur lot de personnes tuées sur place ou emprisonnées et sauvagement torturées. Un matin, la Milice fit irruption à l'hôpital, dans un des services du rez-de-chaussée. Elle emmena un homme dont on n'eut plus jamais de nouvelles. Le personnel, sous la menace des armes, n'avait pu s'y opposer.

La journée de travail était finie. Pierre, exténué, ne resta que quelques minutes chez sa logeuse, le temps d'avaler un petit verre de vin. Il n'avait pas eu la force de se rendre au Café Français pour manger un morceau. Dans son appartement, une tranche de pain et un peu de fromage lui avaient suffi. Il peina à trouver le sommeil. Veronika n'avait pas reparu dans le service depuis deux jours et, sans nouvelles d'elle, il s'inquiétait. L'infirmier Hans était également absent.

Son sommeil était secoué de rêves étranges. Il se revoyait jeune, dans sa maison familiale. Stéphanie pleurait, sans qu'il en sache la raison. Il percevait ses sanglots à travers le mur de sa chambre et entendait la grosse voix de son père qui criait en tambourinant contre la porte de sa sœur. Des coups de plus en plus forts, de plus en plus rapides, à tel point qu'il avait l'impression que tous les murs de la maison tremblaient. L'enfant qu'il était, apeuré, se bouchait les oreilles. Mais les coups étaient toujours là, qui résonnaient dans sa tête.

Pierre se réveilla en sursaut. Il mit quelques secondes à comprendre que c'était à sa porte que l'on frappait. Il se leva, encore tout retourné de son rêve étrange, jura en se cognant contre une chaise, enfila son peignoir, alluma la lumière et s'approcha de la porte.

— Qu'est-ce que c'est ? Qui est là ?

— Docteur Neveu, c'est le caporal Rosen, ouvrez s'il vous plaît.

La clé tourna dans la serrure.

— Hans ? Mais que se passe-t-il ?

Le caporal avait la mine défaite et la barbe naissante. Pierre comprit immédiatement qu'il ne lui amenait pas de bonnes nouvelles.

— C'est le Dr Steiner. Il faut me suivre à l'hôpital, maintenant.

— Mais...

— Habillez-vous vite, ne perdons pas de temps, je vous raconterai en route.

Pierre enfila précipitamment ses vêtements de la veille, qui traînaient sur le dos d'une chaise. Réveillée par le bruit, Gisèle était sortie dans le couloir.

— Quel est donc tout ce raffut ? Qui est là ?

Elle se jeta prestement contre le mur pour laisser passer les deux hommes qui dévalaient les marches quatre à quatre. Ils s'engouffrèrent dans la voiture qui démarra en trombe.

— Parlez, Hans !

— Nous avons eu l'ordre de suivre une compagnie qui effectuait une rafle à Besse, expliquait Hans en négociant les petites rues à vive allure. Il y a eu un accrochage sérieux avec des résistants. Le Dr Steiner a reçu une balle.

La voiture glissa légèrement en négociant le virage à l'entrée du pont Charlemagne. Hans, bon conducteur, contre-braqua en douceur pour remettre le véhicule dans l'alignement.

— Et c'est grave ? demanda Pierre, la bouche sèche.

— Je crois, oui. Je l'ai emmenée directement dans votre service.

— Vous avez très bien fait.

Les pneus de la voiture crissèrent en stoppant devant l'entrée. En courant, le médecin et l'infirmier traversèrent le hall sous les yeux ahuris du veilleur de nuit, dérangé dans la lecture de son journal.

Veronika était allongée dans une des chambres. L'infirmière de garde maintenait sur son ventre de grandes compresses tachées de sang. Son uniforme, que l'on n'avait pas eu le temps de retirer, en était tout taché, comme les draps.

— Laissez-moi voir, ordonna Pierre en bousculant l'infirmière. Vos ciseaux, vite !

Il écarta la veste de la tenue militaire et découpa rapidement la chemise. À gauche, juste sous le sternum, un trou rond, du diamètre d'un petit doigt, laissait passer des filets de sang.

— Pas de doute, c'est la rate qui est touchée. Il faut opérer immédiatement pour arrêter l'hémorragie. C'est une question de minutes.

Veronika était inconsciente et pâle. Sa respiration était rapide et superficielle. Il s'attarda une seconde sur son visage. Ses beaux cheveux blonds étaient collés sur son front.

— Je vais prendre soin de toi, Veronika. En attendant, continue à respirer.

Pierre retrouva son ton professionnel :

— Mademoiselle, descendez immédiatement faire réveiller le chirurgien de garde et son assistante. Ouvrez le bloc opératoire. Vous, Hans, posez-lui une voie veineuse de gros calibre, et dépêchez-vous, tant que les veines sont encore bien visibles. Trouvez-moi la bouteille d'oxygène et un masque. Ouvrez à six litres par minute. Je veux un contrôle de la tension artérielle et du pouls toutes les minutes.

Le chirurgien arriva quelques instants plus tard, les cheveux en bataille après avoir été réveillé en sursaut. En quelques secondes, il confirma le diagnostic de Pierre.

— Mon infirmière de bloc est déjà en train de préparer la salle, et l'anesthésiste est en route. Il sera là dans peu de temps. On la descend immédiatement.

Pierre posa ses deux mains sur les épaules de son confrère.

— Cette personne compte beaucoup pour moi. C'est le Dr Steiner.

Le chirurgien hocha la tête.

— Je ferai de mon mieux, je vous le promets. Aidez-nous à descendre le brancard, ne perdons pas de temps.

— Je peux vous aider aussi au bloc, j'ai quelques notions, déclara Hans.

— Inutile, coupa le chirurgien d'un ton sec en regardant la tenue salie de l'infirmier. J'ai tout le personnel qu'il me faut. Mais merci quand même.

Le brancard disparut derrière les portes battantes du bloc opératoire.

Assis dans la tisanerie en compagnie de Hans, Pierre buvait sa troisième tasse de faux café. Il n'en ressentait même pas l'amertume. Il regardait sans cesse sa montre. Assis en face de lui, l'infirmier, qui semblait tout aussi inquiet, ne parlait pas.

— Et vous, Hans, quelle est donc votre histoire pour vous être retrouvé ici ? demanda-t-il afin de rompre le silence pesant qui s'était installé dans la pièce.

Le soldat haussa les épaules.

— Vous savez, comme beaucoup de mes camarades, je préférerais être au pays. Je viens de Putzbrunn, en Bavière, près de Munich. Ma mère est professeur de français dans un lycée. C'est comme ça que j'ai appris votre langue.

— Et votre père ?

— Malheureusement, je ne l'ai pas connu. Il est mort en 17, au Chemin des Dames. Ma mère était enceinte à ce moment-là.

— Je suis désolé, Hans. Cette guerre a engendré tellement de malheurs !

Un peu de tristesse passa dans les yeux du caporal.

— Malheureusement, elle n'a rien appris aux hommes. Un peu avant la guerre, j'ai débuté des études médicales, continua-t-il. À la mobilisation, j'ai donc été automatiquement affecté comme infirmier. D'abord en Pologne, en 39, puis au Luxembourg et enfin en France. J'ai finalement eu beaucoup de chance. Mais depuis le début de la guerre, je ne suis pas rentré chez moi.

— J'imagine que vous devez bien manquer à votre mère.

— Toutes les femmes sont tristes en ce moment d'avoir un fils ou un mari à la guerre, quelle que soit leur nationalité.

Pierre s'impatientait de plus en plus. L'intervention paraissait trop longue à son goût. L'air frais qui entrait par la fenêtre, qu'il avait ouverte sur le parc noyé par la nuit, lui fouettait le visage et lui faisait du bien. Pour calmer son inquiétude, il respirait à pleins poumons. Un oiseau hulula dans les frondaisons. Le cri d'une chouette est un signe de malheur, disait toujours sa grand-mère. *Mais pas cette fois-ci*, décida-t-il. *Veronika s'en sortira, il ne peut pas en être autrement.*

La porte de la tisanerie s'ouvrit enfin sur le chirurgien :

— Alors ? demanda Pierre, impatient. Comment va-t-elle ?

Le chirurgien souffla en se laissant tomber sur une chaise.

— Votre patiente a eu une chance inouïe. Le colon était perforé, mais les plaies étaient propres, j'ai pu tout recoudre. Par contre, j'ai dû enlever la rate, trop abîmée pour pouvoir la conserver.

— Donc, elle est tirée d'affaire ; la rate n'est pas indispensable.

— Je préfère ne pas trop me prononcer pour le moment. Elle a perdu beaucoup trop de sang. D'autres organes ont pu souffrir du manque d'irrigation.

— Elle est jeune et en bonne santé, se rassura Pierre, sa chance est là.

— Nous serons fixés dans quelques heures. Il ne reste plus qu'à attendre. Quoi qu'il en soit, je suis encore de garde. N'hésitez pas à me faire appeler si son état venait à s'aggraver. Elle ne va pas tarder à remonter du bloc.

Les yeux du chirurgien se posèrent sur la cafetière.

— De toute façon, ma nuit est foutue. J'accepterai bien un peu de ce café, même si je sais déjà qu'il doit être horrible.

Pierre le remercia chaudement en lui servant une généreuse tasse.

Sur son lit, Veronika avait un visage apaisé. Elle ne semblait pas souffrir. Ses lèvres avaient perdu leur rouge naturel et des cernes bleutés marquaient le dessous de ses yeux. Une pochette de goutte-à-goutte était reliée par intraveineuse à son corps meurtri. Pierre maudissait intérieurement le résistant qui avait blessé la femme qu'il aimait. Pourquoi elle, qui embrassait leur cause ? *Cette guerre est vraiment injuste,* pensa-t-il. *La vie elle-même est injuste.*

Il demeura le reste de la nuit à son chevet, assis près d'elle, sa main dans la sienne. Derrière la fenêtre, le jour se levait doucement. Le piaillement des oiseaux saluait l'aube naissante. Le service s'éveillait aussi. Pierre suivait le bruit des chariots qui passaient de chambre en chambre pour le relevé rituel des températures et les premiers bassins. Le personnel de la journée arrivait aussi. Il perçut la voix aiguë de la plus jeune de ses infirmières, Madeleine, embauchée depuis quelques semaines. Une jeune fille de la Lozère, toujours encline à raconter des blagues avec son joli accent chantant. Elle en mettait, de l'ambiance, pendant les pauses à la tisanerie ! Et toujours un mot gentil pour les patients, qui l'adoraient. Une recrue de choix, très professionnelle et dévouée.

La porte de la chambre de Veronika s'ouvrit sur l'infirmière-chef. Elle s'approcha du lit et posa sa main sur celle de Veronika.

— Je viens d'apprendre ce qui s'est passé cette nuit. Comment va-t-elle ?

Pierre soupira.

— Ses constantes sont stables, mais elle ne s'est pas encore réveillée.

Simone posa son regard sur le visage de son supérieur. Il avait les yeux creux de celui qui n'a pas dormi. Un début de barbe le vieillissait de quelques années. Il en était presque attendrissant.

— Vous devriez rentrer vous reposer un peu, docteur Neveu, vous avez l'air totalement épuisé. Dupin va bientôt arriver. Et le service est calme en ce moment.

Pierre secoua négativement la tête.

— Non, je préfère rester, je veux être là à son réveil.

Il caressa délicatement la main de Veronika.

— Elle ne comprendrait pas que je ne sois pas près d'elle quand elle ouvrira les yeux.

L'infirmière Madeleine toqua légèrement à la porte et entra à son tour.

— Je viens changer la perfusion, avec votre permission.

Elle s'approcha de son chef de service.

— Tout le monde est désolé, docteur, nous avons fait une prière pour le Dr Steiner. Nous sommes tous persuadés que tout ira bien.

Pierre en fut ému. Il se retint pour ne pas pleurer, mais ses yeux brillaient plus que d'habitude.

— Dites-leur à tous que je les remercie bien.

Dupin passa à son tour avant ses visites, assurant Pierre de tout son soutien. Bercé par les bruits étouffés du service, ce dernier s'était finalement assoupi sur un fauteuil près du lit, vaincu par la fatigue.

Le bruit d'une porte claquée dans le couloir le réveilla. Il s'étira sur son fauteuil. Ses fesses, sur le siège peu confortable, étaient endolories. Il estima qu'un café bien chaud à la tisanerie lui ferait du bien.

— Je n'ai pas osé te réveiller, tu dormais si bien, fit une petite voix à côté de lui.

Il tourna vivement la tête vers le lit.

— Veronika ! Tu es enfin réveillée !

Il s'assit près d'elle et serra ses mains dans les siennes.

— Comment te sens-tu ? As-tu mal ?

Veronika sourit faiblement.

— Un peu mal au ventre, la tête qui tourne, mais ça peut aller, la douleur est très largement supportable.

Il l'embrassa tendrement, sur son front qui avait repris un peu de couleurs.

— Tu m'as fait peur, tu sais ! Je te préviens, ne recommence pas !

— Mais que s'est-il passé ? Je me rappelle que je suivais des soldats qui entraient dans un village. Puis des bruits de tir, des cris et une violente douleur au ventre. En même temps que je tombais, j'ai vu Rosen se précipiter vers moi. Et puis plus rien, un grand trou noir.

— Tu as reçu une balle. Tu peux remercier ton infirmier. S'il n'avait pas été là...

Pierre lui expliqua tout le reste : son évacuation vers Issoire, Hans venu taper à sa porte, l'opération, l'ablation de la rate, et les heures d'angoisse à attendre qu'elle ouvre enfin les yeux. Elle sourit faiblement.

— Bah ! Tant pis pour ma rate. De toute façon, je n'y tenais pas particulièrement. J'espère que tu m'aimeras quand même, bien qu'il me manque un bout, plaisanta-t-elle.

La fatigue de Pierre avait disparu. Tous les personnels du service applaudirent à la bonne nouvelle. L'une des infirmières déposa même un bouquet de fleurs fraîches sur la table de nuit. Le chirurgien qui avait opéré Veronika passa également la voir. Il préconisa beaucoup de repos, des repas très légers à base de bouillons et quelques pas dans la chambre d'ici deux jours, sous étroite surveillance.

Jamais une patiente de cet hôpital n'avait été l'objet d'une telle attention. Chaque jour un bouquet différent décorait sa chambre, des draps propres étaient fournis tous les matins, une pile de revues féminines encombrait la table de nuit, et bien sûr elle recevait la visite, des dizaines de fois par jour, de son amoureux de médecin entre deux consultations.

Veronika reprenait rapidement des forces. Elle se levait maintenant pour sa toilette et faire quelques pas jusqu'à la fenêtre, où elle profitait des belles journées ensoleillées de mi-avril.

— Je te promets, avait dit Pierre, que dès que tu pourras marcher correctement, nous irons manger en ville. Je te ferai découvrir le Café Français.

La jeune femme était maintenant tout à fait remise. La cicatrice était belle et presque invisible. Le chirurgien avait fait un travail remarquable. Veronika déambulait toute la journée dans sa chambre, du lit à la fenêtre, et les journées lui semblaient interminables en attendant l'autorisation de sortir.

— Mais qu'as-tu donc là-dedans ? demanda-t-elle un jour à Pierre, en le voyant entrer en portant un sac.

— C'est une surprise, déclara-t-il en lui tendant le sac, regarde toi-même.

Veronika déballa une robe bleu pâle rehaussée de rubans d'un bleu plus foncé. Elle accompagnait un chemisier de fin coton blanc et une paire de chaussures à talon.

— C'est une robe magnifique, s'exclama la jeune femme. Où l'as-tu eue ?

— Une des infirmières me l'a prêtée, elle est certaine qu'elle est à ta taille. Essaie-la, il me tarde de la voir sur toi.

La jeune femme ne se fit pas prier. Effectivement, la tenue lui seyait parfaitement et soulignait joliment ses courbes parfaites. Elle fit un tour sur elle-même en faisant virevolter le bas de sa robe.

— Tu es superbe ! Une vraie grande dame. J'ai l'impression de t'emmener au théâtre.

Il lui tendit une petite pochette en tissu.

— J'ai aussi un peu de maquillage. Fais-toi la plus belle pour moi et sortons au restaurant. J'ai envie que tous les hommes soient jaloux de moi.

Veronika était ravie. En chantonnant devant sa glace, elle souligna ses beaux yeux bleus d'un trait fin de crayon noir puis lissa longuement ses cheveux pour les laisser retomber sur ses épaules. Elle s'admira devant le miroir et conclut que ce qu'elle voyait la satisfaisait. Elle finit par une petite touche de parfum.

— Je suis prête à sortir à votre bras, monsieur le docteur Neveu, si vous me trouvez à votre goût, bien entendu.

Elle fit un tour sur elle-même pour faire de nouveau tourbillonner sa robe. Pierre la prit dans ses bras.

— Je ne t'ai jamais trouvée aussi belle, et je crois que je n'ai jamais été aussi amoureux que maintenant.

Il déposa un baiser léger sur ses lèvres.

Pierre la conduisit dans la tisanerie où les infirmières et les filles de salle prenaient un repas rapide. Les compliments fusèrent.

— Vous êtes superbe, docteur Steiner, on dirait une actrice de cinéma.

Même Eugène semblait tout ému de la voir ainsi apprêtée.

— Ne vous attardez pas, filez vite, intervint Simone, on ne fait pas attendre une si bonne soirée.

— Attendez, attendez une petite seconde, s'exclama une infirmière qui se précipita dans le couloir.

Elle revint une minute plus tard avec un petit sac à main en cuir noir suspendu à une chaînette dorée.

— Avec ça, tout sera parfait !

L'air du dehors tourna un peu la tête à Veronika. Elle s'accrocha au bras de Pierre, ravie de partager avec lui ce moment d'intimité. Elle se serra contre son amoureux.

— Avec un peu d'imagination, on pourrait croire que c'est la paix, que nous menons une vie normale, toi et moi.

— La paix sera bientôt là, je pense que c'est une question de mois. Mais ne parlons pas de ça maintenant, profitons plutôt de cette sortie.

Ils traversèrent le parc, bras dessus bras dessous, comme tous les couples qui s'y promenaient. Ils s'attardèrent un moment près de la cascade où quelques femmes, à l'occasion du traditionnel grand nettoyage de printemps, battaient des piles de linge qu'elles faisaient sécher en les étendant sur l'herbe. Des enfants s'amusaient dans la rivière encore fraîche, grossie de la fonte des neiges du Sancy. De l'eau jusqu'à mi-mollet, ils soulevaient délicatement les pierres pour tenter d'attraper des truites à mains nues. Quelques poissons s'agitaient frénétiquement sur la berge. Le couple rebroussa chemin vers le pont Charlemagne, avant de s'enfoncer dans les petites rues.

— Continuons plutôt par ici, indiqua Pierre en désignant une petite ruelle, cela nous évitera de passer devant la *Kommandantur*, on ne sait jamais.

Le Café Français, à cette heure, n'avait pas encore fait le plein. La cloche de l'entrée tinta quand ils poussèrent la porte.

— Tiens donc, docteur Neveu, il y a bien longtemps que je ne vous avais vu ! Je commençais à m'inquiéter.

M. Gérard les interpellait de sa table habituelle, dont il ne semblait jamais bouger. Pierre s'avança vers lui.

— C'est que j'ai été particulièrement occupé, ces temps-ci ; le travail, vous comprenez.

L'ancien contremaître se leva et pencha légèrement le buste pour saluer Veronika.

— Laissez-moi vous présenter une de mes cousines, Véronique, qui vient tout droit d'Orléans pour me rendre visite.

— Je suis ravi de faire votre connaissance, mademoiselle, vous êtes tout à fait ravissante dans cette robe. Mais permettez-moi de vous inviter à ma table, j'allais justement commander mon repas.

— C'est très gentil à vous, cher ami, mais c'est que Véronique est venue aussi pour me donner des nouvelles de nos proches, mentit Pierre. Et nous ne voulons pas vous embêter avec nos histoires de famille qui sont, pour dire vrai, très compliquées et plutôt ennuyeuses. Une histoire d'héritage, voyez-vous ?

Gérard leva les bras au ciel.

— Ah, la famille ! Quand elle n'est pas là elle vous manque, mais quand elle est trop proche, c'est souvent une plaie !

— Pas cette fois, rit Pierre, mais je crois que nous sommes d'accord sur ce point. Et encore merci de votre invitation. Nous aurons bien l'occasion de déjeuner ensemble une autre fois.

— Ce sera avec un grand plaisir, cher ami, comme d'habitude.

Pierre entraîna Veronika vers le fond de la salle, à une table un peu à l'écart.

— Tu verras, la cuisine est simple, mais on mange bien.

Veronika, silencieuse, s'attardait sur la décoration de la salle.

— Tu m'as l'air songeuse. Quelque chose qui ne va pas ?

— Oh, rien de bien grave, rassure-toi, Pierre. Ce restaurant me rappelle celui d'un petit quartier de Berlin, où nous allions quelquefois avec Andreas.

Pierre posa délicatement sa main sur la sienne.

— Ces souvenirs te sont encore douloureux, c'est tout à fait normal, Veronika.

— Ils s'effaceront avec le temps, comme tout le reste. Et puis je t'ai toi, maintenant. Et j'en suis heureuse.

— Ah ! Docteur Neveu ! Ça fait plaisir de vous revoir ! Je vous croyais fâché avec ma cuisine.

La patronne, dans son sempiternel tablier à carreaux, s'était approchée, son petit carnet de commandes à la main, bien qu'elle ne proposât qu'un seul menu. Une habitude qu'elle avait gardée d'avant-guerre. Dans toutes les occasions, en bonne commerçante, elle affichait un grand sourire.

— Vous avez de la chance. Aujourd'hui, Charles a mijoté une belle daube. Bon, je vous l'accorde, ce ne sont pas les meilleurs morceaux, mais elle est délicieuse quand même. (Elle se pencha vers Pierre :) Que voulez-vous, docteur, les boches gardent la meilleure viande pour eux, ces cochons, et à nous les restes !

— Soyez prudente ! Si jamais l'un d'eux vous entendait parler comme cela ! s'amusa-t-il.

— Pas de risques, il y en a pas dans la salle aujourd'hui. Moi, avec les boches, j'ai le nez, je les renifle à des kilomètres !

Veronika se mordit la lèvre pour ne pas rire.

— Avec une bonne purée de rutabagas, ça fera l'affaire ? continua la cuisinière en se relevant.

— Ce sera parfait.

La patronne repartit en dandinant son énorme fessier vers sa cuisine.

— Charles, deux menus ! hurla-t-elle en traversant la salle.

— En voilà une qui a du flair, rit Pierre, un vrai chien de chasse !

La salle de restaurant s'était remplie et la patronne passait de table en table, s'attardant un instant pour un brin de causette avec ses clients habitués. Pierre et Veronika finissaient leur repas en dégustant une délicieuse crème au caramel. Deux fillettes d'une douzaine d'années sortirent de la cuisine, portant chacune un pesant bidon de lait. Pierre, intrigué, interpella la patronne. Il les avait vues plusieurs fois, mais n'y avait pas spécialement prêté attention avant.

— Vous vendez du lait, aussi ? Je n'étais pas au courant.

Elle tourna la tête de droite à gauche pour vérifier que personne n'écoutait et baissa la voix :

— À vous je peux bien le dire, docteur, elles vont jusqu'au cimetière livrer un peu de vivres. Dans les bidons de lait on peut mettre beaucoup de choses, et c'est bien plus discret.

— Mais à qui donc faites-vous ces livraisons ?

— Je ne peux pas le dire, il y a des oreilles indiscrètes ici.

Du menton elle désigna discrètement l'ancien contremaître de Ducellier.

— Un beau salaud, celui-là, cul et chemise avec la Milice.

Elle repartit rapidement vers une autre table qui réclamait une carafe de vin. Pierre était surpris. Il était depuis longtemps persuadé que cet homme ne faisait qu'un avec ce fameux Georges, le responsable FTP. À tel point qu'il n'avait pas poussé plus loin ses recherches. Se serait-il trompé ? La patronne propageait-elle des on-dit ? En tout cas il se promit de rester toujours prudent avec cet homme.

Il faisait encore beau dehors. Le soleil déclinait derrière les montagnes, les teintant de dégradés de vert et de marron. Le couple marchait d'un pas lent, la main dans la main. Leur promenade les amena à proximité de la gare. Les voies étaient réparées, mais on apercevait encore tout autour les stigmates de l'explosion.

— Rebroussons chemin, décida Pierre. Je ne voudrais pas que cette première sortie te soit trop fatigante, tu n'es pas encore totalement remise.

Les vieilles rues de la ville s'assombrissaient de plus en plus. Ils durent se réfugier un moment sous un porche pour ne pas être vus d'un groupe de soldats qui se rendaient vraisemblablement dans l'établissement de Mme Louis, quelques numéros plus loin. Ils profitèrent de la pénombre pour s'embrasser.

— On dirait que nous sommes deux jeunes gens qui se cachent de leurs parents, plaisanta Veronika. Je crois que nous sommes tous les deux un peu fous.

— Fou de toi, certainement, répondit Pierre en lui caressant les cheveux.

— Et pousseras-tu la folie à m'inviter chez toi, monsieur le chef de service ?

— Moi ? Qu'allez-vous imaginer là, mademoiselle, je suis un gentleman !

Il la prit par la main.

— Mais puisque vous insistez, je me plie bien volontiers à vos désirs.

Pierre poussa doucement la porte du hall d'entrée pour ne pas la faire grincer. Celle de Gisèle, comme d'habitude, était grande ouverte. Pierre se risqua à jeter un œil dans la salle à manger. Elle était vide. La logeuse était sûrement dans sa cuisine.

— La voie est libre, viens vite.

Ils montèrent sans faire de bruit jusqu'à l'étage.

Le petit marteau de cuivre s'énerva entre les deux clochettes du réveil-matin. Pierre ouvrit les yeux. Les rais de soleil, entre les persiennes, soulignaient de jeux d'ombres et de lumières les courbes du corps nu de Veronika. Ses cheveux emmêlés flottaient sur l'oreiller. Elle émit un petit grognement quand Pierre, pour la réveiller doucement, lui caressa les épaules.

— C'est déjà l'heure ? gémit-elle. J'ai l'impression que je viens à peine de m'endormir.

— Si on regarde bien, répondit Pierre, ce n'est pas totalement faux.

Elle se retourna sur les draps froissés qui portaient encore les traces de leur nuit d'amour, puis posa sa tête sur le bras de son amant.

— Il va me falloir un litre de café au moins pour trouver la force de sortir de ce lit.

— C'est comme si c'était fait.

Les effluves du café embaumèrent la pièce. Veronika se leva et s'approcha de la table. Pierre ne pouvait détacher son regard de ce corps brûlant de vie et de volupté, jouissant sans retenue, qui quelques heures plus tôt lui avait donné tant de plaisir. Il se fit violence pour ne pas la coucher de nouveau sur le lit, embrasser ses seins et entrer en elle, presque avec sauvagerie, puisque désormais elle ne pouvait appartenir qu'à lui. Elle devina, derrière les yeux qui la dévoraient, le trouble de son amant. Elle trembla imperceptiblement quand une onde de chaleur lui parcourut l'échine jusqu'à la naissance de la nuque. En d'autres circonstances, elle aurait volontiers cédé à ses désirs, les devançant même, pour se donner de nouveau à lui sans réserve.

— Je sais à quoi tu penses, mais ce n'est malheureusement plus l'heure pour faire des folies, lança-t-elle en avalant une gorgée du liquide brûlant et revigorant. Nos patients nous attendent.

— Je le sais, soupira-t-il. Alors dépêchons-nous avant que je ne cède à la tentation et n'oublie mon devoir.

Ils descendirent les escaliers sans précautions particulières. Pierre savait que Gisèle, à cette heure, avait rejoint la longue file des ménagères devant les magasins.

Dans la lingerie du service, la robe bleue céda la place à l'uniforme neuf qu'Hans avait rapporté de la caserne. Une fois habillée, Veronika fila au chevet de ses patients du rez-de-chaussée. À l'étage, Pierre soupira en découvrant une salle d'attente débordante de monde. L'infirmière en charge du tri se démenait déjà avec les dossiers qui s'accumulaient sur la table. Un homme impatient, persuadé que son âge lui donnait toute prérogative pour passer en premier, s'énervait en tapant de sa canne contre le carrelage. Derrière lui, une femme tenant un tout jeune enfant dans ses bras réclamait à cor et à cri un endroit isolé pour l'allaiter, sa pudeur l'empêchant de découvrir un sein devant tout le monde. Les autres patients, serrés sur les bancs de moleskine grise, se regardaient du coin de l'œil. *Je suis arrivé avant vous*, semblaient-ils dire, *que l'on ne me prenne pas ma place !* Il fallut toute l'autorité de Simone Lacour pour calmer le vieux monsieur. Puis, elle emmena la jeune maman à la tisanerie pour lui permettre de nourrir son rejeton en toute intimité.

— Comment va Rachel ? demanda Pierre en croisant Dupin dans le couloir.

— Elle va de mieux en mieux et reprend des forces chaque jour. Son problème médical n'est plus qu'un vieux souvenir. Et je vous avouerai que je suis content de l'avoir, c'est un fin cordon-bleu ! Avec pas grand-chose elle prépare des petits plats tout à fait délicieux. Une vraie maîtresse de maison. Je suis tout à fait heureux de partager mon appartement avec elle. Et le petit David est adorable. C'est incroyable comme il peut ressembler à sa mère.

Pierre se mit à rire.

— Attention, votre réputation de coureur de jupons va en prendre un coup, mon cher Alexandre. À force, vous allez vous faire passer la bague au doigt ! Et vous ferez certainement des malheureuses.

Une jeune fille de salle qui passait près d'eux surprit leur conversation. Elle se mit à rougir en jetant vers l'interne des yeux de reproche. Celui-ci n'eut pas un regard pour elle. Pierre fit semblant de ne pas l'avoir remarqué. Sûrement une jalouse, pensa Pierre. L'interne leva les bras au ciel.

— Allez donc savoir ! Tout le monde peut changer un jour ! Peut-être que finalement je m'embourgeoise, lança-t-il en riant avant de repartir, devant rejoindre une infirmière auprès d'un patient.

Pierre ne sut pas si son interne plaisantait ou pas. En tout cas, il semblait tout à fait ravi de cette situation. Quelque part, il l'enviait un peu.

XXI

ROBERT, LE JEUNE RÉSISTANT, était tout joyeux en enfilant par-dessus la manche de son blouson en cuir le brassard tricolore marqué des lettres FFI distribué par Austremoine. Celui-ci, en tant que chef d'un groupe d'une trentaine d'hommes, tous originaires de la région d'Issoire, s'était attribué les galons de capitaine.

— C'est quand qu'on va enfin se battre contre les boches, mon capitaine ? C'est qu'on commence à s'ennuyer ferme ici !

Depuis trois semaines, le groupe, arrivé autour du Mont Mouchet par le train, en camion ou même parfois à pied, s'était établi dans le village de Clavières, dans une ferme abandonnée dont les dépendances étaient suffisamment spacieuses pour accueillir les maquisards. Trois jeunes juifs d'une vingtaine d'années, qui se cachaient depuis plusieurs mois à Saint-Flour, s'étaient également joints aux Issoiriens. Un résistant d'Ambert, qui se faisait appeler Petit-Jean, les avait également rejoints. Un groupe disparate de jeunes gens impétueux, un peu bravaches quelquefois, prêts à donner leur vie pour le pays. Austremoine était fier de commander à ce groupe. Derrière son dos, ils l'appelaient « le vieux ». Le capitaine faisait mine de ne rien entendre. Rien de péjoratif dans ce surnom, il savait qu'il signifiait à la fois « le chef », « celui qui sait », « celui qui commande » – et pour certains, les plus jeunes, à peine sortis de l'adolescence, « le père ».

À la demande des plus hautes autorités de l'Armée secrète, le Mont Mouchet, aux confins des départements du Cantal, de la Haute-Loire et de la Lozère, devenait un bastion de résistance face à l'armée allemande.

— Ça va venir, mon garçon, un peu de patience. On attend encore du monde. Beaucoup de monde. À force, on risquera même d'être un peu à l'étroit par ici.

Austremoine posa la main sur son épaule.

— En attendant, il faut se préparer. Ce qui nous attend ne sera pas une partie de plaisir.

Austremoine désigna les mitraillettes Sten, les deux fusils-mitrailleurs 24/29 et le bazooka reçus lors des derniers parachutages.

— Il va falloir vous entraîner au maniement de ces engins, déclara Austremoine. Et vous avez intérêt à pas être manchots, on va pas griller toutes nos cartouches là-dessus.

Le groupe passait sa journée à l'extérieur, à s'exercer au tir dans un champ, sous les yeux intéressés des enfants du coin. Ceux-ci, ravis de l'animation, s'amusaient à récupérer les douilles, qu'ils alignaient sur un morceau de planche pour les viser avec leurs billes. Tous les matins, des outils de terrassement sur l'épaule, les résistants quittaient le village en direction de la maison forestière, située au centre du dispositif de défense, où les chefs de maquis avaient établi leur quartier général sous les ordres du colonel Gaspard. Ils travaillaient à consolider sur les pentes les postes de combat et les banquettes pour les fusils-mitrailleurs, qu'ils camouflaient de leur mieux avec de la végétation. Un médecin venu du Puy-en-Velay, le Dr Devin, qui les avait rejoints avec trois infirmières dès l'annonce du rassemblement, organisait dans une grange, avec les moyens du bord, un poste de secours pour accueillir les éventuels blessés. Les paysannes des villages alentour sacrifiaient leurs draps pour fabriquer des pansements, et leurs hommes puisaient dans leurs réserves de gnôle pour fournir du désinfectant. Le moral, chez tous ces jeunes hommes, était au beau fixe. Le mont, par certains aspects, ressemblait à une immense kermesse. Les chefs, tenus au courant par des contacts extérieurs, étaient toutefois inquiets. Ils savaient que les Allemands mobilisaient de nombreuses troupes dans la région, notamment des compagnies d'Azerbaïdjan et des Tatars de la Volga, de la brigade Jesser. Soit près de deux mille cinq cents hommes bien équipés et renforcés d'éléments blindés. Des soldats spécialisés dans la lutte contre la résistance, qui avaient acquis dans les régions Auvergne et Limousin une terrible réputation de sauvagerie. Le colonel Gaspard préférait taire cette information.

— Ça ne sera pas une partie de rigolade, avait prévenu Austremoine. Il faut s'attendre à avoir de la casse chez nous.

— Nous leur en ferons voir encore plus. Ils ne savent pas encore à qui ils ont affaire, les frisés, lançaient les plus fanfarons en levant leurs armes au-dessus de leur tête.

— Alors il faut s'entraîner, avait ordonné Robert en saisissant sa mitraillette. Tout le monde dehors, et au trot !

Le groupe fit le nez et sortit en râlant, peu enclin à arpenter la campagne pour s'exercer au combat sous une pluie battante qui tombait depuis la fin de la nuit.

— Bougez-vous, les gars ! Le jour où les boches vont attaquer, on n'est pas sûrs qu'il fasse grand soleil.

Robert, malgré son jeune âge, était l'un des plus motivés. Ses résultats au fusil en faisaient le meilleur tireur de la compagnie. Étonné par son aptitude au commandement, Austremoine en avait fait son adjoint militaire. Les exercices de tir et de combat se succédaient toute la journée, entrecoupés par des formations à la manipulation des explosifs et détonateurs reçus par pleines caisses de Londres. Le Dr Devin passait de groupe en groupe pour donner des notions de premiers soins. Puis, le soir, dans chaque village et hameau où s'étaient implantés les résistants, les habitants organisaient une petite fête, avec quelques bouteilles de vin et un accordéon. Au fond des granges naissaient parfois des amourettes avec les filles du cru. Des petites histoires que les pères voyaient d'un mauvais œil. Par sécurité, un grand nombre de villageois quittaient chaque jour les villages et hameaux du mont, par peur des combats à venir. Ils laissaient toutefois quelques-unes de leurs bêtes pour nourrir les maquisards. En contrepartie, l'état-major FFI leur distribuait des bons de réquisition qui leur permettraient, une fois la guerre finie, d'être indemnisés.

XXII

La radio de Gisèle grésillait sur la table de la cuisine, entre deux piles de linge à repasser et une bouteille de vin blanc déjà bien entamée. Après les premières notes de la *Cinquième Symphonie* de Beethoven, le speaker égrainait les messages personnels pour la résistance.

— Je ne sais même pas pourquoi j'écoute ça, déclara la logeuse, de toute façon je n'y comprends rien. Peut-être que cela me rassure.

Pierre, invité à partager un apéritif après sa journée de travail, passait un moment chez sa logeuse. Il avait posé sur la table la boîte de médicaments promise pour calmer un mal de dos qui la faisait de plus en plus souffrir. En dégustant son verre à petites lampées, il écoutait lui aussi d'une oreille distraite les phrases codées qui voyageaient sur les ondes depuis l'Angleterre : « *La mercière a vendu tous ses boutons. Il y a le feu à l'agence de voyages, inutile de s'y rendre. Les sanglots longs des violons de l'automne, je répète, les sanglots longs des violons de l'automne, blessent mon cœur d'une langueur monotone, je répète, blessent mon cœur d'une langueur monotone.* »

— Tiens, du Verlaine, annonça Pierre, féru de poésie. Il est rare que l'on énonce les œuvres de nos grands auteurs.

Gisèle haussa les épaules en portant le verre à sa bouche.

— Ça ou autre chose, pour nous autres c'est tout autant incompréhensible.

Elle leva les yeux sur le calendrier épinglé sur un mur de la cuisine. Elle soupira.

— C'est l'anniversaire de mon pauvre Louis, aujourd'hui. Il aurait eu soixante-deux ans. Au moins, il ne l'aura pas vue, cette foutue guerre, c'est toujours ça. Il en aura eu assez avec la première, mon pauvre homme.

Elle caressa d'un geste tendre la photo de son défunt mari en tenue de poilu de la Grande Guerre.

— Je vous ai dit, docteur, que mon Louis a été décoré ? Il en était bien fier, d'arborer sa médaille, lors des commémorations du 11 Novembre.

Le feuillet du calendrier, sur lequel un chaton blanc et noir jouait avec une pelote de laine, marquait la date du mercredi 7 juin 1944.

Ils étaient bien loin de se douter qu'au même moment, près de cent cinquante mille hommes, de quinze nationalités différentes, par la mer ou par les airs, s'approchaient des plages normandes.

Pierre ouvrit ses volets sur une journée radieuse. Il leva les yeux sur un ciel bleu sans nuages dans lequel voletaient des nuées de pigeons, puis s'étira longuement en remplissant ses poumons d'air frais. Une marchande de quatre saisons passa sous sa fenêtre en peinant entre les bras d'une petite charrette chargée de cageots de légumes. Il jeta un coup d'œil à sa montre. Elle marquait à peine sept heures. Il prit le temps de faire un brin de toilette en sifflotant un air à la mode et d'avaler son premier café. L'eau de toilette à l'essence de chèvrefeuille, celle que Veronika appréciait particulièrement, lui brûlait les joues, rasées de frais. Une fois prêt, il décida de faire un détour par la place de la République et de flâner un moment à une terrasse pour un café supplémentaire. Il savait que le vendredi, la patronne du petit bistrot qu'il fréquentait de temps en temps agrémentait les tasses d'un délicieux petit gâteau sec.

Les terrasses étaient étonnamment remplies à cette heure, comme si toute la population issoirienne s'y était donné rendez-vous. Les clients parlaient à voix basse, s'interpellaient de table en table, ponctuant leurs phrases de grands gestes. Des attroupements se formaient sur les trottoirs. Les sourires barraient les visages. Pierre interrogea la serveuse, une jeune fille d'une vingtaine d'années fraîche et jolie, qui déposait la tasse devant lui.

— Mais que se passe-t-il ce matin, Aurélie ? Les gens me semblent bien agités !

— Comment, vous n'êtes pas au courant ? Vous devez bien être le seul ! Les alliés ont débarqué hier matin en Normandie. C'est une nouvelle extraordinaire ! La guerre va bientôt finir !

Il fixait en souriant le liquide fumant devant lui. Jamais une nouvelle ne l'avait rendu si heureux. Il avait envie de crier sa joie. Les Anglo-Américains avaient enfin mis le pied sur le sol français et ouvert un second front. Près de lui, un ouvrier en bleu de travail extirpa de sa poche un tissu aux couleurs du drapeau français.

— Bientôt on pourra le remettre partout, annonça-t-il, et on foutra tous les boches dehors à coups de pied au cul !

Il esquissa un pas de danse.

— T'as encore le temps, lui répondit un autre, c'est pas encore demain qu'ils vont arriver ici. Cache ça pour l'instant, mon gars, les frisés sont toujours là, et ça va les rendre nerveux.

Le drapeau improvisé retourna prestement au fond de la poche.

— Oui, mais ce jour-là… maugréa l'ouvrier.

Le faux café d'orge, en ce matin particulier, parut presque bon à Pierre. Sa tasse bue et le petit gâteau rapidement avalés, il prit en sifflotant le chemin de l'hôpital.

Le personnel du service lui aussi commentait la nouvelle. L'ambiance était particulièrement joyeuse dans la tisanerie.

— Et les Américains sont rentrés aussi dans Rome il y a trois jours de cela, commenta Eugène tout sourire en levant sa tasse de café. C'est le début de la débandade pour les boches !

Les infirmières présentes, avec Simone, applaudirent. Eugène se retourna vers l'infirmier allemand :

— Je suis désolé, Hans ; quand je parle des boches, je ne dis pas ça pour toi.

— Ne t'inquiète pas, Eugène. Je suis content pour vous. Et ça veut dire que peut-être je pourrai bientôt rentrer chez moi. Et crois-moi, les Américains n'auront pas à me botter le cul, comme tu dis, pour que je file tout droit à la maison. Je crois que j'y arriverai bien assez vite tout seul !

Le brancardier lui tapa amicalement sur l'épaule.

— C'est vraiment tout ce que je te souhaite, mon gars. S'ils étaient tous comme toi, elle n'aurait jamais eu lieu, cette guerre.

— Alors je bois à la paix, lança l'infirmier allemand en levant sa tasse.

— À la paix, reprirent les autres.

Les patients aussi étaient heureux. Ils s'interpellaient de lit en lit, oubliant pour un moment leurs maux et leurs douleurs.

Veronika avait l'air soucieux. Deux compagnies stationnées à la caserne de Bange se préparaient fébrilement à partir vers le nord pour rejoindre le front où la bataille de Normandie avait commencé.

— Pour le moment, expliquait-elle à Pierre, je ne suis pas prévue pour un départ. Mais que se passera-t-il dans les jours prochains ? Mon Dieu, je n'ose même pas y penser.

Pierre prit la jeune femme dans ses bras.

— Je ne te laisserai pas partir vers une mort certaine. Il faudra que tu te caches. Je trouverai des gens sûrs chez qui tu pourras te réfugier si le besoin s'en fait sentir.

— Ça me fait horriblement peur. Tu sais que les déserteurs sont immédiatement fusillés, ou même parfois pendus, sans autre forme de procès.

Il la serra un peu plus contre lui.

— Je ne laisserai pas faire ça.

Galvanisés par la nouvelle du débarquement, les résistants restés à Issoire, prenant tous les risques, sortaient de l'ombre. Dans la soirée du 8 juin, deux soldats allemands, en patrouille autour de la gare, avaient essuyé des tirs. L'un d'eux était mort sur le coup. L'autre, gravement blessé, fut hospitalisé dans le service de Pierre. Il décéda le lendemain, malgré les soins attentifs de Veronika. Le jour suivant, ce fut une grenade lancée sur un véhicule. Elle rata sa cible et ne fit aucun blessé. Seules quelques vitres dégringolèrent.

La population était inquiète. Et si les Allemands, en représailles, prenaient des otages ? Depuis le début de la guerre, la ville d'Issoire y avait échappé, mais tout le monde savait qu'ailleurs, de nombreux otages innocents avaient été fusillés suite aux actions des maquisards. Les Issoiriens, de nouveau, évitaient de sortir quand cela n'était pas nécessaire. Impossible également d'aller se ravitailler en nourriture dans les villages voisins. Tous les contrôles sur les routes avaient été renforcés et les soldats se révélaient particulièrement nerveux.

— Ton *Ausweis* a été annulé, annonça Veronika, tu dois me le remettre, j'ai ordre de le rendre à la *Kommandantur*.

Pierre farfouilla dans son portefeuille et lui tendit le sésame.

— Je suis désolée, reprit-elle, toutes les sorties de la ville sont désormais interdites. Et tes amis résistants vont devoir se passer de toi.

— Ce n'est pas une bonne nouvelle pour ceux qui seront blessés.

Il se retourna face à la fenêtre ouverte de son bureau.

— Ils devraient pourtant comprendre qu'il est trop tôt pour agir, les alliés sont encore loin. Ils ne sont même pas encore sortis de Normandie. Et je pense que l'Auvergne est loin d'être leur priorité.

Veronika s'approcha de Pierre. Elle passa ses bras autour de sa taille et posa sa tête sur son épaule.

— Tu as promis d'être là pour me protéger quand la garnison quittera Issoire. Mais pour cela il faut que tu restes en vie. Promets-moi que tu seras très prudent.

Il la serra à son tour contre lui.

— Bien sûr que je te le promets. Et de toute façon, je n'ai plus les moyens de sortir de la ville. Que veux-tu qu'il m'arrive dans cet hôpital ?

— Je ne sais pas, j'ai tellement peur de te perdre !

XXIII

La porte de la grange s'ouvrit avec fracas sur un officier du maquis.

— Je vous transmets les ordres de l'état-major, dit-il en s'avançant dans la pièce en direction d'Austremoine. Les Allemands se regroupent et sont sur le point de nous attaquer. Vous avez ordre de couvrir la route qui vient de Ruynes. Exécution immédiate !

Le messager, sans autre explication, était reparti dans sa voiture aussi vite qu'il était arrivé. Le groupe, sans attendre les ordres de son chef, se préparait déjà. Les hommes enfilaient silencieusement leur veste et bourraient leurs poches de munitions. Des bandes de cartouches pour les mitrailleuses s'empilaient dans des seaux ou autour du cou des servants. On pendait des chapelets de grenades aux ceintures. D'autres, nerveusement, vérifiaient le bon fonctionnement des culasses, graissées de frais.

— Vous connaissez tous vos emplacements, cria Robert, rejoignez-les immédiatement. Consignes inchangées. Vous ouvrez le feu seulement quand vous m'entendez tirer. Économisez les munitions.

Ils acquiescèrent en silence.

Par groupes de deux ou trois, les maquisards rejoignirent leurs postes une centaine de mètres en avant du village. Répartis de chaque côté de la route, ils avaient une vue dégagée vers le hameau de la Brugère et le débouché de la forêt, derrière laquelle se trouvait le village de Ruynes.

Le soleil était déjà haut dans le ciel. Il faisait chaud. À l'abri dans leurs emplacements, les hommes attendaient, tendus. Robert et Austremoine, se déplaçant accroupis, passaient voir chacun, leur rappelant les consignes. Les hommes étaient extraordinairement calmes. L'envie d'en découdre avec l'occupant qui avait tué tant des leurs, ainsi que leur haine, étaient plus fortes que la peur.

Des bruits de rafales se répercutèrent dans la vallée, semblant venir du village de Ruynes. Les doigts crispés sur les queues de détente, les maquisards scrutaient les débouchés de la forêt.

— Ce sont sûrement des gars à nous qui sont au contact de l'ennemi, conclut Robert. Ça tire beaucoup, ils ont dû se faire accrocher sec. En tout cas, ça va ralentir un peu les Allemands.

À aucun moment il ne soupçonna que dans le bourg, les hommes de Jesser fusillaient sans raison les habitants désarmés.

— Ça y est, ils sont là, à l'orée du bois ! cria un homme, plusieurs dizaines de minutes après que les tirs se furent calmés.

Les culasses claquèrent dans un ensemble presque parfait.

Deux automitrailleuses sortirent du couvert des arbres. Elles roulaient au pas en empruntant la route tortueuse et encaissée qui montait vers le petit village de Clavières. Derrière les blindés, les casques brillaient sous le soleil. De temps à autre, les attaquants tiraient des grenades à fusil incendiaires pour couvrir leur progression. Quelques arbustes brûlaient çà et là et des panaches de fumée s'élevaient dans le ciel clair.

— Ne gaspillez pas les munitions, répéta Austremoine, laissez-les approcher encore.

Robert rejoignit le trou où s'étaient postés Petit-Jean et le tireur au fusil-mitrailleur. Celui-ci, l'œil collé à son viseur, attendait avec impatience le moment où il allait pouvoir venger son frère aîné, tué à Aurillac quelques mois auparavant. Il semblait extrêmement concentré. De la sueur coulait sur son front.

— Attends encore un peu, André, pas encore, murmura Robert. C'est trop tôt. N'oublie pas, surtout : que des rafales courtes et bien ajustées.

— Ne t'inquiète pas, Robert, répondit le tireur sans décoller sa joue de l'arme, je vais les faire danser.

Les véhicules arrivaient presque aux premières maisons de Brugère. Ils entendaient distinctement les officiers crier des ordres à leurs hommes. Robert lui tapa l'épaule.

— Maintenant !

Le fusil-mitrailleur d'André lâcha sa première rafale. Tous les maquisards tirèrent à leur tour, faisant éclater un bruit d'enfer sur la colline. Un peu plus bas, trois hommes tombèrent. Les autres, instinctivement, s'étaient couchés à terre. Les fusils répondaient aux fusils. À quelques mètres de Robert, un jeune maquisard, à genoux sur la banquette de tir, vidait ses chargeurs de Sten en chantant *La Marseillaise* à tue-tête.

— Couche-toi, idiot ! lui cria Robert.

Les deux blindés mêlèrent leurs voix à l'orage d'acier, labourant les postes de combat. Le jeune résistant qui chantait la seconde d'avant, atteint en pleine poitrine, tomba à la renverse et mourut sur le coup. Petit-Jean fut atteint par un éclat d'obus. Grièvement blessé, il tira encore plusieurs coups en serrant les dents avant d'être évacué vers l'arrière.

D'autres Allemands débouchèrent de la forêt. Les maquisards subissaient maintenant un feu nourri. Ils baissaient la tête pour éviter la grêle de balles qui sifflait au-dessus de leur tête. Austremoine, en plusieurs bonds, avait rejoint son adjoint militaire.

— Il faut résister encore un peu, mais on ne tiendra pas longtemps, ils sont trop nombreux.

Une grenade à fusil, bien ajustée, explosa dans un emplacement de combat. Deux résistants furent instantanément déchiquetés. Au même moment, un tir de bazooka atteignit l'un des blindés qui bascula dans un fossé profond.

— Hourra, crièrent les hommes, un de moins !

Les Allemands, rendus furieux par la perte d'un véhicule, augmentaient leur pression. Plusieurs maquisards supplémentaires furent tués, et beaucoup d'autres blessés. De nombreux Allemands tombèrent également. Les résistants, férocement, rendaient coup pour coup.

— On décroche ! hurla Austremoine en agitant les bras pour être vu de tout le monde. Vers la crête !

Les maquisards quittèrent leurs emplacements en courant, le buste baissé pour éviter les balles qui labouraient la terre autour d'eux, soulevant des gerbes de terre. D'autres hommes encore furent blessés au cours de l'ascension. Le groupe d'Austremoine se réduisait de minute en minute.

Robert, hors d'haleine, se jeta dans un trou préparé au pied d'un sapin. Les attaquants, dans leur élan, avaient atteint les premières maisons du village, qu'ils criblaient de balles. Des grenades furent jetées à travers les fenêtres. Les habitants qui n'avaient pas eu le temps de s'enfuir, surpris par l'attaque soudaine, s'étaient réfugiés dans les caves. Un cri s'éleva des postes des maquisards :

— Mais, nom de Dieu, qu'est-ce qu'il fout celui-là ? Il va se faire flinguer !

Robert écarquillait les yeux, incrédule. Le maire de Clavières, ceint de son écharpe tricolore, était sorti de sa maison et s'avançait vers un groupe de soldats, qui le mit instantanément en joue.

— Je suis le maire, criait-il en levant les bras en l'air. Épargnez les habitants ! Ce sont des gens innocents, ils ne combattent pas !

Les soldats lui firent signe de reculer. Il continuait malgré tout à avancer, en agitant au-dessus de sa tête un linge blanc planté sur un bâton. Une rafale le tua net. Le four du village, incendié, noyait la petite bourgade dans une fumée épaisse et noire. Les Allemands prirent possession du village, arrêtant pour un moment leur progression. Quelques grenades éclatèrent dans les habitations. On entendit des cris de femmes.

— Bon Dieu ! s'écria un résistant, ils vont massacrer tout le monde ! Faut y aller !

Robert le rattrapa de justesse alors qu'il s'apprêtait à sauter hors du trou pour se ruer vers le village.

— Reste ici, Jacques, tu vas te faire tuer pour rien. On ne peut malheureusement plus rien pour eux.

Le jeune homme s'effondra, en pleurs.

Un avion de reconnaissance tournoya un moment au-dessus de la colline. Quelques rafales le forcèrent à s'éloigner.

— On dirait qu'ils en ont assez, jugea Austremoine. Profitons-en pour renforcer nos positions. Du renfort devrait arriver bientôt.

Le calme, avec la nuit qui tombait sur les montagnes, revint un peu.

XXIV

Le matin sentait bon. Des fragrances de printemps descendaient des collines dans les rues d'Issoire. Pierre s'engagea dans l'escalier qui menait à son service. En se dirigeant vers la tisanerie pour son second café de la matinée, il salua en passant les filles de salle qui nettoyaient les chambres. Simone était assise devant un bol de lait fumant dans lequel elle trempait un morceau de pain.

— Bonjour, docteur Neveu. Vous semblez en forme, ce matin.

— J'ai plutôt bien dormi, voilà longtemps que cela ne m'était pas arrivé.

Pierre se servit une tasse et s'assit près d'elle.

— La nuit a été calme ?

— Rien à signaler depuis hier soir. Le service est plutôt tranquille en ce moment. Même nos Allemands ne font pas parler d'eux. On dirait qu'ils se font oublier pour ne pas partir vers la Normandie.

Simone prit le temps d'avaler une lampée de café.

— Par contre, le Dr Steiner m'inquiète un peu. Je la sens très préoccupée. Elle a perdu de son sourire. Je la trouve même un peu pâlotte.

Pierre soupira.

— Effectivement, rien ne vous échappe. (Il prit un temps avant de continuer.) Il devient évident que les Allemands sont en train de perdre la guerre. Un jour, ils devront quitter Issoire. Soit de plein gré, soit par la force. Et Veronika ne tient pas à les suivre.

Simone posa le bol qu'elle tenait dans ses mains.

— Serait-elle prête à déserter ?

— Tout à fait. Elle espère rester à Issoire. C'est son choix.

Pierre sourit légèrement.

— C'est notre choix à tous les deux, rectifia-t-il.

— C'est une belle histoire, et si romantique ! sourit-elle.

— Mais ce serait bien qu'elle reste assez... confidentielle.

Simone reprit une gorgée et retint un petit gloussement.

— Pour ce qui est de la confidentialité de votre relation, je crains que cela ne soit plus un secret pour grand monde dans le service. Toutes les filles ont vu votre attitude quand le Dr Steiner a été blessée. Ce n'était pas celle d'un simple médecin, ni d'un collègue de travail. Personne n'est dupe. Mais ce n'est pas toujours évident de cacher ses sentiments, je vous le concède. Mais ne vous inquiétez pas, reprit-elle en faisant tourner sa tasse dans la main pour rassembler les dernières gouttes. J'ai pris les devants en avertissant tout le service. Si cette information venait à sortir d'ici, les personnels le paieront très cher.

L'infirmière-chef se mit à rire.

— Vous savez qu'ils ont tous peur de moi, même Eugène avec son mauvais caractère, reprit-elle. Je sais que derrière mon dos ils me surnomment « le dragon ». Voyez-vous ça !

— Je vous jure, mademoiselle Lacour, que ce n'est pas justifié.

— Oh ! Bien sûr que si ! Et tant mieux ! Pour commander à une équipe, il faut une autorité sans faille. Je dirai même qu'il faut inspirer une certaine crainte. Et je vous assure que ce n'est pas toujours facile. Ils me voient sûrement plus forte que je ne le suis en réalité.

Simone ne put s'empêcher d'avoir une pensée pour Francis, déporté en Allemagne, et qu'elle ne reverrait sans doute jamais. Elle chassa cette pensée, pour ne pas avoir à pleurer devant son chef. Pierre, perdu dans ses pensées, noyait son regard dans le fond de sa tasse.

— Il y a une chose qui me tracasse, dit-il, je voulais vous en parler depuis un moment.

— Je vous écoute.

Il prit une grande inspiration avant de parler :

— Vous qui êtes très impliquée dans la résistance, cela ne vous gêne pas que je sois avec une Allemande ? Je pourrais être considéré comme un traître, voire un collaborateur.

Simone soupira. Elle repoussa son bol vers le centre de la table et s'essuya le coin des lèvres.

— Oui, c'est vrai, le Dr Steiner est une Allemande. Mais c'est une bonne personne. Elle a prouvé à de multiples reprises qu'elle est digne de notre confiance. Rien à voir avec les barbares qui assassinent les nôtres.

Pierre posa sa main sur celle de Simone.

— Je vous remercie de ce que vous dites.

— Je sais que vous avez peur pour elle, docteur. Quand viendra le moment, je vous promets que nous lui apporterons toute l'aide nécessaire pour la protéger et la cacher. Vous avez très bien fait de m'en parler. Je vais me débrouiller pour que des dispositions soient prises en ce sens, ne vous inquiétez pas.

Le médecin leva vers elle un regard rempli de gratitude.

— Vous êtes décidément une personne précieuse, Simone (il l'avait sans s'en rendre compte appelée par son prénom), et je ne sais pas si je pourrai vous remercier un jour pour tout ce que vous faites.

— Pour tout ce que vous avez fait également, ce n'est vraiment que la moindre des choses.

Elle consulta la petite montre dorée qui pendait à la poche de sa blouse.

— Avec tout ça, je vais être en retard. J'en connais qui vont se la couler douce si le dragon ne traîne pas dans les couloirs !

XXV

Les résistants, craignant une attaque de nuit qui ne vint pas, n'avaient pas dormi, sursautant chaque fois qu'une grenade éclairante illuminait le ciel ou qu'une branche morte craquait sous une chaussure. Un officier de liaison de la maison forestière était venu annoncer que l'attaque de la veille s'était produite dans tous les secteurs à la fois et que l'on avait perdu beaucoup de monde.

— La journée de demain sera difficile, avait-il continué. Le colonel Gaspard demande que les groupes résistent le plus possible. Nos renforts ont été engagés partout, je n'ai personne d'autre à vous envoyer. À vous seuls de faire le boulot, tant que vous le pourrez. Mais inutile de vous sacrifier inutilement.

— Et après ? avait demandé Austremoine. Quels sont les ordres ?

— Pour ceux qui le peuvent, regroupement au réduit de la Truyère. Pour les autres, que Dieu les garde.

Les Allemands s'étaient regroupés. Une colonne de renforts était arrivée dès le lever du jour avec un canon. Ils installaient des mitrailleuses à l'orée du village, bien protégées derrière des murets.

— On résiste tant qu'on peut, commanda Robert en passant dans les emplacements préparés à la hâte. Mais pas de risques inutiles.

Les tirs reprirent en milieu de matinée. Sous la protection des armes lourdes qui labouraient la colline, les Allemands montaient à l'assaut de la pente. Les rafales françaises, tirées depuis des points hauts, gênaient toutefois leur progression. Quelques soldats tombèrent. Surpris par la forte résistance des maquisards, les Allemands paraissaient hésiter.

— Continuez comme ça, les gars ! cria Austremoine.

Les maisons de Clavières, jusque-là épargnées, se mirent à brûler, incendiées par la troupe. D'une grange remplie de foin, s'élevaient des flammes de plusieurs dizaines de mètres de hauteur, dont la fumée plongeait le village dans un épais brouillard et masquait les montagnes. Un des jeunes maquisards juifs, qui passait auprès de ses camarades pour leur apporter de l'eau, fut touché par une balle. Malgré les soins qu'on lui apporta immédiatement, il décéda quelques minutes plus tard, en chuchotant une prière en hébreu.

Les tirs se calmèrent de nouveau en fin de matinée.

— Ils sont en train de se regrouper, jugea Austremoine. Cette première fusillade, c'était juste pour évaluer notre résistance. On va faire face maintenant à une attaque en force. Préparez-vous.

Les hommes, conscients de leur infériorité, promirent de résister jusqu'à la dernière limite, en comptant les munitions qui commençaient à manquer.

Le chef avait vu juste. Un feu d'enfer, tiré de toutes les armes, balaya les pentes tandis que les troupes, derrière le feu roulant qui les protégeait, montaient à l'assaut par bonds. Les résistants répondirent de leur mieux en ajustant leur tir, accusant quelques blessés de plus dans leurs rangs.

— On ne tiendra pas, décidèrent les deux chefs, la mort dans l'âme. On décroche !

— Et merde, cria Robert en frappant la terre du poing.

Il lâcha rageusement quelques rafales vers les assaillants.

— Prenez ça, bande de salauds !

Près de lui, un jeune maquisard pleurait de rage. Les détonations des grenades ennemies se rapprochaient dangereusement et les postes devenaient intenables. Rester équivalait à un véritable suicide. Les résistants quittaient en courant leurs emplacements pour atteindre le haut de la colline, suivis par les ricochets des balles sur les troncs.

Austremoine rassembla les hommes qui lui restaient et fit un compte rapide. Plus de la moitié se trouvait désormais hors de combat.

— C'est foutu pour le moment. Si on reste là on est tous morts. On rejoint la Truyère par petits groupes. Si ce n'est pas possible, on se sépare et on essaie de rejoindre Fridefont.

Des maquisards pleuraient de rage. Tout autour du mont la bataille battait son plein. L'état-major de la maison forestière était presque encerclé. Nul doute que les Allemands, dans un dernier assaut, se rendraient partout maîtres du Mont Mouchet. Un peu plus bas, du village de Clavières, ne subsistèrent plus bientôt que des ruines calcinées. Les autres villages, que l'on devinait derrière les collines, brûlaient également. Des panaches de fumée noire obscurcissaient le ciel, dans lequel apparurent des avions de reconnaissance à croix noire qui guidaient les troupes au sol.

XXVI

— SALES JOURNÉES pour la résistance, ils ont perdu beaucoup de jeunes gens, se désola Pierre.

Il avait fini ses consultations et prenait une pause dans son bureau avant de classer les dossiers médicaux amoncelés devant lui. Veronika l'avait rejoint.

— Oui, je sais. Gartner organise même une petite fête ce soir à la *Kommandantur* pour arroser ça.

Pierre baissa la tête.

— Mon Dieu, une fête. Comme si tous ces morts allaient changer quelque chose. Des morts pour rien. Pourquoi diable tous ces jeunes gens sont-ils allés affronter les soldats ? C'est parfaitement inconscient ! Il suffisait d'attendre que les alliés arrivent.

Son regard se perdit vers le plafond. Il soupira.

— Et la meilleure, reprit Veronika, c'est que je suis invitée. Et toi aussi.

Pierre fixa la jeune femme, interdit.

— Comment ? Et en quel honneur ?

— Moi en tant qu'officier, c'est logique. Et toi, Gartner veut te remercier de ce que tu fais pour nos soldats hospitalisés. N'oublie pas qu'ils sont persuadés que tu as fait de ton mieux pour m'apporter ton aide. Et éviter une épidémie mortelle de rubéole, ne l'oublie pas !

— Et pourquoi pas Verger ? Après tout, c'est lui le directeur de cet hôpital, non ?

— Ton supérieur s'en est tiré avec une pirouette, en prétextant une crise de goutte qui le cloue dans son fauteuil.

Pierre se leva de son bureau, qu'il frappa du plat de la main. Un dossier glissa à terre, éparpillant ses feuillets sur le parquet.

— C'est totalement hors de question ! grogna-t-il, furieux. Je refuse de me prêter à cette mascarade.

Il s'approcha de la fenêtre et plongea son regard vers le parc, les poings serrés dans ses poches. Veronika se leva à son tour et s'approcha de lui.

— Je comprends ta colère, elle est légitime. Mais tu n'as pas le choix. Gartner pense qu'il te fait un honneur en t'invitant. Ton absence serait considérée comme un véritable affront, et ce ne serait vraiment pas prudent.

Pierre ne répondit pas.

— Cet homme est un fou furieux, continua-t-elle. Il est imprévisible. La semaine dernière, il a fait muter un lieutenant et toute sa section sur le front de l'Est parce qu'il avait deux minutes de retard à une réunion !

Le médecin continuait à se murer dans son silence.

— Pierre, je t'en prie ! Pense à nous !

Il se retourna doucement.

— Bien sûr que j'y pense, ma chérie, je ne pense même qu'à ça, tu peux me croire. (Il haussa les épaules en soufflant.) Tu as peut-être raison, il faut sûrement que j'y aille. Ce n'est vraiment pas de gaieté de cœur.

Il posa un baiser sur les lèvres de Veronika.

— Mais je te préviens, je ne ferai pas le salut nazi !

Elle se mit à rire.

— N'aie crainte, personne ne te le demandera.

— Je vais quand même faire passer l'information à la résistance. Je ne voudrais pas qu'ils croient que je collabore avec ce Gartner !

Pierre hésitait à entrer dans l'hôtel de la Poste. Ses jambes tremblaient légèrement. Il ne pouvait oublier les heures d'angoisse vécues dans les caves du bâtiment, s'attendant à être torturé. Dix-neuf heures sonnèrent à l'abbaye.

— Allez, Pierre, courage, il faut y aller, se dit-il, tu n'as pas vraiment le choix.

La mort dans l'âme, il se présenta devant la porte vitrée à double battant. Les deux sentinelles s'écartèrent pour le laisser passer. Un jeune officier quitta un petit bureau dans le hall et s'approcha.

— Monsieur ?

— Je suis le Dr Pierre Neveu, invité par le colonel Gartner.

Le jeune officier parcourut une liste de noms et lui indiqua l'escalier.

— Au premier étage, sur votre gauche. La salle de réception est au bout du couloir, *Herr Doktor.*

La vaste salle était déjà remplie d'officiers. Une forte odeur de tabac empuantissait l'air. Sous l'immense portrait du chancelier allemand qui surveillait la salle d'un air sévère sous des sourcils froncés, des tables recouvertes de draps blancs supportaient des pyramides de flûtes à champagne, des rangées de bouteilles d'alcools différents, ainsi qu'une quantité impressionnante de plateaux garnis de petits fours. Pierre triturait nerveusement son chapeau. Dans un coin de la pièce, quelques civils en costume, probablement des élus, estima-t-il, discutaient avec des officiers de la Milice.

— Ah ! Vous voilà enfin, docteur Neveu, je suis heureux et honoré que vous ayez accepté mon invitation.

Gartner, en uniforme de gala sur lequel pendaient une série de médailles surmontées par la Croix de Fer, lui tendit une main moite et molle que Pierre serra par obligation. Il afficha un sourire de façade.

— C'est un plaisir, et tout l'honneur est pour moi, colonel, mentit Pierre.

L'officier, prenant Pierre par le bras, se retourna vers un groupe d'hommes qui discutaient.

— Messieurs, voici le médecin qui s'occupe si bien de nos soldats. Comme quoi les Français ne sont pas tous si mauvais. Et c'est grâce à lui, je tiens à le préciser, que notre garnison n'a pas été décimée par une terrible épidémie. Notre sauveur, en quelque sorte.

Les militaires, en riant au bon mot, lui adressèrent en chœur un signe de tête que Pierre leur rendit. Un soldat en veste blanche lui apporta une coupe de champagne.

— Vous n'êtes pas sans savoir, reprit Gartner, que nous avons remporté une grande bataille contre les terroristes récemment. Voilà qui devrait calmer leurs ardeurs pour un moment. Qu'en pensez-vous, cher ami ?

Pierre sentit de la sueur froide couler le long de sa colonne vertébrale. Le visage bouffi du colonel le fixait.

— C'est effectivement une belle victoire de vos troupes, colonel, je vous en félicite.

Gartner désigna du doigt le grand portrait sur le mur.

— Et le Führer nous promet que les alliés seront bientôt rejetés à la mer. Notre victoire sera totale, et l'Europe sera définitivement à nous.

Il serra fortement le bras du médecin. Quelques gouttes de champagne éclaboussèrent le sol.

— Ensemble nous créerons un monde nouveau, débarrassé de la vermine juive et bolchevique ! Un empire de mille ans, dominé par la grande Germania !

Les yeux de l'officier fixaient le tableau comme une icône, les yeux brillants. *C'est un illuminé*, pensa Pierre, *un national-socialiste pure souche, un fanatique de la pire espèce baigné dans la propagande nazie*. Il se força à sourire. Gartner l'abandonna subitement pour s'éloigner vers un autre groupe d'officiers, le plantant au milieu de la salle. Le médecin se sentit un peu seul et incongru au milieu de tous ces hommes en uniforme, dont il ne comprenait pas un traître mot des conversations. Il les regardait s'esclaffer en avalant d'un trait leur coupe de champagne, que des serveurs zélés remplissaient aussitôt. Il reconnut sur le col de l'un d'eux les éclairs argentés de la SS. Un homme qui paraissait insignifiant, que l'on aurait pu croiser dans la rue sans le remarquer. Un simple ouvrier chez lui, ou un boutiquier peut-être. En tout cas quelqu'un qui ne semblait pas plus cruel qu'un autre, un homme ordinaire, mais qui maintenant, à la faveur de cette guerre, avait le pouvoir de torturer et d'envoyer des familles entières vers la mort en toute impunité. Et qui vraisemblablement ne s'en privait pas. *Comment cette guerre a-t-elle pu engendrer de tels monstres ?* pensa Pierre. *Pourquoi en est-on arrivé à de telles extrémités ? Par quelle terrible et implacable logique ?*

Dans un coin de la pièce, un jeune soldat en tenue, que personne n'écoutait d'ailleurs, jouait une valse sur son accordéon, couverte par le brouhaha des conversations qui se perdaient sous les lambris du plafond.

Pierre était toujours perdu dans ses considérations, quand il sentit qu'on lui touchait l'épaule.

— J'espère que vous passez une bonne soirée, *Herr Doktor.*

Veronika, sanglée dans sa tenue de lieutenant de la Wehrmacht, lui souriait. Elle avait sagement rassemblé ses cheveux en un chignon serré qui faisait ressortir son beau visage ovale et ses magnifiques yeux bleus. Des militaires se retournaient sur elle, des étincelles d'envie dans les yeux. Pierre feignit de ne pas voir les regards lubriques qui la déshabillaient.

— Cette soirée est tout simplement exquise, *Frau* Steiner, répondit-il sur un ton ironique. J'ai eu droit à une belle leçon de politique national-socialiste de la part de notre hôte, un homme charmant et plein d'humour. Et le champagne, je dois l'avouer, est tout simplement délicieux.

Il se pencha vers elle et baissa la voix :

— En fait, j'aimerais beaucoup être ailleurs. Dans une des chambres de l'étage avec toi, par exemple.

J'en rêve depuis que je suis entré ici. Mais je ne sais pas si ton colonel apprécierait.

La commissure des lèvres de Veronika s'étira en deux charmantes petites rides.

— Cela me paraît une excellente idée, mais difficilement réalisable dans les circonstances. Malheureusement, ceci n'est plus vraiment un hôtel comme les autres.

— Je le sais, j'ai eu l'occasion d'y séjourner quelques heures. Les chambres du sous-sol, à vrai dire, sont plutôt fraîches, et inhospitalières à souhait. Heureusement qu'un ange m'en a délivré.

Un jeune officier s'approcha d'eux d'un pas décidé. Un beau jeune homme, grand et blond, comme ceux que l'on voyait sur les affiches de propagande. Il salua vaguement Pierre d'un geste du menton avant de s'adresser à Veronika.

— Mes camarades, venus de Clermont-Ferrand pour l'occasion, seraient ravis de vous être présentés.

Il désigna de la tête un groupe de tout jeunes officiers qui promenaient des regards avides sur les courbes de la jeune femme. Veronika jeta un regard perdu à Pierre. *Ne m'en veux pas, je suis obligée*, semblaient lui dire ses yeux. Elle soupira.

— Mes obligations militaires me réclament, *Herr Doktor*. Je vous souhaite une bonne fin de soirée.

Pierre la regarda s'éloigner vers les hommes du groupe, qui adressaient à Veronika leurs plus beaux sourires enjôleurs, qui s'entrouvraient sur des dents de carnassiers. On lui tendait déjà une coupe de champagne.

Pierre se sentit subitement horriblement seul, perdu au milieu de ces uniformes qu'il détestait tant. Pour la première fois, un sentiment profond de jalousie l'envahit. *Mais que croient-ils donc, ces jeunes coqs arrogants ? Veronika est à moi. Ne la regardez pas, ne lui souriez pas, cessez de penser que ce soir l'un de vous caressera sa peau si douce dont seul je connais l'odeur et le goût. Je pourrais vous tuer, là, maintenant, de mes seules mains.* Il réprima une envie irrésistible de courir vers elle, de la prendre par le bras et de l'enlever à la concupiscence de ces hommes qui la déshabillaient des yeux de façon indécente. Ses doigts serraient en tremblant le pied de son verre, presque à le briser. Sa respiration et son pouls s'accéléraient. *Je dois partir, tout de suite, quitter cette maudite pièce.*

Il posa sa coupe vide sur un buffet en jetant un dernier regard vers Veronika. Elle lui tournait le dos et riait aux plaisanteries des jeunes hommes. Pierre, sans même songer à prendre congé de son hôte, se dirigea d'un pas nerveux vers la sortie, sans prêter attention à la sentinelle qui lui ouvrait la porte.

La nuit commençait à tomber. Il ouvrit grand la bouche pour remplir goulûment ses poumons d'air frais. Il dut s'appuyer un moment contre un mur, réprimant une envie de vomir. Après avoir repris ses esprits, il se dirigea à grandes enjambées vers le centre-ville quasiment désert. Il lança un juron quand deux chats, surgissant d'une ruelle en feulant, le firent sursauter. Tous les commerçants avaient descendu leur devanture. Les rues vides firent monter en lui un sentiment d'angoisse qu'il ne s'expliquait pas. Il pressa le pas et fut heureux en arrivant enfin devant chez lui. La porte de l'appartement de Gisèle était ouverte.

— Vous m'accompagnez pour un petit verre, docteur ? J'ai dégotté une excellente liqueur de prune dont vous me direz des nouvelles.

— Non merci, madame Fournier, pas ce soir. Je ne me sens pas dans mon assiette.

XXVII

PIERRE AVAIT PASSÉ une nuit détestable, et ses yeux cernés en attestaient. La visite du matin aux patients fut vite expédiée, Alexandre Dupin s'étant occupé un peu plus tôt des cas médicaux qui posaient le plus de soucis. Le reste était de la routine : des traitements à valider, deux bons de sortie à signer, et le compte rendu de la nuit par Simone.

Le médecin reconnut le bruit des talons et le pas léger de Veronika, qui arrivait au bout du couloir. Elle semblait elle aussi fatiguée, avec ses traits tirés et sa peau plus pâle que d'habitude. La fête à la *Kommandantur*, probablement bien arrosée, avait sûrement dû se finir tard.

— Bonjour, Pierre, je ne t'ai pas vu partir hier soir. J'ai été déçue que tu ne me dises pas au revoir. Je t'ai cherché parmi les invités, en vain.

— C'est que tu avais l'air très occupée avec tes amis, je n'ai pas voulu te déranger, répondit-il sans lever le nez de ses écritures.

Le ton était cassant. Veronika blêmit légèrement. Elle referma sèchement la porte du bureau, qui claqua.

— Ce ne sont en aucun cas mes amis. Excuse-moi de te rappeler que je porte un uniforme, et que je n'ai pas pu faire autrement que d'aller saluer ces officiers. Je pensais que tu l'aurais compris.

— Oui, bien sûr, c'est tout à fait normal. En tout cas, tu semblais bien t'amuser en leur compagnie. Leur humour devait être irrésistible.

Veronika le fusilla du regard.

— Alors oui, tu as parfaitement raison de le dire, ils étaient très drôles. Alors oui, j'aurais pu passer la nuit dans les bras de n'importe lequel d'entre eux, si je l'avais voulu. Ils ne demandaient que ça, d'ailleurs. Et avec tous en même temps, pourquoi pas, ajouta-t-elle en guise de provocation, cela ne les aurait nullement dérangés. Et qui sait, c'est peut-être même ce qui s'est passé ?

Les muscles de la mâchoire de la jeune femme tressaillaient. La teinte de ses yeux virait en un bleu plus foncé, presque gris, dans lesquels passait un orage.

— Je te pensais un peu plus intelligent que cela, siffla-t-elle. Je vois que je me suis trompée sur ton compte.

Elle tourna les talons et repartit vers les escaliers.

Veronika ne reparut pas de la journée. Pierre était mortifié. Il s'en voulait terriblement d'avoir été aussi bête. Jamais il n'avait connu un tel sentiment de jalousie. Il ne demandait qu'à s'excuser, à la serrer dans ses bras, à lui dire qu'il ne pensait pas ce qu'il lui avait dit sous le coup du ressentiment.

Les patients l'ennuyaient. Il écoutait distraitement ceux venus le consulter, bâclant les auscultations et rédigeant les ordonnances d'une écriture nerveuse.

Une insignifiante petite erreur valut à une infirmière une volée de bois vert, qu'il regretta ensuite, se promettant de s'excuser auprès d'elle. Les trois verres de vin blanc qu'il avait bus le soir chez Gisèle, en rentrant de l'hôpital, lui tournaient la tête. Il s'endormit, les jambes cotonneuses et l'esprit embrumé.

— Bonjour docteur, le Dr Steiner demande si vous pouvez la rejoindre dans la chambre des Allemands. Elle a un cas pour lequel elle sollicite votre avis.

Simone, les bras chargés des dossiers des patients, repartit rapidement vers le secrétariat.

Pierre posa sa sacoche contre son bureau et passa rapidement sa blouse blanche. Un mal de tête lancinant lui coinçait la tête dans un étau. Il attendait avec une impatience mêlée de crainte le moment de la revoir.

Veronika était penchée sur l'abdomen d'un patient qu'elle palpait consciencieusement.

— Bonjour, docteur Steiner.

Il affichait un sourire timide, comme un enfant pris en faute.

— Bonjour, docteur Neveu, répondit-elle sobrement sans lever la tête.

— L'infirmière-chef m'a dit que tu voulais un second avis ?

Elle adopta un ton très professionnel.

— Ce garçon se plaint de douleurs violentes et continues sous l'abdomen. Je ne trouve rien de flagrant à la palpation. J'ai peur de passer à côté de quelque chose de grave.

Veronika se recula d'un pas pour laisser l'accès libre au malade. Pierre se frotta les mains pour les réchauffer un peu. Il ausculta le malade quelques secondes. Veronika assurait la traduction avec le patient, étonné de se voir pris en charge par un médecin français.

— L'abdomen est souple en effet, sans signes de défense. Je pense à des coliques néphrétiques. Ce n'est heureusement pas bien grave, mais extrêmement douloureux.

Pierre appela Hans, resté respectueusement quelques pas en arrière.

— Faites-lui boire beaucoup d'eau et mettez une compresse sur un bocal à urines. D'ici peu, vous vous apercevrez qu'il éjectera un petit caillou, ou ce qui ressemble à du sable. La douleur cessera peu après. Prévenez le Dr Steiner quand cela arrivera.

Veronika acquiesça.

— Et donnez lui aussi pour l'instant un peu de morphine, ça l'aidera à résister.

La doctoresse expliqua au malade, dans sa langue, le diagnostic de Pierre.

— *Danke Herr Doktor,* répondit le soldat en s'adressant aux deux praticiens.

La douleur aiguë crispait ses traits juvéniles et le faisait se tortiller sur son lit.

Les deux médecins sortirent de la chambre. Pierre prit le bras de Veronika, l'air suppliant.

— Peut-on parler un moment dans mon bureau ?

— D'autres patients m'attendent en bas, dit-elle en se dégageant, et…

— S'il te plaît, Veronika, j'ai vraiment des choses importantes à te dire.

Elle le suivit dans le bureau, ferma la porte derrière elle et s'appuya contre le mur, les mains bien calées au fond des poches de sa blouse.

— Qu'as-tu à me dire ? Après ta scène d'hier, je ne vois pas ce que tu pourrais rajouter de plus.

Pierre était tout penaud.

— Je suis désolé de ce qui s'est passé. C'était d'une incroyable bêtise. Un accès de jalousie totalement inapproprié.

Il posa sa main sur son bras. Veronika ne bougeait pas et continuait à le fixer.

— Tu peux me pardonner ? Que puis-je faire pour que tu ne m'en veuilles plus ?

Veronika gardait son visage sévère.

— As-tu vraiment cru qu'il aurait pu se passer quelque chose avec l'un de ces hommes ? As-tu réellement pensé que j'aurais pu faire l'amour avec quelqu'un d'autre que toi ?

— Non, bien sûr que non. Mais je ne sais pas pourquoi, j'ai eu soudain très peur. Ils étaient beaux, ils te faisaient rire, et ils sont tellement plus jeunes que moi. Je ne comprends pas ce qui m'a pris.

Il baissa tristement la tête.

— Je tiens tellement à toi ! J'ai eu soudainement peur de te perdre. Cette idée me faisait horreur.

Elle le fixa quelques secondes. La tristesse de Pierre l'émut.

— Je confirme que vous êtes un bel idiot, docteur Neveu.

Pierre la fixa, étonné de ce vouvoiement soudain.

— Justement, reprit-elle, tu es un peu plus vieux qu'eux, reprit-elle, et à ce titre tu devrais savoir quand une femme est amoureuse. Et je tiens plus que tout à toi, moi aussi.

— Alors je suis pardonné ?

Elle prit un temps pour répondre, amusée de voir le regard suppliant de son amant et ses yeux de chien battu. Elle laissa passer quelques secondes, pour le punir, puis leva les yeux au ciel.

— Bien sûr, que tu es pardonné. Mais je te préviens, ne doute plus jamais de moi. Plus jamais.

Elle l'attira vers lui pour un long baiser.

XXVIII

Robert et Austremoine, accompagnés de quelques maquisards rescapés, avaient marché en silence toute la nuit en contournant les points de regroupement allemands. Ils en étaient parfois passés si près qu'ils avaient entendu les soldats parler entre eux et chanter, accompagnés d'un harmonica. Ils suivaient depuis un long moment, à travers les fourrés épais, le ruban argenté de la rivière Truyère qui brillait sous la lune pleine. Soudain, ils aperçurent au loin, se détachant sur le ciel bleu noir, les dentelles de fer du viaduc de Garabit, qui brillaient sous la lune.

— On y voit comme en plein jour, pesta Austremoine, ça n'arrange pas nos affaires.

Ils craignaient d'être repérés par les sentinelles postées un peu partout autour du mont. Ils s'arrêtaient souvent, le cœur battant à tout rompre, tendant fébrilement l'oreille quand une branche morte craquait sous leur pied. Le bruit leur semblait énorme. Ils s'accroupissaient alors derrière un buisson, ou un tronc, ou dans un ruisseau boueux, s'attendant chaque seconde à être accueillis par une rafale.

En sueur, les habits tachés de terre à force de s'accroupir dans les fossés, ils arrivèrent exténués devant les premières maisons de Fridefont. Le soleil dépassait à peine au-dessus des monts du Cantal, les faisant vibrer dans des tons de rose et de violet.

— Halte là ! Identifiez-vous ! cria une voix derrière une fenêtre.

La culasse d'une arme claqua, prête à faire feu sur les arrivants.

— Résistance française ! Capitaine Austremoine, ne tirez pas ! cria à son tour le chef résistant.

— C'est bon, avancez.

Deux résistants sortirent de la maison, leur mitraillette en bandoulière.

— Vous venez d'où, les gars ?

— De Clavières, répondit Robert.

— Ici on a des gars qui arrivent de tous les coins du Mont Mouchet, expliqua celui qui semblait être le chef. Mais beaucoup sont déjà repartis. La plupart des gradés ont foutu le camp. On n'a plus d'ordres, c'est un véritable chaos.

— On va se reposer un peu et on avisera, indiqua Austremoine.

Un résistant désigna le centre du village.

— Par là-bas vous trouverez de quoi manger un morceau.

Depuis la veille au soir, une centaine de maquisards avaient réussi à rejoindre le village. Ils se réunissaient par groupes, l'air perdu. Certains faisaient un peu de toilette à la fontaine. D'autres, calés contre un mur, dormaient profondément, leur arme posée sur les cuisses. Dans une grange dont on avait laissé les portes ouvertes, le Dr Devin, qui avait pu s'échapper *in extremis* avec ses deux infirmières, s'occupait à panser les blessés qu'on avait pu traîner jusque-là. Un peu plus loin, deux officiers du maquis se disputaient, chacun voulant s'approprier un vieux camion à plateau. Ils s'étaient empoignés par la veste, prêts à en venir aux mains.

— Ça ne présage rien de bon pour la suite, souffla Robert en désignant du menton les deux gradés. Et la libération, ce n'est pas encore pour demain.

Une habitante, une grand-mère aidée de ses deux petites-filles adolescentes, préparait à manger pour les résistants qui rejoignaient le village. Austremoine et son groupe, réduit à huit, se délectaient d'un succulent civet de lièvre. Deux autres maquisards se joignirent à eux.

— On vient de Lorcières, expliquèrent-ils. On a laissé du monde là-bas. Et ces salauds ont fusillé de nombreux habitants, sans aucune raison. C'est une véritable boucherie. Il paraît que c'est pareil dans tous les autres villages. Des femmes et des enfants, aussi. Quels salauds !

Il cracha par terre, en signe de mépris pour ces soldats sans honneur qui n'étaient en fait que des assassins.

La grand-mère, assise sur une chaise dans un coin de la cuisine, se mit à pleurer doucement.

— Tout va bien, madame ? interrogea un résistant qui s'était approché.

— Sa sœur habite à Lorcières, expliqua l'une des jeunes filles. Et on n'a pas de nouvelles.

Le jeune maquisard baissa la tête. Il savait que dans le bourg martyrisé peu de monde avait échappé au massacre.

Les jeunes filles entourèrent leur grand-mère et la bercèrent, comme on console un enfant qui a un gros chagrin. Les résistants regardaient la scène, émus par la tristesse de cette gentille aïeule.

— Vous avez des consignes ? demanda Austremoine aux nouveaux arrivants.

— Aucune. On a croisé des gars qui rentraient chez eux en attendant de savoir quoi faire. Ce n'est pas qu'ils manquent de motivation pour continuer le combat, mais pour l'instant tout est désorganisé. Il faudra attendre quelque temps.

— De toute façon, intervint Robert, on n'a plus de munitions, ni de grenades. Et ça m'étonnerait fort qu'on en trouve ici.

Austremoine réfléchit un moment. Rester à Fridefont ne servait plus à rien. De toute façon, ils ne seraient maintenant jamais assez nombreux pour envisager une quelconque action militaire. Il replia son couteau, qu'il enfouit au fond de sa poche.

— On se repose quelques heures et on reprend la route vers Issoire. On trouvera bien un véhicule qui nous avancera un peu.

— Sinon on marchera, ajouta Robert, on a l'habitude.

XXIX

D'autres troupes allemandes quittaient Issoire pour le nord du pays. En rentrant du travail, Pierre voyait passer les camions avec appréhension. Et si Veronika, qui logeait au quartier de Bange, obligée de les suivre, n'avait pas le temps de s'enfuir ? Et si elle était dans l'impossibilité de le prévenir ? Chaque matin, il guettait fébrilement son arrivée dans le service. Son cœur se calmait dès qu'il entendait ses pas dans le grand escalier et qu'il l'apercevait au bout du couloir. Il se disait que tant que des malades allemands resteraient hospitalisés, elle ne partirait pas. Veronika aussi l'avait compris. Les temps d'hospitalisation des soldats duraient donc plus que nécessaire. Une simple entorse de cheville mettait un temps incroyablement long à se consolider. Une fièvre bénigne nécessitait des examens sanguins à n'en plus finir et des journées de repos. Les soldats, peu motivés à aller affronter l'impressionnante armée alliée, ne s'en plaignaient pas.

Simone Lacour, grâce à ses contacts, transmettait les nouvelles. Elles n'étaient pas bonnes. Les Américains étaient en mauvaise posture en Normandie, où ils piétinaient en accusant d'énormes pertes, notamment devant la ville de Caen dévastée et transformée en citadelle fortifiée. Il en était de même devant Cherbourg. D'autres nouvelles étaient plus horribles encore. Au milieu du mois de juin, la division Das Reich, partie de la région de Montauban, fidèle à sa réputation de férocité, avait massacré nombre de résistants et de civils. Après une attaque sur Tulle par les FTP, les Allemands, en représailles, avaient pendu une centaine de personnes aux balcons de la ville et en avaient déporté encore plus. Plus loin, près de Limoges, tous les habitants du petit village d'Oradour-sur-Glane avaient été massacrés. Hommes, femmes, enfants, fusillés ou brûlés vifs dans l'église. Un crime ignoble, incompréhensible, au-delà de l'horreur.

— Mon Dieu, c'est une véritable tragédie, s'exclama Pierre. Cela ne finira donc jamais ?

Le cœur au bord des lèvres, il ne put finir sa tasse de café.

Par manque de troupes, la pression sur Issoire se relâchait un peu. Les habitants, avec précautions, purent enfin se ravitailler dans les fermes des villages alentour. Le marché de la place de la République, déserté depuis plusieurs semaines faute de denrées, reprenait peu à peu vie.

Pierre aimait, le samedi matin, s'y promener au milieu des étals. Parfois, un marchand de légumes lui offrait un peu de victuailles : une salade, une botte de poireaux ou un chou.

— Vous avez bien soigné ma fille, docteur. Vous vous rappelez ? La petite Sophie, une méningite ? Ça vaut bien quelques légumes pour améliorer l'ordinaire.

Pierre n'osa pas lui dire qu'elle avait été soignée par un médecin de la Wehrmacht.

Le médecin se dépêcha de ramener ce trésor à Gisèle, qui prépara un pot-au-feu avec un peu de viande et un os à moelle qui tachait le bouillon d'auréoles grasses et irisées.

Le Café Français aussi retrouvait peu à peu ses clients, et Pierre y reprenait aussi ses habitudes.

— Voilà un moment que je ne vous avais pas vu, cher docteur.

Gérard était toujours à sa place, comme vissé sur sa chaise, immuable.

— Le travail, que voulez-vous, cher ami, toujours le travail qui prend tout mon temps.

— Et avec ce couvre-feu et les patrouilles, difficile de s'attarder le soir, ajouta Gérard. Moi aussi je reviens à peine, depuis hier, pour prendre mes repas.

Il désigna une chaise pour inviter le médecin à s'asseoir.

— Votre cousine a dû repartir à Orléans, je pense. Son séjour a-t-il été agréable ?

— Comme je vous le disais, elle est surtout venue pour régler des affaires de famille. Un héritage difficile, en fait. Son séjour n'a été que de très courte durée.

— Dommage. Un joli brin de fille, votre cousine, si je puis me permettre.

Il ponctua sa phrase d'un clin d'œil. Pierre ne releva pas. La patronne, qui servait une table de clients, les observait en coin. Elle apporta deux assiettes sur la table, un hachis Parmentier peu garni en viande.

— Je la soupçonne de rationner volontairement la viande et d'en vendre une partie au marché noir, expliqua Gérard à voix basse. Ou de fournir les maquis. Et ça, c'est antinational !

Pierre se rappela les deux jeunes filles qui sortaient de la cuisine avec des bidons de lait, destinés vraisemblablement aux résistants.

— À la fin de la guerre, il faudra qu'elle s'explique, cette garce, reprit-il. Ça fait un moment que je la surveille.

Le médecin ne répondit pas. Il comprit instantanément que cet homme ne pouvait être Georges, le responsable FTP. Il en fut contrarié.

— Votre soirée à la *Kommandantur* s'est-elle bien passée ? reprit-il. Cela a dû être une belle fête. On dit que les Allemands ont réquisitionné les meilleurs champagnes et les meilleurs vins. Comme toujours, d'ailleurs : ils aiment les bonnes choses. Ils ont raison d'en profiter, après tout, ce sont les vainqueurs. Les Anglo-Américains ne résisteront pas encore bien longtemps.

Le médecin arrêta son geste, interloqué. Gérard souriait, satisfait de son petit effet.

— Décidément, répondit Pierre, rien ne vous échappe sur ce qui se passe à Issoire.

Gérard semblait satisfait de son effet.

— Que voulez-vous, il faut bien se tenir au courant. Mais sachez que je vous admire. Quand les Allemands auront définitivement gagné la guerre, vous serez bien placé pour briguer un poste plus digne de vous. Au grand hôpital de Clermont-Ferrand, par exemple. Vos nouveaux amis, dont le colonel Gartner, sauront récompenser vos services.

Décidément, docteur Neveu, vous êtes un homme chanceux de participer à l'intégration de notre pays à la grande Allemagne.

Pierre sentit son estomac se nouer. Cela ne faisait plus aucun doute, Gérard faisait bel et bien partie de la collaboration. *Quel pourri !* pensa-t-il. *Il faut que je parte, et vite, avant que je ne lui saute dessus en plein restaurant.* Le médecin consulta sa montre et leva les bras au ciel, catastrophé.

— Quel idiot je suis, j'ai failli rater mon rendez-vous avec un patient en ville.

Pierre se leva prestement de son siège, salua Gérard tout aussi vite et se dirigea vers la sortie, plantant son interlocuteur à la table.

Il avait presque la nausée. Il s'assit sur la margelle de la fontaine de la place de la République et y plongea la main pour s'humidifier le visage. L'eau fraîche lui fit le plus grand bien. Il reprenait ses esprits. *Mais alors, qui est donc Georges ?* demanda Pierre au visage qui se reflétait dans l'eau.

La porte de Gisèle était pour une fois fermée. Depuis plusieurs soirs, elle se couchait plus tôt, en proie à un mal de dos de plus en plus violent, ne cédant que partiellement aux traitements que Pierre lui prescrivait. Elle perdait chaque jour un peu de sa bonne humeur. À plusieurs reprises il lui avait conseillé d'aller consulter un confrère, mais elle avait à chaque fois refusé, arguant que les douleurs allaient bien passer toutes seules. *Tant mieux qu'elle soit couchée,* se dit-il finalement, *je n'ai pas le cœur à discuter ce soir.*

— Mademoiselle Lacour, venez dans mon bureau, j'ai quelque chose à vous dire.

Pierre raconta à son infirmière-chef sa rencontre de la veille au soir avec Gérard. Elle l'écouta jusqu'au bout, hochant la tête par moments.

— Nous connaissons cet homme, répondit Simone quand le médecin eut fini. C'est un collaborateur notoire, et un ami de longue date du chef de la milice locale. Nous ne connaissons pas son implication exacte dans certaines arrestations, mais nous sommes persuadés qu'il y a joué un rôle.

— Je ne peux rien vous rapporter de plus, je crois que je vous ai tout dit.

— C'est déjà beaucoup. Mais ne vous inquiétez pas. Comme je vous l'ai dit, vous-même ne risquez absolument rien.

Simone se leva pour retourner à ses fonctions.

— Nous savons maintenant que la libération est proche. C'est une question de semaines. Ensuite, ce sera l'heure de régler les comptes. Et celui-là fera partie des premiers. Ça, je peux vous l'assurer.

XXX

L'ÉTÉ ÉTAIT DÉSORMAIS bien établi. Juillet s'était éteint dans une tranquille routine, malgré quelques actions résistantes à l'occasion de la fête nationale. Plus au nord, les alliés, après avoir enfin libéré la ville de Caen, avaient repris le pas sur les Allemands qui reculaient partout. La difficile bataille de Normandie était finie. À l'est, l'Armée rouge venait d'entrer en Lituanie.

Pierre était rassuré. Le chef de la *Kommandantur* avait fait savoir à Veronika qu'elle resterait à Issoire tant qu'il y aurait encore dans la ville des troupes allemandes. Elle partirait en dernier, avec le convoi des patients hospitalisés.

Gisèle, dont l'état avait empiré, avait finalement dû être hospitalisée. Pierre veillait sur elle, passant la voir plusieurs fois dans la journée. Elle souffrait le martyre malgré les calmants. Les douleurs se diffusaient désormais dans tous les os. Pierre et Alexandre avaient plusieurs fois parlé de son cas avec Veronika. Les trois médecins s'accordaient sur un diagnostic de cancer des os. Une série de radiographies confirma la terrible maladie.

— Nous n'avons que peu de moyens d'action, évalua Pierre. Le cancer est bien trop avancé pour que nous puissions intervenir efficacement.

— Il ne nous reste plus qu'à soulager correctement la douleur, suggéra Alexandre. Je ne vois que la morphine qui puisse être efficace.

— Vous avez tout à fait raison, Dupin, approuva Pierre. Je ne veux pas qu'elle souffre. Augmentez la dose autant que nécessaire.

L'état de la logeuse s'aggravait de jours en jours. Sa petite flamme s'éteignait doucement, comme une bougie dont la mèche était toute consumée. Ses yeux se fermèrent définitivement le 15 août, le jour de l'Assomption, en milieu de matinée. Elle ne connaîtrait jamais, ce même jour, la nouvelle du débarquement des alliés en Provence. Un événement qui l'aurait mise dans une grande joie. Elle ne trinquerait pas pour fêter l'événement.

— J'ai perdu une amie, murmura tristement Pierre en signant le certificat de décès.

Ses deux enfants, arrivés de Clermont à l'annonce du décès, préparaient les obsèques, qui auraient lieu dès le lendemain au cimetière d'Issoire. Sa fille, Jacqueline, autorisa Pierre à rester dans l'appartement du premier. Celui de sa mère, une fois débarrassé, serait rapidement loué. Elle connaissait déjà un couple clermontois intéressé, le mari comptant sur une embauche dans l'entreprise Ducellier.

— Ça bouge du côté de la *Kommandantur*, annonça Veronika. Des camions vont venir chercher les archives et Gartner va déménager sur Clermont avec tout son état-major.

Les alliés en provenance du sud avançaient vite, refoulant devant eux les troupes allemandes qui engageaient des combats d'arrière-garde. Depuis deux jours, les alliés, avec les Français libres de la 2e division blindée de Leclerc, avaient entamé la libération de Paris. Le IIIe Reich s'écroulait de toutes parts.

— C'est une question de jours avant que la ville ne soit libérée, augurait Simone. J'ai eu un contact avec Austremoine, revenu dans la région. Les FFI se préparent à combattre aux côtés des FTP.

Alexandre Dupin, contrairement à son habitude, s'absentait de plus en plus fréquemment, et Pierre s'en inquiétait. L'interne évoquait de vagues histoires de famille, ou d'autres excuses que le médecin-chef croyait par politesse, pour ne pas s'immiscer dans ses affaires privées. *Cela le regarde, après tout*, jugea-t-il. *Tant que le travail est fait je n'ai pas à m'en soucier.*

Sur les deux chambres réquisitionnées de l'hôpital, celle du service du rez-de-chaussée avait été vidée. Veronika restait désormais la plupart du temps au premier étage, évitant le plus possible de rentrer à la caserne de Bange, dormant certains soirs dans une chambre de garde.

Elle avait vu juste. En passant sur le boulevard de la Manlière, Pierre avait aperçu les camions militaires stationnés le long du trottoir devant l'hôtel de la Poste. Des soldats en bras de chemise chargeaient des caisses. Des cartons d'archives, des malles et des sacs de paquetage s'entassaient dans les coffres des voitures d'officiers. Les habitants les regardaient déménager, goguenards.

— On dirait bien qu'ils ont le feu au cul, siffla un épicier qui, appuyé à sa devanture, roulait une cigarette de tabac gris.

— Depuis le temps qu'on les a sur le dos, répondit une femme d'un certain âge qui portait un crêpe noir à son bras, ils nous auront bien fait du mal !

Le commerçant désigna de la tête l'entrée du bâtiment.

— Il a l'air beaucoup moins fier, leur grand chef.

De l'autre côté du trottoir, Gartner, en tenue civile, sortait de l'hôtel. À grands renforts de gestes et de commandements, il houspillait deux soldats qui ne chargeaient pas la voiture assez vite à son goût. Dès que le coffre fut fermé, il s'engouffra à l'arrière et la Mercedes noire démarra en trombe, sans un salut ni un regard du colonel au peloton qui lui rendait les honneurs.

L'hôtel fut entièrement déménagé le soir même. On craignit un moment, selon une rumeur venue d'on ne savait où, qu'il ne soit piégé et n'explose. Prudemment, les habitants évitaient de passer aux alentours et pressaient le pas. Les commerçants, inquiets, avaient peur pour leurs vitrines. Mais aucune explosion ne survint, au grand soulagement des riverains. Les miliciens, eux, avaient décidé de rester sur place et de défendre leur peau s'il le fallait. Des deux fenêtres qui donnaient sur le boulevard, ils surveillaient les allées et venues. Un fusil-mitrailleur dépassait de l'une d'elles, qu'un homme en uniforme noir tenait prêt à faire feu sur d'éventuels assaillants.

Veronika s'occupait de l'un de ses patients quand Simone entra dans la chambre.

— Docteur Steiner, pourriez-vous venir maintenant dans le bureau du Dr Neveu, je vous prie ? Il désirerait vous voir.

— J'ai presque terminé, j'arrive dans une seconde.

Pierre était assis à son bureau. Il se leva quand Veronika entra. Simone était là aussi, tout près de la fenêtre, qu'elle ferma. Les cris des enfants jouant dans le parc s'estompèrent. Pierre et Simone avaient tous les deux un visage grave.

— Le moment de prendre une décision est arrivé, dit Pierre en fixant Veronika. Les résistants vont bientôt prendre possession de la ville. Ce n'est peut-être qu'une question d'heures.

L'infirmière-chef confirma d'un hochement de tête.

— En êtes-vous sûrs ? interrogea Veronika.

Pierre se leva et vint s'asseoir sur un coin du bureau.

— Simone fait partie d'un réseau de résistance. Elle est au courant de ce qui va se passer.

L'infirmière s'avança vers la doctoresse.

— Le Dr Neveu m'a mise au courant de votre souhait de ne pas suivre vos compatriotes et de rester à Issoire. Est-ce toujours votre vœu ? Je suis désolée de vous bousculer ainsi, mais nous devons agir vite.

Le regard de Veronika passait de Pierre à l'infirmière. Elle eut soudain peur. Ce qu'elle allait dire maintenant allait peser lourdement sur son avenir.

— Je veux rester avec Pierre, je ne veux pas retourner en Allemagne. Je n'ai plus rien là-bas, tout ce qu'il me reste est ici.

Elle se précipita dans les bras de son amant.

— Ma décision est prise, si tu veux bien me garder auprès de toi.

Pierre la serra contre lui.

— C'est mon souhait le plus cher. Je ne supporterais pas que tu partes loin de moi.

— Puisque vous êtes décidée, intervint Simone, il faut agir tout de suite, nous n'avons pas de temps à perdre.

L'infirmière désigna un sac posé sur l'un des fauteuils.

— Enlevez votre uniforme et mettez ces vêtements civils, nous allons vous mettre à l'abri immédiatement.

Veronika n'hésita pas. Derrière le paravent qui séparait le bureau de la table d'auscultation, elle fit glisser sa tenue. Elle retrouva dans le sac la robe qu'elle portait pour sa sortie au restaurant.

— Attendez une seconde, ordonna Simone quand elle fut habillée.

L'infirmière entrouvrit la porte du bureau et fit un signe. Eugène entra à son tour, suivi de Hans, étonné de voir sa supérieure en tenue civile.

Veronika se tourna vers son infirmier :

— J'ai décidé de rester ici, lui dit-elle. Vous avez la possibilité de le faire aussi. Mais il faut que vous preniez cette décision tout de suite.

Elle interrogea l'infirmière-chef du regard, qui accepta d'un signe de la tête.

Hans s'avança vers Veronika et lui offrit une poignée de main.

— Je vous souhaite de réussir, docteur, lui dit-il en souriant, la voix remplie d'émotion. Je préfère continuer à m'occuper des malades jusqu'au bout.

— C'est tout à votre honneur, Hans, mais faites surtout très attention à vous.

— Bah ! Je serai sûrement prisonnier quelque temps et après je rentrerai chez moi, à Munich. Ma famille m'attend depuis trop longtemps. Ma mère, surtout.

Hans lâcha sa main et recula d'un pas.

— Partez l'esprit tranquille, reprit-il. Si l'on m'interroge, je ne sais pas où vous êtes ni ce qui vous est arrivé. Bonne chance, docteur Steiner.

— Bonne chance à vous, Hans.

L'infirmier lui adressa un salut militaire et quitta le bureau.

— Un brave garçon, je n'en ai jamais douté, ajouta Pierre.

— L'ambulance est prête à partir, indiqua le brancardier. Le moteur tourne déjà, il faut faire vite tant que nous pouvons passer.

— Où m'emmenez-vous ? demanda Veronika.

Pierre posa ses mains sur sa taille et lui embrassa les lèvres.

— Dans un endroit où tu seras en sécurité, mon amour. Je viendrai t'y chercher quand il n'y aura plus de danger.

La jeune femme se rapprocha pour un baiser plein de tendresse.

— Je t'attendrai le temps qu'il faudra. Et promets-moi que toi aussi tu seras prudent.

— Vous aurez le temps de vous embrasser plus tard, s'impatienta Simone. Allez, vite ! Il faut partir maintenant.

— Va, nous nous reverrons bientôt, sois-en certaine.

Veronika adressa un sourire de gratitude à Simone. Elle suivit Eugène qui traversait le long couloir presque en courant et disparut dans les escaliers.

Pierre respirait. Veronika était enfin en sécurité. Simone avait pris contact, quelques jours auparavant, avec Jeannine Camus et son mari Étienne, dont Pierre avait soigné la belle-mère et ramené, avec l'aide de Veronika, le corps dans sa ferme de Sauxillanges. L'infirmière leur avait expliqué de quoi il s'agissait et ces braves gens, reconnaissants, avaient immédiatement accepté d'héberger Veronika.

— Notre ferme est éloignée du village, avait dit Étienne, et il ne passe jamais personne par ici. Nous ne sommes pas bien riches, nous n'avons pas grand-chose, mais nous partagerons avec elle. Nous n'avons pas oublié ce que qu'elle a fait pour nous. Ainsi que le Dr Neveu, bien sûr.

Étienne avait promis d'aménager pour Veronika une chambre à l'étage avec tout le confort, celle de sa belle-mère. Elle ne manquerait de rien et sa sécurité serait totalement assurée.

— Vous ne risquez rien des Allemands, expliqua Simone au couple de fermiers, ils sont trop occupés ailleurs. Mais si la résistance devait vous faire des ennuis, dites qu'elle est sous la protection d'Austremoine et d'Arlette.

Les fermiers acceptèrent à contrecœur un peu d'argent, pour que Veronika ne soit pas à leur charge financière.

XXXI

AUSTREMOINE ET SON GROUPE, dans la nuit du 23 au 24 août, étaient descendus en camion de Vernet-la-Varenne.

La consigne était passée dans tous les groupes et compagnies alentour qui convergeaient vers la ville : Issoire devait être libérée.

Ils arrivèrent en début de matinée à hauteur de la caserne de Bange et prirent position à une centaine de mètres des murs.

— Ça risque d'être chaud, s'inquiéta Austremoine, et nous n'avons aucune couverture sanitaire pour les blessés.

— Je pars à l'hôpital, décida Robert, je vais bien en trouver un qui viendra, de gré ou de force.

— Essaie de trouver le Dr Neveu, il est avec nous.

Robert emprunta un vélo dans la maison proche du garde-barrière. De toute la force de ses mollets il pédala en direction du centre-ville. Il pénétra, essoufflé, dans le hall de l'hôpital et demanda à une infirmière son chemin pour trouver le médecin. Elle fixa de ses yeux arrondis les lettres FFI sur fond tricolore que le jeune homme arborait à son bras droit, et la mitraillette à son côté.

— Au premier étage, bredouilla-t-elle en montrant les escaliers.

Robert fonça vers l'étage.

— C'est la libération ? lui cria-t-elle.

— Oui, nous libérons la ville, répondit simplement le résistant en grimpant les marches quatre à quatre.

L'infirmière laissa tomber les boîtes de médicaments qui lui encombraient les bras. Elle porta les mains à son visage et se mit à pleurer des larmes de joie.

Robert ouvrit à la volée la porte du bureau de consultation. Pierre, surpris, leva vivement la tête des documents qu'il était en train de remplir.

— Docteur Neveu ?

— Oui, c'est moi, que se passe-t-il ? répondit-il une fois revenu de sa surprise.

— Il faut me suivre, maintenant. Nous risquons d'avoir besoin de vous. Nous allons prendre la ville.

Pierre n'hésita pas une seconde et s'empara de sa sacoche.

— Je vous suis.

Il croisa Simone dans le couloir.

— Où est Dupin ? lui demanda-t-il.

— Je ne sais pas, je ne l'ai pas encore vu ce matin.

— Et merde ! Tant pis, débrouillez-vous sans médecin. Et préparez des lits, on ne sait jamais.

Pierre, à la suite du jeune résistant, dévala les escaliers. Il s'installa tant bien que mal sur le porte-bagages de la bicyclette de Robert, qui souffrait sous l'effort.

— C'est que vous pesez votre poids, docteur ; avec tout mon respect, bien sûr.

Le médecin se mit à rire.

— Tant pis pour vous, mon garçon, il fallait réquisitionner une voiture. Maintenant pédalez, jeune impertinent ! Et plus vite que ça !

Ils rejoignirent en quelques minutes le groupe qui s'était retranché derrière des murets. Robert, le souffle court, s'affala dans l'herbe. Austremoine vint à sa rencontre.

— Je suis ravi de vous revoir, docteur. On va essayer de reprendre la caserne. On pourrait avoir des blessés. Restez en arrière, par précaution.

Quand tous furent en position, le chef résistant donna l'ordre de tirer. Posé sur le capot du camion qui servait d'abri, un fusil-mitrailleur lâcha quelques rafales contre le mur de la caserne et le portail d'entrée. Des éclats de crépi volèrent dans la fumée.

— Halte au feu ! ordonna Robert.

Le silence revint. Les hommes, en position de tir, attendaient une riposte qui ne vint pas. Ils se regardèrent, étonnés. La fenêtre d'une maison qui faisait face à l'entrée de la caserne s'ouvrit lentement. Un drapeau bleu blanc rouge s'étala sur la margelle. Une femme se pencha en agitant les bras, faisant signe aux maquisards d'avancer.

— Ne tirez plus, ordonna Austremoine.

La porte de la maison s'ouvrit sur une petite fille d'une dizaine d'années qui courut vers les résistants. Elle s'arrêta à quelques mètres d'eux, intimidée par les hommes en armes.

— Maman m'a dit de vous dire que les Allemands sont partis il y a une heure. La caserne est vide.

Le résistant s'accroupit devant la gamine.

— C'est une excellente nouvelle, ça, ma petite. Et tu sais par où ils sont partis ?

Son petit bras maigre montra le centre de la ville :

— Par là !

Après avoir descendu le drapeau allemand qui flottait encore au mât des couleurs de la caserne, les résistants prirent la direction du centre, sur deux colonnes, de chaque côté de la route. Ils avançaient lentement, prenant mille précautions, surveillant chaque débouché de rue, chaque jardin où des soldats auraient pu se cacher et les prendre en embuscade. En les apercevant, les habitants ouvraient leurs volets et les saluaient. Certains sortaient devant leur porte et offraient du vin. D'autres applaudissaient. Pierre, sa sacoche médicale à la main, les suivait. Il marchait fièrement, avec le brassard FFI qu'Austremoine lui avait donné.

— Vous le méritez bien, docteur, avait-il ajouté, vous avez fait tellement de choses pour nous !

Un homme arriva en courant :

— Faites attention, les miliciens sont toujours là !

D'instinct, les hommes s'accroupirent et relevèrent leurs armes.

— On s'occupe de ça après, ordonna le chef, on fait d'abord un détour par le monument aux morts, comme prévu.

Les hommes s'alignèrent devant la stèle, que quelqu'un avait décorée d'un drapeau français.

— Présentez armes ! Aux morts !

Un profond silence s'était établi. Les maquisards saluaient. Les habitants qui avaient rejoint la petite troupe ôtèrent leurs chapeaux. Des femmes pleuraient. L'une d'elles, qui avait amené un bouquet de fleurs, le déposa sous le nom des victimes de la

Grande Guerre. Le curé, accouru avec un enfant de chœur, traçait dans les airs de grands signes de croix.

Un tonnerre d'applaudissements et de bravos clôtura l'émouvante et symbolique cérémonie. La première depuis l'occupation de la ville.

Une voiture arriva en trombe. Ses freins crissèrent sur les pavés en stoppant près du rassemblement. Un résistant en tenue militaire en descendit. Il portait des galons de commandant et un képi de l'infanterie. Il se dirigea vers Austremoine. Les deux hommes se saluèrent.

— On nous signale que des Allemands arrivent de Saint-Flour. Pouvez-vous envoyer une section au sud de la ville ?

Il posa sa main sur l'épaule d'Austremoine.

— Issoire est libre et doit le rester. Je compte sur vous.

Le chef désigna une vingtaine d'hommes et le fusil-mitrailleur. Robert était chargé de les commander.

— Je vais avec eux, intervint Pierre, on ne sait jamais.

Le groupe repartit quelques centaines de mètres en arrière et se mit en position près de la maison du garde-barrière, en face du terrain d'aviation.

— Trouvez-vous un endroit confortable, docteur, lui enjoignit Robert. Je pense que nous sommes là pour un bon moment.

Le soir tombait doucement. Les maquisards, en faction depuis de longues heures, tuaient le temps comme ils le pouvaient. Certains en profitaient pour dormir. D'autres jouaient aux cartes. François, un jeune résistant d'à peine seize ans, un garçon débrouillard, avait dégoté du lait, des pommes et une poignée de noisettes qu'il distribua aux hommes.

La nuit était douce et calme. Pierre avait trouvé un endroit confortable, entre un mur de pierres sèches et une cabane de jardin malheureusement close d'une grosse chaîne. Adossé au mur, son esprit voyagea jusqu'à Orléans, dans sa maison de famille. Si ses parents le voyaient là, prêt à faire le coup de feu avec les résistants ! Cette pensée le fit sourire. Il pensa aussi à tout ce qu'il avait vécu ces derniers mois : Jeannot, qu'il avait soigné dans la petite ferme de Saint-Nectaire, la mort de Julien, son incarcération à la *Kommandantur*, la rafle d'Issoire avec le lâche assassinat de Sarah Stern, et surtout l'arrivée de Veronika dans sa vie. Non, vraiment, il ne regrettait pas d'être venu en Auvergne. Que sa vie aurait pu être banale et ennuyeuse, songea-t-il, s'il avait décidé de rester exercer à Orléans, dans le confort d'un cabinet de ville !

Bercé par le chant des criquets, il s'endormit en pensant à son amoureuse, à ses beaux yeux bleus dans lesquels il se plongeait quand ils faisaient l'amour. Il dormit d'une traite, assommé par les émotions de la journée.

Un cri le réveilla en sursaut. Le jour venait de se lever.

— Les Allemands ! Ils arrivent.

Pierre, qui s'était agenouillé, passa la tête par-dessus le mur. Quatre véhicules arrivaient droit sur eux. Trois voitures tout-terrain, dont l'une était équipée d'une mitrailleuse, ainsi qu'une ambulance. Elles avançaient prudemment, au pas.

— Tir sur mon ordre, cria Robert.

Les véhicules n'étaient plus qu'à une vingtaine de mètres.

— Feu !

Le pare-brise du premier véhicule explosa sous les impacts. D'un seul élan, les Allemands sautèrent des camions sur les bas-côtés. Certains furent immédiatement fauchés par la grêle de balles qui s'abattait autour d'eux. D'autres, se cachant dans les fossés, ripostaient. Par chance, la mitrailleuse allemande, dont le servant avait également sauté, resta muette.

D'autres rafales se firent entendre à la droite des résistants qui, surpris, se mirent rapidement à couvert pour faire face à la nouvelle menace.

— Ne tirez pas, hurla Robert, ce sont les nôtres !

Pierre s'était caché derrière la cabane, en essayant de se faire le plus petit possible derrière les planches vermoulues.

Des Francs-Tireurs et Partisans arrivaient en renfort de la ville. De nombreux Allemands, pris entre deux feux, tombèrent encore. Puis, les tirs se calmèrent enfin. Deux soldats, sortant précautionneusement d'un fossé avec un drapeau blanc, s'approchèrent. Les résistants hurlèrent de joie en quittant leurs abris et se précipitèrent vers les voitures. Ils firent une dizaine de prisonniers, qui furent rapidement entravés.

— Allons voir dans l'ambulance, proposa Pierre. Il doit y avoir des blessés.

Le groupe FTP s'approcha à son tour, joyeusement accueilli par les FFI.

— Heureux de vous voir ici, docteur Neveu.

Pierre se retourna et écarquilla les yeux. Sanglé dans un blouson en cuir, le béret noir légèrement de travers, la Sten à l'épaule, Alexandre souriait.

— C'est vous, Dupin ?

— Vous pouvez aussi m'appeler Georges, si vous voulez. Mais cela n'aura bientôt plus cours.

Pierre, abasourdi, s'appuya contre un véhicule pour reprendre ses esprits.

— Alexandre, Georges ! Je ne me serais jamais attendu à cela. Ah non, jamais ! bredouilla-t-il.

Il ne revenait pas de sa surprise.

— C'est donc que ma couverture était excellente. Notre chère Simone non plus ne va pas y croire. Il me tarde de voir la tête qu'elle fera !

Pierre allait répondre quand un coup de feu claqua. Le petit François, qui roulait une cigarette, s'écroula sur la route, la poitrine percée de part en part au niveau du cœur. Il mourut sur le coup. Un Allemand, qui celui-là refusait de se rendre, s'était caché derrière un arbre. Plusieurs rafales crépitèrent, qui le criblèrent d'impacts. Le calme revint sur la route. Quelques hommes, sur l'ordre de Robert, partirent fouiller les alentours pour éviter d'autres mauvaises surprises, sans rien trouver.

François, que l'on recouvrit d'une couverture, fut le dernier mort de la libération d'Issoire.

Un colonel allemand, blessé au bras, était extrait sans ménagement de l'ambulance.

— Convention de Genève, Convention de Genève ! criait-il dans un mauvais français.

— Et la Convention de Genève, tu l'as respectée, toi ? hurla un résistant qui s'apprêtait à lui mettre une balle entre les deux yeux.

Il fallut toute l'autorité de Robert pour qu'il ne soit pas abattu sur place.

Les résistants, après avoir laissé leurs prisonniers sous bonne garde dans un baraquement de la caserne de Bange, remontaient pour la seconde fois vers le centre-ville par le boulevard de la Manlière. Toutes les fenêtres étaient pavoisées. Alors que des résistants accrochaient une colonne allemande sous le village de Pardines, des bals s'improvisaient dans les rues et sur la place de la République. Les miliciens, qui pour l'honneur avaient lâché deux rafales sur les murs d'en face, avec la volonté de ne pas faire de victimes, s'étaient rendus. Ils furent rapidement emmenés en camion, pour ne pas être lynchés par la foule.

Pierre et Alexandre furent rejoints par Austremoine.

— Nous allons faire prisonniers les malades de l'hôpital. Il faut que vous veniez.

Escortés par une dizaine d'hommes en armes, ils pénétrèrent dans le service. Simone et tout le personnel les accueillirent par des applaudissements et des embrassades. Comme l'avait prévu Alexandre, Simone n'en pouvait plus d'étonnement.

— Ah mon Dieu, ah mon Dieu, si on me l'avait dit je ne l'aurais jamais cru !

Oubliant le protocole et la hiérarchie, gagnée par l'émotion ambiante, elle sauta au cou des deux médecins pour poser sur leurs joues deux bises sonores.

Hans se tenait au garde-à-vous au milieu de la chambre, dans laquelle il ne restait que trois patients que leurs compatriotes avaient oubliés dans leur fuite. L'infirmier avait changé leurs pansements et les avait mis en condition pour partir.

Austremoine entra dans la chambre, suivi des deux médecins. Le caporal claqua les talons et salua.

— Mes patients et moi-même nous rendons sans résistance. Je demande qu'il ne leur soit fait aucun mal.

Austremoine lui rendit son salut.

— Vous êtes désormais des prisonniers de guerre. À ce titre, nous vous apporterons les soins médicaux nécessaires et nous engageons à respecter vos personnes.

Hans lança un ordre à l'adresse de ses patients. Ils se levèrent et sortirent en silence dans le couloir. Un camion était prévu pour les emmener à la caserne.

Pierre s'approcha de l'infirmier et lui serra chaleureusement la main.

— Maintenant, que Dieu vous garde, Hans. Je vous souhaite de rentrer bientôt dans votre famille. Les vœux de tout le personnel vous accompagnent.

— Et vous, docteur Neveu, je vous demande de prendre soin du Dr Steiner. C'est une femme admirable. Je vous souhaite d'être heureux.

Pierre ne put répondre ; il était trop ému. Hans prit son sac en bandoulière et sortit à son tour. En passant dans le couloir, les infirmières, les filles de salle et même Eugène lui adressèrent des signes d'amitié. L'une des infirmières ne put s'empêcher de pleurer.

Après la fête dans les rues, les bals, les tournées aux terrasses, la joie fit rapidement place aux règlements de compte. Les collaborateurs étaient traînés dans les rues, battus, avant d'être remis aux gendarmes. Gérard, l'ancien contremaître de Ducellier, avait tenté de s'enfuir de la ville. On l'avait rattrapé et abattu. Son corps gisait dans un fossé. Des femmes, qui avaient eu des relations amoureuses avec des Allemands, furent poussées devant la gare et tondues, sous les quolibets de la foule. Après quelques claques et coups de pied, on les libéra, les laissant à leur honte. Leur coupe de cheveux, pendant un moment, témoignerait de leur forfait. Pierre, qui avait assisté à cette scène, en fut malade. Quelle était donc leur faute ? L'amour n'a pas de frontières. Ce sont des femmes et des hommes, c'est tout. Cela ne faisait honneur ni à la France ni à ses combattants. Et que dire alors de sa relation avec Veronika : était-il lui aussi un traître ?

L'humeur était à la joie dans le service. Les soignantes, par coquetterie autant que par patriotisme, arboraient sur leur blouse un petit drapeau tricolore, près de ceux des armées alliées. La chambre réquisitionnée par les Allemands avait retrouvé ses patients français. On s'inquiétait toutefois pour Hans, que tout le monde appréciait. Resterait-il longtemps prisonnier ? Chaque jour on suivait, sur une petite carte épinglée dans la tisanerie, l'avancée rapide des armées alliée et russe. Clermont-Ferrand venait d'être libérée, deux jours après Issoire, le 27 août.

— Quand irez-vous chercher Veronika ? demanda Dupin.

— Si ça ne dépendait que de moi, j'irais tout de suite. Mais je préfère attendre un peu, on ne sait jamais. J'ai peur qu'elle ne soit reconnue et ne soit l'objet de violences. Ah ! la libération de notre pays ne sera pas, je le crains, une période aussi rose qu'on le pensait.

Une jeune femme portant un petit enfant dans les bras passa près d'eux.

— Cela me fait penser : comment va Rachel, votre petite protégée ?

— Elle et le bébé se portent à merveille.

Dupin s'approcha de son supérieur pour lui parler à voix basse :

— Rien n'est officiel, bien sûr, mais à vous je peux le dire. Nous avons l'intention de nous marier, peut-être dans les mois à venir.

— C'est une excellente nouvelle ! s'écria Pierre. Mais vous allez faire des malheureuses, c'est sûr.

— Tout cela est fini, il faut maintenant que je pense à me ranger. Elle est la femme qu'il me faut.

— On parle mariage ? demanda Simone qui, sortant d'une chambre à ce moment-là, venait de surprendre la conversation des deux hommes.

Devant le silence des deux médecins, elle se renfrogna.

— Je vois, ces messieurs les docteurs font encore des cachotteries.

— Je parlais de Rachel, lâcha Alexandre, notre ancienne patiente. J'ai prévu de l'épouser.

— Vous allez vous marier ? Quelle heureuse nouvelle ! Décidément, docteur Dupin, avec vous nous allons de surprise en surprise. Et ce serait pour quand ?

— La date n'est pas arrêtée, mais ne vous inquiétez pas, vous le saurez à temps pour prévoir un beau cadeau !

— Promis, j'y réfléchis dès à présent !

La jeune infirmière lozérienne, qui passait dans le couloir au même moment, avait tout entendu de la conversation. Elle partit dans le couloir en interpellant ses collègues de son accent chantant :

— Vous savez quoi, les filles ? Notre interne va se marier avec Rachel !

Alexandre haussa les épaules.

— Je voulais attendre un peu avant d'annoncer officiellement la nouvelle, mais là je crois que c'est fichu.

— Tant pis pour vous, docteur, maintenant vous ne pouvez plus faire marche arrière, rit Simone.

XXXII

LA LIESSE POPULAIRE SE CALMAIT. Robert, qui arborait fièrement sur sa veste la médaille frappée de la Croix de Lorraine, se pavanait devant les filles. Simone Lacour, Austremoine et bien d'autres encore avaient été décorés lors d'émouvantes cérémonies à l'Hôtel de Ville. Le quotidien néanmoins reprenait le dessus. La libération n'avait pas effacé les files devant les magasins. Le manque de denrées était toujours criant, et les tickets de rationnement jamais en nombre suffisant pour manger tous les jours à sa faim. Les paysans, descendus de leur montagne, faisaient le siège du bureau du maire pour voir honorer par les autorités administratives les bons de réquisition délivrés par les maquisards.

Dans la maison où vivait Pierre, les nouveaux locataires du rez-de-chaussée avaient emménagé. Un gentil couple, Guillaume et Suzanne, parents d'un bébé de quelques mois, joufflu et rieur, qui pleurait peu. Pierre fut invité un soir à prendre le verre de l'amitié entre voisins. Son cœur se serra quand, pour la première fois depuis la mort de Gisèle, il entra dans l'appartement où il avait passé tant de soirées. Suzanne se montrait une femme d'intérieur accomplie. Le logement avait été entièrement décoré et rafraîchi au goût du jour, les huis repeints en bleu clair et les murs de la salle principale retapissés avec des motifs floraux bleu pâle et jaune pastel qui invitaient la lumière. Un bouquet de fleurs fraîches, que Guillaume cueillait chaque soir le long des jardins en rentrant de sa journée d'usine, égayait la nappe blanche brodée qui recouvrait la table.

Pierre rêvait en observant ce petit couple d'amoureux, toujours prompt à s'effleurer la main, à se sourire et à s'envoyer des baisers par-dessus la table, sans que la présence de Pierre ne gêne ces témoignages d'affection. Veronika lui manquait terriblement. La savoir là, à quelques kilomètres à peine, sans pouvoir la voir ni la toucher, le minait.

Il se leva un matin, après avoir rêvé d'elle une partie de la nuit.

— C'est décidé, je vais la chercher. Et advienne que pourra.

— Mademoiselle Lacour, pourriez-vous demander à Eugène de préparer la voiture de l'hôpital ? Je compte me rendre ce matin à Sauxillanges, dès la fin de mes consultations.

— Une petite visite à cette chère Veronika lui fera certainement bien plaisir. N'oubliez pas de lui passer notre bon souvenir.

— Ce ne sera pas qu'une visite. Je compte bien la ramener à Issoire. Elle logera chez moi. Ce n'est pas très grand, mais en attendant mieux cela suffira.

Simone sourit.

— Il était temps, docteur, je vous voyais un peu triste depuis quelques jours.

Conduite par Eugène, la voiture stoppa dans la cour de la ferme, accueillie par les aboiements du chien au bout de sa laisse. Jeannine et Étienne sortirent de la ferme, tout sourire en reconnaissant Pierre.

— Docteur Neveu, quel plaisir de vous recevoir !

— Bonjour mes amis, c'est un plaisir partagé.

— Entrez donc boire un café, Jeannine vient de le faire passer, il est tout chaud.

Jeannine avait sorti les tasses du buffet, celles que lui avait offertes sa mère à l'occasion de leur mariage, et servait le liquide odorant.

— Je voulais vous remercier, dit Pierre, pour ce que vous avez fait pour Veronika. Je ne sais pas comment faire pour vous le rendre. Je viens la chercher pour la ramener avec moi.

— C'était un plaisir de vous rendre service, docteur. Veronika est une femme charmante, toujours prête à me prêter main-forte avec les enfants, expliqua Jeannine. Elle a une patience d'ange avec eux. Les enfants l'adorent. Et nous aussi.

— D'ailleurs, où est-elle ? demanda Pierre.

— Tous les matins, elle va se promener vers la rivière. Elle en profite pour ramener une brassée d'herbe fraîche pour les lapins. Je vous indique ?

L'herbe, qui n'avait pas séché après un bref orage, faisait luire le cuir de ses souliers de ville. Pierre emprunta, dans l'ombre du sous-bois, le sentier qui descendait vers la rivière, la Chaméane. Il suivit le cours d'eau sur une centaine de mètres, entre les massifs d'orties et les mûriers sauvages. Il cueillit en passant une poignée de fruits charnus et presque noirs qui lui tachèrent un peu les doigts.

Veronika apparut, au détour de la rivière, assise sur un rocher au bord de l'eau. Elle lui tournait le dos. Pierre ralentit son pas, s'approchant lentement de la jeune femme. Elle chantonnait en jetant dans la rivière des petits cailloux, créant des ondes concentriques qui venaient se briser sur les pierres affleurant. Elle se retourna vivement quand le pied de Pierre fit craquer une branche morte. Ses yeux s'écarquillèrent et un immense sourire illumina tout son visage. Elle se leva prestement, faisant voler une poignée de pissenlits posés sur sa robe. Pierre faillit perdre l'équilibre quand elle se jeta dans ses bras.

— Pierre, tu m'as tellement manqué ! Tu ne peux pas t'imaginer comme je suis heureuse de te voir. Les jours m'ont semblé des semaines sans toi.

Elle se blottit contre lui, les bras serrés autour de son cou. Ils s'embrassèrent longuement, avides de rattraper le temps perdu.

— Je suis venu te chercher. Tu me manques trop. Je ne peux plus vivre sans toi.

Elle resta un moment sans bouger, la tête dans le cou de son amant. Pierre redécouvrait avec délectation l'odeur de ses cheveux.

— Viens, assieds-toi près de moi, dit-elle en relâchant son étreinte. Raconte-moi tout.

Elle se cala tout contre lui. Pierre lui expliqua la libération d'Issoire, les combats qu'il avait vus près de la caserne, l'entrée dans la ville, et sa surprise de découvrir qu'Alexandre était le chef des FTP locaux. Elle applaudit en apprenant ses futures noces avec Rachel.

— Donc, en plus d'être un merveilleux médecin, tu es un héros, rit-elle.

Plus tristement, il narra l'arrestation de Hans, les règlements de compte, et les humiliations subies par les femmes accusées d'avoir couché avec des Allemands.

— C'est terrible, murmura-t-elle en tournant son visage vers Pierre. Mais que va-t-il se passer pour nous ? Je suis allemande, après tout.

— J'y ai bien réfléchi, crois-moi. Il ne se passera rien. Peu de monde te connaît en ville. Et nous sommes protégés par les résistants. Il n'y a pas de souci à se faire.

— Je suis tout à fait rassurée avec toi, lui dit-elle en lui caressant tendrement la joue.

Main dans la main, ils remontèrent tranquillement vers la ferme. Eugène et Étienne étaient toujours attablés dans la pièce principale. La bouteille d'eau-de-vie était passablement entamée.

Ils restèrent un moment avec le couple de fermiers. Pierre dut à nouveau raconter à Étienne la libération d'Issoire. Celui-ci faillit presque pleurer à l'évocation de la cérémonie devant le monument aux morts. Lui aussi, comme beaucoup d'hommes de son âge, avait perdu son père sur les champs de bataille de la Première Guerre mondiale.

— Il est l'heure de rentrer, annonça Pierre en finissant son verre de gnôle.

Veronika grimpa à l'étage pour rassembler ses affaires. Elle redescendit dans sa belle robe bleue. Sa chevelure blonde était serrée sous un chapeau assorti que lui avait donné Jeannine.

— Il ne me plaît plus, expliqua la fermière. Et sur Veronika il va tellement mieux que sur moi ! Je suis plus habituée aux chapeaux de paille.

Eugène avait démarré le moteur et la voiture ronronnait dans la cour. Les embrassades furent longues et émouvantes. Jeannine ne put s'empêcher de pleurer. Elle fit promettre d'avoir des nouvelles et d'avoir leur visite à l'occasion.

La voiture s'engagea sur le chemin. Par la fenêtre, Veronika répondait aux grands signes de la main que leur adressaient les fermiers.

— Quels braves gens, répéta Veronika à plusieurs reprises.

XXXIII

Une bonne odeur chatouilla les narines de Veronika. Pierre s'était levé un peu avant elle pour préparer le petit déjeuner.

Elle était heureuse chez lui, se réveillant chaque matin dans ses bras. Le médecin avait pris quelques jours de repos pour ne pas la laisser trop seule la journée, et ils profitaient du beau temps, l'après-midi, pour se promener sur les chemins le long de l'Allier.

Il s'assit près d'elle, sur le bord du lit, et lui tendit une tasse.

— Pas de grasse matinée aujourd'hui, ma chérie, j'ai un rendez-vous et il faut absolument que tu viennes avec moi.

— Tu as des projets ? demanda la jeune femme tout en mordant le bout de sa tartine.

— Oui, des projets importants. Mais je ne veux pas t'en dire plus, c'est une surprise.

Un sourire énigmatique s'afficha sur son visage.

— Alors je me dépêche. Il me tarde de savoir ce que tu me réserves.

Après avoir marché un petit moment dans les rues d'Issoire, Pierre s'arrêta devant une maison – une bâtisse coquette, avec sa belle façade de pierre grise légèrement en retrait d'une petite rue très calme. Des grilles en fer forgé entouraient un jardin où fleurissaient des massifs de roses tardives. Un petit balcon, au-dessus de la marquise de la porte d'entrée, donnait une touche cossue à la maison bourgeoise.

— Si cette maison te plaît, nous pouvons la louer. Ce sera plus confortable que mon petit appartement. Qu'en penses-tu ?

— Elle est magnifique, s'exclama Veronika, il me tarde déjà d'y être !

Le portail grinça sur ses gonds quand ils entrèrent dans la propriété.

— Il y a deux chambres à l'étage, précisa Pierre, et toutes les pièces sont spacieuses et lumineuses.

Le propriétaire arriva à l'heure convenue pour la visite. Quelques minutes plus tard, l'affaire fut conclue. Ils pourraient emménager quinze jours plus tard.

Trois mois étaient passés. Veronika était aux anges Sa vie avec Pierre était parfaite. Le Dr Verger ayant pris sa retraite, Pierre le remplaçait désormais comme directeur de l'hôpital issoirien. Il avait utilisé sa notoriété pour que Veronika, qui avait francisé son prénom en Véronique pour des raisons de tranquillité, reçoive des autorités l'autorisation de s'installer comme médecin de ville. Deux pièces du rez-de-chaussée de la maison furent transformées en salle d'attente et en cabinet de consultation. Ils burent une bouteille de champagne le jour où Pierre, avec fierté, posa sur le mur la plaque de médecin au nom de Véronique. Excellente praticienne, une clientèle nombreuse se pressait dans son cabinet. Personne n'aurait pu deviner que, quelques mois plus tôt, elle portait un uniforme d'officier de la Wehrmacht.

Alexandre Dupin et Rachel, dont la seconde grossesse ne se distinguait pas encore sous sa robe blanche, avaient choisi la date du 8 mai pour se marier, sans savoir que le même jour les Allemands capituleraient. Pierre était tout fier d'être le témoin de mariage d'Alexandre. Celui-ci finirait dans quelques semaines son internat de médecine et avait postulé, sur les conseils de Pierre, pour diriger l'ancien service de celui-ci. La guerre en Europe était enfin terminée, et la fête n'en était que plus joyeuse. Les demoiselles d'honneur – deux infirmières, dont Simone – arboraient pour l'occasion des robes tricolores. Le petit David, qui passait de bras en bras en riant et que les jeunes femmes faisaient danser, pourrait désormais grandir dans un monde où ses origines maternelles n'étaient plus synonymes d'une condamnation à mort.

Délaissant pour un moment les convives, Veronika et Pierre se réfugièrent dans le jardin, s'éloignant un peu de l'orchestre. Il l'attira près d'une fontaine, où coulait une eau pure et fraîche.

— Cette soirée est vraiment magnifique, je suis heureuse pour Alexandre et Rachel. Ils forment un très beau couple, s'exclama Veronika.

Ils perçurent les applaudissements des danseurs quand les musiciens lancèrent les dernières notes d'une valse, précédant celles, entraînantes et joyeuses, d'une java rapide. Pierre reconnut les premières mesures de la chanson de Piaf, fredonnée une certaine nuit dans une cave de l'hôtel de la Poste pour exorciser sa peur. Comme tout cela paraissait à la fois si loin et si proche ! Il caressa doucement la joue de Veronika.

— Quelle drôle de vie que celle que nous avons vécue, toi et moi.

Veronika sourit.

— Une bien drôle de vie, oui. Comment aurions-nous pu penser que nous serions là ce soir, en paix, après tous les dangers que nous avons traversés ?

Elle rit et haussa les épaules avant de continuer :

— Qui sait, nous avons peut-être un ange gardien qui veille sur nous.

— Cela, ma chérie, j'en suis intimement persuadé. Mais il en a assez fait. Il est temps que quelqu'un le remplace pour veiller sur toi.

Pierre sortit de sa poche une petite boîte rouge qu'il posa sur la margelle de la fontaine. Une pierre précieuse, sur un anneau en or, brilla sous la lune.

Veronika écarquilla les yeux. Pierre se racla la gorge et lui prit les mains.

— Docteur Veronika Steiner, veux-tu de moi comme époux ?

Une larme coula sur la joue de la jeune femme et ses yeux bleus scintillèrent. Elle se précipita dans les bras de Pierre.

— Je ne veux rien d'autre, et je jure de t'aimer toute ma vie.

Ils s'embrassèrent longuement.

— Et si on rentrait pour leur annoncer la nouvelle ? proposa Pierre.

Dans le sous-bois proche, un oiseau de nuit salua leur promesse.

Remerciements

QUELQUES DÉCENNIES à peine nous séparent des années sombres de l'occupation de notre pays. Une époque relativement récente dont de nombreux témoins sont encore parmi nous. C'est grâce à leurs souvenirs et à leurs témoignages que cet ouvrage, dans lequel se mêlent le romanesque et les faits réels qui se sont déroulés à Issoire et dans sa région, a pu voir le jour.

Pour des raisons évidentes de respect de la vie privée, les noms et prénoms des personnes réelles que l'on croise dans ces pages ont été modifiés. Toutefois, j'invite les promeneurs à s'attarder, peut-être à se recueillir, place de la République à Issoire, au pied du mur de la Tour de l'Horloge, devant la plaque commémorative de l'assassinat de Sarah Stern lors de la rafle du 10 septembre 1943. Malgré mes demandes auprès de la congrégation religieuse qui l'aurait prise en charge à l'époque (j'utilise délibérément le conditionnel, car cette information n'a pu m'être officiellement confirmée), je n'ai pu retrouver la trace de sa jeune fille. Peut-être un jour lira-t-elle ces lignes.

Je tiens à remercier particulièrement les personnes qui ont partagé avec moi leurs souvenirs, quelquefois drôles, parfois douloureux, mais toujours émouvants. Toute ma gratitude va :

– à Mme Jeanne Contansous, qui résidait à Neschers avec ses parents à l'époque à laquelle se déroule mon histoire ;

– à Mme Odette Jouve, habitante d'Issoire, témoin privilégiée de la libération de la ville.

Mais aussi :

– aux sympathiques dames et demoiselles du service des archives municipales d'Issoire, qui m'ont cordialement offert l'accès à de nombreux documents ;

– à M. Michel Mestre, qui a eu la gentillesse de me fournir une importante documentation sur les activités des résistants dans toute la région Auvergne durant la période concernée, qu'ils soient FFI ou FTP, et notamment sur les journées terribles qui se sont déroulées au Mont Mouchet ;

– à Céline Saint-Charles, amie auteure qui m'a apporté son aide précieuse lors de la correction de ce texte ;

– à mon épouse Rachel, ma première lectrice, qui me livre ses critiques sans concessions ;

– aux éditions De Borée, qui me font confiance depuis maintenant quatre ans, plus particulièrement à Bérénice, mon éditrice, et à Antoine pour ses très belles couvertures ;

– à mes lecteurs, qui me font l'honneur de s'intéresser à mes écrits.

J'espère, à travers cette histoire, avoir rendu hommage aux hommes et aux femmes courageux qui ont choisi, à l'heure où notre pays était aux mains de l'occupant, de suivre la voie de la Résistance.

Qu'ils soient tous ici chaudement remerciés.

Je vous donne rendez-vous sur ma page Facebook :

alain léonard auteur

... pour suivre mon actualité littéraire, y déposer vos avis, vos critiques éventuelles, ou poser vos questions.

Dans la même collection

Dans la même collection

www.deboree.com
livres@centrefrance.com

Imprimé en France par CPI
en juillet 2023
N° d'impression : 2073013
Dépôt légal : octobre 2022
ISBN : 978-2-8129-2956-4
ISSN : 1627-6779